U0128095

文學研究叢書・古典文學叢刊

怪異與想像:
古代小說文化與心理研究

陳世昀　著

目次

魏晉南北朝志怪小說「異」的敘述

　　自從漢末儒家禮教遭到廢弛起，魏晉由漢代的集體主義轉向個人主義，個人的自我發現占據了中心位置，此有助於將個人從集體主義的綱紀中解放出來，[1]故余英時云：「道術既為天下裂，士大夫以天下為己任之精神逐漸為家族與個人之意識所淹沒。」[2]換言之，此期文人試圖衝破群體價值，並能尋求屬於個體自我之獨特性。逯耀東說得明白，這是由於對傳統權威發生懷疑所激起的自我反省，而發現自我的存在。這是魏晉時，個人自我意識醒覺的出發點，這個出發點都建立在這個時代思想轉變的基礎上。[3]因而，盛行於魏晉南北朝的志怪小說，亦受此影響，對於別於傳統、集體的「異」，相當敏銳。

　　志怪小說既稱為「志怪」，顯見其重點在於記述怪異之事。[4]而其「怪」，就內容而言，可分為三類，即神異、怪異以及災異。「異」作為一種敘述，除了描述對象的「異」使故事帶有奇異、怪異的特色外，故事本身的結構，亦建構出志怪小說「異」的敘述模式、「異」的形象以及其所營造出「異」的氛圍，此都對故事起了引導性的作用。

1　余英時：〈魏晉時期的個人主義和新道家運動〉，收入《人文與理性的中國》（上海：上海古籍出版社，2007年），頁20-49。

2　余英時：《士與中國文化》（上海：上海人民出版社，1987年），頁370。

3　逯耀東：《魏晉史學及其它》（臺北：東大圖書公司，2014年），頁37。

4　據李劍國《唐前志怪小說史》一書中指出，「志怪」此一詞有三次變化：一開始在《莊子》一書中，只是一個動詞性詞組。再發展下去，成為書名專稱，再成通稱，最後成為小說的一個品種的名稱，這就是「志怪小說」概念的出現。李劍國：《唐前志怪小說史（修訂本）》（天津：天津教育出版社，2005年），頁11-12。

楊義：「所謂視角是從作者、敘述者的角度投射出視線，來感覺、體察和認知敘事世界的；假如換一個角度，從文本自身來考察其虛與實、疏與密，那麼得出的概念系統就是：聚焦與非聚焦。視角講的是誰在看，聚焦講的是什麼被看，它們的出發點和投射方向是互異的。」[5]根據敘述者在故事的位置、敘述者是否參與故事、參與故事程度的多少，可以形成「敘述的層次」。由於志怪小說多以全知視角，仿史書的角度敘述，作者大概等同於敘述者，因而我們把重心放在如何呈現「異」，以及「異」所能彰顯的意涵。

關於志怪小說的怪異敘述，學者或從其與史傳的關係討論，如劉苑如〈雜傳體志怪與史傳的關係——從文類觀念所作的考察〉；或從整體的模式，分析其存在的結構，如〈形見與冥報：六朝志怪中鬼怪敘述的諷喻——一個「導異為常」模式的考察〉；[6]或從敘事特性切入，如謝明勳〈六朝志怪小說之敘事特性：以干寶《搜神記》為例〉；或比較相同故事在不同文本的意義，如謝明勳〈「旄頭騎」故事析論：一個文本在歷史、文學、巫術下的不同意義〉；[7]或從結構上探析「常與非常」的意義，如李豐楙〈先秦變化神話的結構性意義——一個「常與非常」觀點的考察〉、〈正常與非常：生產、變化說的結構性意義〉等。[8]皆從文本、敘述、結構等角度，探析志怪小說「異」的特性和意義。本文在其基礎上，從宗教、政治、社會等觀察下，分

---

5 楊義：《中國敘事學》（北京：人民出版社，2009年），頁254。

6 劉苑如：〈雜傳體志怪與史傳的關係——從文類觀念所作的考察〉，《中國文哲研究集刊》第8期（1996年），頁365-400。劉苑如：〈形見與冥報：六朝志怪中鬼怪敘述的諷喻——一個「導異為常」模式的考察〉，《中國文哲研究集刊》第29期（2006年），頁1-45。

7 謝明勳：《六朝志怪小說研究述論：回顧與論釋》（臺北：里仁書局，2011年），頁73-101、195-236。

8 李豐楙：《神化與變異：一個「常與非常」的文化思維》（北京：中華書局，2010年），頁46-76、77-129。

成神異、怪異、災異三部分討論。之所以分成此三類，是因為神異多與宗教相關，怪異則泛見於整個社會，災異則著眼於政治，此三類突出了魏晉南北朝的特點，即宗教方興未艾，政治社會紊亂，災患頻傳。這裡區分神異、怪異以及災異的標準在於，神異指有博物神通方道術之異；怪異則泛指一切奇異之事，其與災異的差異在於災異必有禍殃，而怪異則僅描述此一事件。

本文試從此三者觀察「異」在魏晉南北朝志怪小說所呈現的敘述和意義。

對魏晉志怪小說的認定，以王國良《魏晉南北朝志怪小說研究》和李劍國《唐前志怪小說史》對古小說存佚情況的考證為主，主要以魯迅《古小說鉤沉》為主要版本，而《古小說鉤沉》未收之書，或有較佳的版本，則併採之。[9]

一 神異：神異與世俗的交融

魯迅《中國小說史略》提到志怪小說，「其書有出於文人者，有出於教徒者。」[10]顯見志怪小說因編作者不同而有不同的觀察角度和敘述目的。神異故事就其呈現的形態可概分受民間神話傳說、神仙道教方術的《列異傳》、《搜神記》、《異苑》；以及受到佛教影響，明應驗之實有的《宣驗記》、《冥祥記》等兩大類。前者具有博物、方道術之異；後者則從宣教的角度，闡述佛教的神異與影響。而其神異方面的討論，基本上可分為道教、古代巫的神仙方術，以及佛教神力等兩

9　魯迅校錄：《古小說鉤沉》（山東：齊魯書社，1997年）。王國良：《魏晉南北朝志怪小說研究》（臺北：文史哲出版社，1984年）。

10　魯迅撰，郭豫適導讀：《中國小說史略》（上海：上海古籍出版社，2009年），頁24。

面向。[11]

（一）道教、古代巫的神仙方術

　　對於神異之人，或以平鋪直敘的方式記其事蹟，如《搜神記》談到神農「以赭鞭鞭百草，盡知其平毒寒溫之性，臭味所主，以播百穀」；或以幾個人名、事蹟，刻畫出其神異，「赤松子者，神農時雨師也，服冰玉散，以教神農，能入火不燒。至崑崙山，常入西王母石室中，隨風雨上下。炎帝少女追之，亦得仙，俱去。至高辛時，復為雨師，遊人間。今之雨師本是焉。」點出其有「服冰玉散」、「入火不燒」、「隨風雨上下」、「復為雨師，遊人間」的神異事蹟，以神農、西王母、炎帝少女、高辛等人物，帶出其長生；或以幾個神異事件，刻畫其不尋常，如葛玄能行變化之事，並以符求雨。《列異傳》的魯少千，能治好被魅的楚王少女；費長房，能使神，有異術等。而《搜神記》的左慈，以透過時空的轉換，以神通得鱸、買生薑、增蜀錦二端，並以化羊混跡逃去。[12]透過直接敘述，或是故事呈現，消解時空限制，都是為了展現異於常人的「神異」，而這些具有神異者，並非隱於深山野外，反而大隱隱於市，遊走於常與非常之間。

　　除了直接敘述其神異事蹟外，志怪小說，藉由敘述場景的轉換，將跨度較大的歷時性敘述，分割成一個個共時性的畫面，銜接起空間

---

11 道教、古代巫的神仙方術合稱主要在於魏晉時期二者尚難截然區分，因而權宜之。佛教部分這裡不稱「神通」而稱「神力」，泛指佛教所彰顯的法力神力。據丁敏研究指出，「神通」在佛教中具有二項重要特色：一是佛陀在達到開悟成佛過程中的重要指標；二是具有神異的超人能力，帶來具有奇蹟的魅力。丁敏：〈漢譯佛典《阿含經》神通故事中阿難的敘事視角試探〉，《佛學研究中心學報》第11期（2006年），頁7。又或「神通」是一種能徹底賞現人的自由的特殊能。〔日〕柳田受山著，吳汝鈞譯：《中國禪思想史》（臺北：臺灣商務印書館，1982年），頁48。

12 〔晉〕干寶撰，汪紹楹校注：《搜神記》（北京：中華書局，1985年），頁1、12、9。魯迅校錄：《古小說鉤沉》，頁82-83、85。

的轉換，如志怪小說所塑造一種仙境，[13]凡人有機會「誤入」仙境，因而出現了現實與仙境的空間轉換，而這轉換結合了現實與想像，也宣揚道教仙境仙人實有。如任昉《述異記》當中的王質，在山中停留片刻觀棋，孰料卻已滄海桑田，「既歸，無復時人。」[14]明明與人間雷同的常景，卻因為仙凡所在之別，而有百年之差。

這種現實與超時空的轉換，若就更深的底蘊來看，實則反映了傳統文化背後所存在的天人感應、天人合一的思維模式。即以精鍊的總結性文字加快行文節奏，迅速歸結人物結局，這種節奏的突然提速一方面可以深化讀者的滄海桑田之感，另一方面還可以在瞬息萬變的局勢中完成對「天人之道」的叩問。[15]黃霖等人研究指出，超現實空間，從哲學的層面來說，所代表的是人對現實選擇的一種思索、叩問、懷疑甚至否定，「超現實空間與現實空間在古代小說中的並立共存，充分顯示了人們在政治道路、物質欲望、道德修養、情感需求等諸多方面的矛盾衝突和進退抉擇。」[16]換句話說，現實空間的選擇，常與超現實空間既對立又呼應，然二者雖有聯繫且互為補充，但卻無法替代，最終分道揚鑣，展現一種既親近又疏離之感，使小說的思想意蘊更顯複雜與多元。

此外，觀察可知，志怪小說中關於占卜靈驗的敘述，多少帶有預言性敘述的性質，黃霖等人指出，「古代小說中的預言性敘述基於殷

---

13 小川環樹：〈中國魏晉以後的仙鄉故事〉，收入王孝廉編譯：《中國古典小說論集》第一輯，臺北：幼獅文化事業公司，1975年；王孝廉：〈試論中國仙鄉傳說的一些問題〉，《神話與小說》（臺北：時報文化出版公司，1987年；葉慶炳：〈六朝至唐代的他界結構小說〉，《臺大中文學報》第3期（1989年）。李豐楙：〈六朝道教洞天說與遊歷仙境小說〉，《誤入與謫降：六朝隋唐道教文學論文集》，臺北：臺灣學生書局，1996年。

14 〔梁〕任昉撰：《叢書集成新編·述異記》第82冊，頁35。

15 黃霖、李桂奎、韓曉、鄧百意：《中國古代小說敘事三維論》（上海：上海書店出版社，2009年），頁425。

16 黃霖、李桂奎、韓曉、鄧百意：《中國古代小說敘事三維論》，頁236。

墟甲骨卜辭以來的歷代敘事文本經驗。」[17]因此，占卜預言或揭示原因的敘述模式，營造出捉摸不定的情節，滿足人的獵奇心理。志怪編作者通常讓巫者卜者，或是鬼神充當預測話語的承擔者。如《異苑》、《搜神記》中的管輅，洞曉數術，多次為人占卜找尋失物，或為人解答疑難。為了展現管輅的奇異，敘述中多有轉折，如「婦人反疑輅為藏己牛，告官按驗，乃知是術數所推。」管輅替婦人卜到牛的去向，婦人反疑心而告官，最後透過官驗肯定了管輅的數術。又有人失妻，管卜告牽牛鬥，看似與尋妻不相干，但最後「豚逸走，即共追之。豚入人舍，突破主人甕，婦從甕中出。」又管輅解孫恩飛鳩悲鳴，輅曰：「當有老公從東方來，攜肫一頭，酒一壺，來候主人，雖喜，當有小故。」明日，果有客如所占。這裡解釋了「喜」，小故則於末尾揭曉，「射雞作食，箭從樹間激中數歲女子手，流血驚怖。」此乃樂極生悲，除了展現管輅的神機妙算外，也暗示禍福相倚的道理。《搜神記》的管輅能解王基數怪事之疑等。[18]種種展現卜筮能預知未來，以及人可改變命運的可能。透過神異的敘述，人表現了對掌握未知，改變未來的期待。

博物學發展有其傳統，據朱淵清指出，魏晉博物學的主要特徵為知識積累的認識觀和天人合一的宇宙觀，並進一步指出天人合一的宇宙觀主要表現在三個方面：一是對自然的認識與實踐；二是重視實用知識；三是有明顯的志異傾向。[19]此一尚博傾向，或源於東漢以來學

---

17 黃霖、李桂奎、韓曉、鄧百意：《中國古代小說敘事三維論》，頁95-96。這裡的「預言敘述」即敘事學上的「預敘」。黃霖、李桂奎、韓曉、鄧百意：《中國古代小說敘事三維論》，頁94。

18 〔南朝宋〕劉敬叔撰，范寧點校：《異苑》（北京：中華書局，1996年），頁87、87-88、89。〔晉〕干寶撰，汪紹楹校注：《搜神記》，頁32-33。

19 朱淵清：〈魏晉博物學〉，《華東師範大學學報（哲學社會科學版）》第32卷第5期（2000年9月），頁43-51。

風的轉變，「故士大夫子弟，皆以博涉為貴，不肯專儒。」[20]而這種「博物」特質，除了博學強記外，解說休咎、辨識物怪，並進而詮釋預測朝政，如胡應麟所言，「兩漢以迄六朝所稱博洽之士，於術數、方技靡不淹通」，[21]從志怪小說塑造的博物者亦可見，[22]如《搜神記》一則、《幽明錄》兩則、《異苑》七則等；記張華知曉異事異物之事。[23]東方朔神異事蹟，於《洞冥記》十一則、《搜神記》兩則、《幽明錄》三則、《異苑》一則等。[24]其它還有如董仲舒、費長房、張寬、諸葛恪等人，[25]皆能掌握各種奇聞異知，知人所不知，除了滿足人心好奇之外，亦隱含對神異的追求。

時代的混亂，讓人頓失所從，茫然的心理促使宗教盛行，無論是民間信仰或是佛道教，都興盛於此一時期。社會存在著濃厚的巫鬼信仰，如荊、揚州地區一直傳承著楚越巫覡文化，《隋書·地理志》記載當時揚州「其俗信鬼神，好淫祀。」荊州「率敬鬼神，尤重祠祀之事。」這種巫鬼信仰，不但奠定了佛道發展基礎，也擴大了民間神鬼

---

20 〔北齊〕顏之推撰，王利器集解：《顏氏家訓集解》（臺北：明文書局，1999年），頁170。

21 〔明〕胡應麟：《少室山房筆叢》（上海：上海書店出版社，2001年），頁394。

22 謝明勳稱為「博識人物」，即「但凡對眾人不解之異事、異物，能夠提出『言之成理，持之有故』的解說，且能令眾人信服者，皆可以『博識人物』視之。」謝明勳：〈六朝志怪小說之「博識人物」試論〉，《六朝小說本事考察》（臺北：里仁書局，2003年），頁2。

23 《搜神記》記張華識斑狐；《幽明錄》記張華知龍涎癡龍、知玉漿石髓；《異苑》記張華解釋或解決大鐘無故大鳴、石鼓打無聲、銅澡盤晨夕恆鳴、燃石、龍肉、海鳧毛。

24 《洞冥記》記東方朔累月歸異事、解武帝祥瑞之問、言秘奧、獻甜水、獻聲風木、從支提國來、得神馬、言遠國遐方之事、折指星之木以授帝、說不老、能言龜、巨靈；《搜神記》記東方朔知酒忘憂、知劫燒之餘；《幽明錄》記東方朔知酒消愁、藻兼、劫燒之餘；《異苑》記東方朔之占。

25 可參考謝明勳：〈六朝志怪小說之「博識人物」試論〉，《六朝小說本事考察》，臺北：里仁書局，2003年。

世界，民間出現了大量的地方神，而部分人神也流傳至今。[26]如《列異傳》中的欒侯，喜食鮓菜，並能占吉凶、驅蝗蟲。《異苑》梅姑廟，「負道法，婿怒殺之，投尸於水，乃隨流波漂至今廟處鈴下。」為了證明其靈驗，除了晦朔隱約顯形，還設下禁忌，不准在廟附近取魚射獵，不然就有迷路淹死的災患。其它如項羽、蔣子文、袁雙、徐君、伍員、紫姑、丁婦、樹神黃祖、高山君等，都可以觀察到當時民間信仰的氾濫。這是因為相信鬼神具有神秘力量，祈求順從，可以避凶趨吉，甚至滿足願望，如《異苑》中的荀倫，其弟陷河而死，求尸積日不得，「設祭冰側，又箋與河伯投箋。一宿岸冰開，尸手執箋浮出，倫又箋謝。」荀倫在無計可施之下，箋書河伯祈願，後遂願，故又箋謝之。[27]透過箋聯結了願望與還願，也承負著現實與超現實的時空轉換。

（二）佛教的神力

志怪小說宣教類作品則如魯迅所言，「大抵記經像之顯效，明應驗之實有，以震聳世俗，使生敬信之心」，[28]這源於文學欣賞與宗教信仰的目的不同，為了達到宣教目的，勢必得用類似的情節來深刻、加深讀者的印象。

---

26 相關可參考林富士：〈六朝時期民間社會所祀「女性人鬼」初探〉，《新史學》第7卷第4期（1996年12月），頁95-117。林富士：〈中國六朝時期的蔣子文信仰〉，《中國中古時期的宗教與醫療》（臺北：聯經出版事業公司，2008年），頁481-491。蕭放：〈民眾信仰與六朝社會〉，《東方論壇》第3期（2003年），頁51-5。何維剛：〈孫權冊封蔣子文的歷史意義──從南朝封神現象談起〉，《興大人文學報》第54期（2015年），頁1-27。董艷玲：〈南北朝時期項羽神信仰的文化內涵〉，《齊魯學刊》第1期（2015年），頁123-126。

27 魯迅校錄：《古小說鉤沉》，頁83。〔南朝宋〕劉敬叔撰，范寧點校：《異苑》，頁41、97。

28 魯迅撰，郭豫適導讀：《中國小說史略》（上海：上海古籍出版社，2009年），頁32。

　　如《宣驗記》的毛德祖,「初投江南,偷道而遁。逢虜騎所追,伏在道側蓬蒿之內。草短蒿疏,半身猶露,分意受死。合家默然念觀世音,俄然雲起雨注,遂得免難也。」形象地以一連串動作:偷遁、被追、伏藏、半露、默念,雖未寫出內心的惶恐不安,然緊促的動作描寫,實暗示了內心的緊張害怕,「分意受死」短短四字,直書主角的絕望,然默念觀世音,竟引發外在異象,最後「遂得免難也」,既交代結局,也突出了觀世音的神異。又如《宣驗記》中的沈甲、陸暉、高荀等,本該受刑死或被敵殺死,卻因日誦觀音或造觀音像而免難。《冥祥記》竺長舒在鄰比失火即將被殃及時,不搶救只誠心誦經,火止。鄰中少年不信還密謀「共束炬擲其屋上」,結果「三擲三滅」,隔天一起到長舒家說此事。長舒解釋道;「我了無神,政誦念觀世音,當是威靈所祐。」[29]這種藉由本人見證以及他者旁證的方式,有效地提高事件的可信度。

　　而誦經或觀世音法號為何有此神效?除了宣揚佛法無邊,或許可從「神聖空間」的角度來詮釋。[30]

　　神聖空間本質是對於外界的恐懼,因而需要形成一道保護層,只要進入神聖空間,就無須畏懼邪惡的侵擾。宣教類的志怪小說,在主角念誦觀世音法號時,自然形成了神聖空間,所有的危難皆被區隔於外。[31]而這種神聖空間顯然是建立在信仰,如張俊所言,「所謂宗教性

---

29 魯迅校錄:《古小說鈎沉》,頁273、269、269、269。王國良:《冥祥記研究》(臺北:文史哲出版社,1999年),頁92。

30 伊利亞德的神聖空間定義:「每一個神聖的空間都意味著一個聖顯物,都意味著神聖對空間的切入,這種神聖的切入把一處土地從其周圍的宇宙環境中分離出來,並使得它們有了品質上的不同。」「神聖在空間中顯示自己的地方,現實也在那展示出自己,世界便因此而產生了。」〔羅馬尼亞〕伊利亞德著,王建光譯:《神聖與世俗》(北京:華夏出版社,2002年),頁4-5、30。

31 伊利亞德指出,門檻是界限,區別了兩個相對應世界的分界線。因門檻有守護者,禁止敵人、惡魔和瘟疫力量的進入。〔羅馬尼亞〕伊利亞德著;王建光譯:《神聖與

的神聖空間，是建立在宗教性的信仰情感投射之上的。」[32]藉由諷
誦，凝聚信仰，建構宗教性的神聖空間，認為在這個空間中，就能和
神聖交流並獲得保護。

　　除了宣教類小說，其它志怪小說亦有佛教神異的記載，如《幽明
錄》佛圖澄展現神術，為石勒卜占出劉曜的下場。《搜神後記研究》
佛圖澄腹傍有孔，夜讀照明，齋時洗五臟六腑。《搜神後記研究》高
荀殺人，同牢人共誦觀世音，起願供養僧侶得免。《異苑》多寶寺寺
主奴婢刀刮金剛目眼，遭報等。[33]凡強調神異性的敘述，無論是透過
念誦、施法、卜筮等方式，甚至只是博聞，皆塑造了別於世俗的神異
性，但又能並存於世俗之間。然其神異性，或只是偶爾、特定時間展
現；或透過搬遷、離世的模式與世俗有所區隔，這種種展現了神異與
世俗的若即若離，無論是受道教影響的仙境傳說，以及似乎無所不在
的神鬼仙人，在方道巫術與念誦之間，顯現出民間與宗教的聯繫。魏
晉南北朝宗教興起的獨特處，如李豐楙所言：

> 先秦的社會崩壞促使諸子勃興，造成軸心時代的一次「哲學突
> 破」；而魏晉至南北朝的南北分裂，再次引發的社會崩潰，佛
> 教即在此一時期輸入，諸大道派也適時崛起，在宗教成就上也
> 是一次突破。[34]

源於亂世的渴求，社會政治的崩潰，人心亟需救贖，面對此一處境，

世俗》（北京：華夏出版社，2002年），頁4。門檻是具體阻隔，就效果而言，誦念
同樣可視作區隔。

32 張俊：〈論神聖空間的審美意涵〉，《哲學與文化》第46卷第1期（2019年），頁19。

33 魯迅校錄：《古小說鉤沉》，頁163。王國良《搜神後記研究》（臺北：文史哲出版
社，1978年），頁47、126。〔南朝宋〕劉敬叔撰，范寧點校：《異苑》，頁49。

34 李豐楙：《憂與遊：六朝隋唐仙道文學‧導論》（北京：中華書局，2010年），頁12。

宗教適時而起。由於承擔安撫人心、教化百姓的儒家於此期較為衰頹，而亂世人心更待慰求，故佛、道、民間信仰於此期格外興盛。因而我們可以發現，從遠古的神人到當時的方術士、博物者，以及興盛的佛道或民間宗教，都是為了掌握和安撫對未來、未知的焦慮和不安，故盛行於此期的志怪小說，多神異之事的記載。

二 怪異：奇異現象的敘述

鬼神怪異最為人恐懼，也是志怪小說著重渲染的重要內容之一。「怪異」和作為美學範疇的「怪誕」不完全類同，怪誕是由醜惡和滑稽構成：醜惡是內容，滑稽是形式；既可怕又可笑是接受反應。[35]本文的「怪異」非西方各種與同性戀理論，而是指非常態、邊緣的事物、現象或狀態。

凡與平常所見不同都被視作怪異，或從人事，或從物怪，前者主要與人有關，後者則泛指自然一切事物。

（一）人事中的怪異

動輒得咎的時代，一點風吹草動就容易引起慌亂，志怪小說常以慢節奏刻劃鬼怪人物的變異或非常，塑造出一種懸疑，以達到驚駭的效果。如《異苑》中被稱作「劉鵂鶹」的劉某，「若與之言，必遭禍難，或本身死疾。」為了加強可信度，以一士與之言的遭遇呼應，透過生動的描寫，「惟一士謂無此理。偶值人有屯塞耳，劉聞之，忻然而往，自說被謗，君能見明。答云：『世人雷同，亦何足恤。』須臾火燎，資蓄服玩蕩盡」。使原先看似訛言，卻在實例中得到確認，也

---

35 劉法民：《怪誕藝術美學·引論》，北京：人民出版社，2005年。

更強化了原先判斷，「脫遇諸塗，皆閉車走馬，掩目奔避，劉亦杜門自守，歲時一出，則人驚散，過於見鬼。」[36]透過戲謔的筆法，以似真似假地巧合遭遇，放大了眾人的恐慌。看似怪異的敘述，因為有人證事證，而顯得牢不可破。

有的怪異只是用來解釋習俗傳統的由來，如《齊諧記》，對於家中連死的恐懼，「廣州刺史喪還，其大兒安吉，元嘉三年病死，第二兒四年復病死。」因而以雄雞作禳解，以破除此一連殃。《續齊諧記》講述了為何以白膏粥祭蠶神的故事等。透過看似怪異的敘述，其實講述的是人對傳統習俗的解釋和想像。[37]

志怪小說記載不少人與鬼怪的交集，這些反映了時代的特色以及人的心理。如《幽明錄》，從王弼與鄭玄人鬼的交集，表現出學術的差異。鄭玄注《易》「取象」，王弼注《易》「取義」，因而王輒笑鄭玄為儒，後鄭玄現身夜責之，「輔心生畏惡，經少時，遇厲疾卒。」《異苑》則記有陸機與王弼暢談老子之事，由於二者志趣雷同，得知對方是鬼，所宿乃墳，時過三日，「乃大怪悵。」[38]這裡的怪，是怪其事，悵乃悵其人。透過歷史真實存在的人物，想像異時空的他們，和現代學者同時空交會的火花，暗中也透露出學術的評價和取向。[39]

人死為鬼，若對人間留戀，亦引發怪事，如《異苑》中，面對不守信再娶的丈夫，妻白日現身，怨訴丈夫，「因以刀割其陽道，雖不

36　〔南朝宋〕劉敬叔撰，范寧點校：《異苑》，頁98。

37　魯迅校錄：《古小說鉤沉》，頁140。王國良：《續齊諧記研究》（臺北：文史哲出版社，1987年），頁48。

38　魯迅校錄：《古小說鉤沉》，頁165-166。〔南朝宋〕劉敬叔撰，范寧點校：《異苑》，頁53。

39　謝明勳指出，志怪小說「王弼之死」的記載，除了有鄭晚晴所言「玄、儒相爭」，為主鄭氏學者對王弼玄學的反動外，還應加以「地域性」來詮釋。謝明勳：〈學術衝突之產物──以「王弼」故事為例〉，《六朝志怪小說故事考論──「傳承」、「虛實」問題之考察與析論》（臺北：里仁書局，1999年）。

致死，人性永廢。」《異苑》嚴猛婦死後形見為免夫災，「君今日行必遭不善，我當相免也。」《列異傳》有人思其死婦，得營陵道人助而見。《搜神記》胡母班因替泰山府君送信而得受父求，免役為社公，卻因父思念孫息而致使子孫死亡殆盡。在重視形軀的觀念下，棺木毀損，死者可託生者救助，如《搜神後記》殷仲堪助移棺、《異苑》陳務妻祀茗護塚、商仲堪夢謝拯棺等。當中志怪小說亦突顯了因果善惡之報，若作姦犯科，勢必遭受報應，如祖沖之《述異記》中的姚萇殺了苻堅，「萇夜夢堅將天帝使者，勒兵馳入萇營，以矛刺萇，正中其陰。」萇驚醒後，不知是心理因素還是真有其事，「陰腫痛」，隔天就死。藉夢完成了報復。《冤魂志》中的孫元弼，無罪被害死。孫死後，便開始一連串開始，視角移到陳超，由其眼見鬼魂報仇之事等等。此皆藉由鬼魂復仇來印證因果報應之理。但有些鬼怪莫名戲弄人，如《搜神記》吳興人，鬼變成父打罵兒，父知命兒斫之。後兒誤將父作鬼殺埋，鬼化父形歸。後知曉真相，一兒自殺一兒忿懊而死。《搜神記》有人騎馬夜行，遇物魅，先嚇之，又化人與之攀談，繼露原形嚇之。[40] 後兩則展現了鬼物的莫名，藉由一來一往的交鋒，強化了人對鬼物的恐懼，以及鬼物對人的惡意。

　　夢境的描寫是時間空間化的表現，折射出角色的心靈幻象。吳紹釚〈文言夢小說的發展軌跡〉說：「夢境描寫有的在小說中已作為情節發展的轉機，有的折射人物心理活動，有的運用夢境暗示人物命運、小說的結局。」[41] 夢因為有極大的可能性和不確定性，就小說而

---

40 〔南朝宋〕劉敬叔撰，范寧點校：《異苑》，頁58、54、65-66。魯迅校錄：《古小說鈎沉》，頁88-89、114。〔晉〕干寶撰，汪紹楹校注：《搜神記》，頁211。王國良：《顏之推冤魂志研究》（臺北：文史哲出版社，1995年），頁94-97。

41 吳紹釚：〈文言夢小說的發展軌跡〉，《延邊大學學報（社會科學版）》第2期（1993年），頁55。

言，能達到推動情節或故事轉折的功能，如《搜神記》，張妻夢見「帝與印綬，登樓而歌」。此夢象，占者解釋此乃「生男」之兆，雖能克紹箕裘，「臨此郡」，但也將「終此樓」。最後結局果然如占者所言。首先「生子猛」，繼而「建安中，果為武威太孚」，後「登樓自焚而死」。[42]「印綬」乃官職的象徵，皇帝給張奐妻印綬，暗示了生男，登樓一方面有高位象徵，一方面也有遠眺思歸之兆，人死為「鬼」，「鬼者，歸也」，而「歌」或許是挽歌？因而占者有生男、臨此郡終此樓之說。《異苑》有陶侃的夢，此夢形象化了陶侃欲取天下的欲望，「陶侃夢生八翼，飛翔衝天。見天門九重，已入其八，惟一門不得進，以翼搏天。」卻在臨門一腳為守門人所阻，後墜落折翼，驚醒左腋猶痛。[43]不切實際、不自量力或是好大喜功的人，常夢到飛行或墮地。[44]無論此夢是真是假，[45]對陶侃而言，成了一個警惕，遏止其「不臣之心」，熄了陶侃稱帝之心。

（二）自然與物的怪異

除了人與鬼交會所產生的怪異，萬物有靈，時間久了，物是可以成精化人的。如《搜神記》孔子厄於陳，受物怪攻擊，解釋道「夫六

---

42 〔晉〕干寶撰，汪紹楹校：《搜神記》，頁124。

43 〔南朝宋〕劉敬叔撰、范寧校點：《異苑》，頁68-69。

44 〔瑞士〕卡爾・古斯塔夫・榮格著，石磊編譯：《人生與信仰：分析心理研究》（北京：中國商業出版社，2017年），頁109

45 董剛指出，「然而終陶侃一生，其人並未發動叛亂。《異苑》敘事邏輯中陶侃夢翼飛天之後的『折翼』，以及由此引出的晚年『窺窬』和『自抑』，則又是在想像與歷史真實之間試圖作出的一種彌合性解釋。『夢翼』故事經過上述層累的改造與擴充，其變化可說與晉宋時期上下游政治矛盾的動態發展以及時人對上游權勢者所具有的通常印象若合符契，反映了六朝小說作爲『史官之末事』所透露出的時代與社會意識信息。」董剛：〈《晉書》陶侃「折翼」之夢與「窺窬之志」探賾〉第1期，《中華文史論叢》（2018年），頁83。

畜之物，及龜蛇魚鱉草木之屬，久者神皆憑依，能為妖怪。」「物老則為怪」。指出物會發生變化，以及物老為怪的概念。又《玄中記》：「狐五十歲能變化為婦人，百歲為美女」、「千歲樹精為青羊，萬歲樹精為青牛。」《搜神記》的阿紫為狐化人迷人。《列異傳》，有一男子娶婦，鯉魚化婦魅之。《搜神記》龐企獄中投飯螻蛄，後得救等。[46]則是透過人對異物的觀察與想像，將民間巫俗信仰與人民的生活處境結合外，也帶出對時人對「變化」的觀察與想像。[47]

自然界有些景象是當時的人無法理解，因而常以過往的傳說或故事解釋，如《異苑》「涼州西有沙山，俗云昔有覆師於此者，積屍數萬，從是有大風吹沙覆其上，遂成山阜，因名沙山，時聞有鼓角聲。」解釋沙山之名以及鼓角聲由來。《博物志》：「酒泉延壽縣南山出泉水，大如筥，注地為溝。水有肥如肉汁，取著器中，始黃後黑，如凝膏。然之極明，與膏無異。不可食。膏車及碓缸甚佳。彼方謂之石漆。」[48]點出南山產石油，以及石油的特性，和當地人的稱呼。還有對遠國異物的記載，如《博物志》提的羽民國、結胸國、細民國等；《拾遺記》的雙頭雞、沉明石雞、背明鳥、五足獸、傷魂鳥等，充斥著對他者的想像。這種想像常與氣化相聯結，如《搜神記》：「天有五氣，萬物化成」、「絕域多怪物，異氣所產也。苟稟此氣，必有此形；苟有此形，必生此性。」[49]認為氣構成一切，而中土外之所以有

---

46 魯迅校錄：《古小說鉤沉》，頁239、237、91。〔晉〕干寶撰，汪紹楹校注：《搜神記》，頁234、222、241。

47 可參考李豐楙：《神化與變異：一個「常與非常」的文化思維》，北京：中華書局，2010年。康韻梅：《六朝小說變形觀之探究》，臺北：臺灣大學中國文學研究所碩士論文，1987年。謝明勳：《六朝志怪小說變化題材研究》，臺北：文化大學中國文學研究所碩士論文，1988年。

48 〔南朝宋〕劉敬叔撰，范寧點校：《異苑》，頁3。〔晉〕張華著撰，范寧校正：《博物志校證》（北京：中華書局，1980年），頁115-116。

49 〔晉〕干寶撰，汪紹楹校注：《搜神記》，頁146。

如此多奇異之事物，和異氣相關。換言之，其實也是肯定異物的存在，認為其「異」亦為「常」。

除了物可能因為氣亂、氣變引發變化外，人能因德行而與天感應，天地發生異象。[50]如《搜神記》的東海孝婦一文，這裡透過幾個人物的對話，姑為不累之而自縊；小姑卻告其殺母；官屈打成招；于公辯其孝，然太守不聽，哭去。後發生三年大旱，于公言於新太守，「孝婦不當死，前太守枉殺之，咎當在此。」後太守「身祭孝婦家，因表其墓，天立雨，歲大熟。」孝婦沉冤得雪，在太守祭祀後，天雨歲熟。長老傳云：「孝婦名周青，青將死，車載十丈竹竿，以懸五旛，立誓於眾曰：『青若有罪，願殺，血當順下；青若枉死，血當逆流。』既行刑已，其血青黃緣旛竹而上，極標，又緣旛而下云。」透過回憶，重新強調孝婦的無辜受死。《搜神記》還有叔先雄投水尋父屍；郭巨孝母埋兒得金等，[51]此皆是人與天的交感關係。而此三個例子突出了「孝感」，也看到從漢到魏晉南北朝以來提倡孝道的影響，[52]如《春秋繁露・立元神》將天地人作為萬物之本，而孝悌乃人的根本之一，[53]可見孝道深入人心，至誠孝心甚至能感動天地。

---

50 這部分雖也與人事有關，但強調了人與天地的感應，亦作為下節提到的感應銜接，故置此討論。

51 〔晉〕干寶撰，汪紹楹校注：《搜神記》，頁139、140、136。

52 可參考肖群忠：〈崇尚與變異：魏晉隋唐的孝文化〉，《中國孝文化研究》，臺北：五南圖書出版社，2002年。朱嵐：〈魏晉至隋唐五代：道教的孝道倫理與傳統法律中的孝道思想〉（上）（下），《中國傳統孝道思想發展史》，北京：國家行政學院出版社，2010年。林麗真：〈論魏晉的孝道觀念及其與政治、哲學、宗教的關係〉，《臺大文史哲學報》第40期（1993年）。陳大猷：《魏晉時期喪葬禮儀與孝道的關係》，臺北：政治大學中國文學系碩士論文，2012年。

53 《春秋繁露》：「天地人，萬物之本也。天生之，地養之，人成之。天生之以孝悌，地養之以衣食，人成之以禮樂，三者相為手足，合以成體，不可一無也。」〔西漢〕董仲舒，〔清〕蘇輿撰，鍾哲點校：《春秋繁露義證》（北京：中華書局，1992年），頁168。

　　總之，透過日常與遠方、人事物與自然的怪異敘述，塑造了個無奇不有、無其不怪的世界。而這些怪異的敘述，在在展示了對未解現象的解釋，而這種解釋其實也代表一種觀點，「應變而動，是為順常；苟錯其方，則為妖眚。」[54]表現人民在天災人禍頻仍的混亂社會，對四周充滿不安及恐懼的心理。在此心態下，認為合理化地變化是正常的，因而接受物老成精、人死為鬼、修道成仙等觀點。但若不依正常的規律則有怪異，甚至災異產生。這融合了對怪異接受的無奈，以及對時局憂懼不安的心理。

三　災異：亂象背後的解釋

　　董仲舒《春秋繁露‧必仁且智》曰：「天地之物有不常之變者，謂之異，小者謂之災。災常先至而異乃隨之。災者，天之譴也；異者，天之威也。譴之而不知，乃畏之以威。」[55]「災異」在《春秋繁露》時原本是先有災才有異，所強調乃天地人一體，災異與帝王的怠職攸關。後來的五行志一方面承繼之以災異解人事（主要是政治社會問題），一方面也反映對自然災異的關懷。

　　而魏晉個體的張揚，顯然與傳統儒家重視群體的觀點不合，儒家強調個人修養對鞏固整個社會秩序的重要性，也正因此，魏晉的種種

54　〔晉〕干寶撰，汪紹楹校注：《搜神記》，頁147。

55　〔西漢〕董仲舒，〔清〕蘇輿撰，鍾哲點校：《春秋繁露義證》（北京：中華書局，1992年），頁259-260。而有災異必定也會出現祥瑞，如《白虎通義》：「天下太平符瑞所以來至者，以為王者承統理，調和陰陽，陰陽和，萬物序，休氣充塞，故符瑞並臻，皆應德而至。」〔東漢〕班固，〔清〕陳立撰，吳則虞：《白虎通疏證》（北京：中華書局，2007年），頁283。「凡祥瑞：黃龍見，鳳皇集，麒麟臻，神馬出，神鳥翔，神雀集，白虎仁獸獲，寶鼎昇，寶磬神光見，山稱萬歲，甘露降，芝草生，嘉禾茂，玄稷降，醴泉湧，木連理。」〔東漢〕荀悅，張烈點校：《兩漢紀上》（北京：中華書局，2001年），頁1。南朝沈約撰《宋書》，首創〈符瑞志〉。

不合乎傳統禮法的言行舉止，自然被視作「異」，並進而以災異看待。故魏晉南北朝對災異祥瑞格外重視，如五本正史《三國志》、《後漢書》、《宋書》、《南齊書》、《魏書》，除了延續《漢書》以來的〈五行志〉外，《宋書》首創〈符瑞志〉、《魏書》設立〈靈徵志〉等。李曉梅研究指出，「兩漢的祥瑞為104次，魏晉南北朝為1876次，隋唐為72次；兩漢災異次數共為906次，魏晉南北朝為5420次，隋唐為724次，顯然魏晉南北朝時期的祥瑞、災異次數比兩漢、隋唐要多。」[56]

觀察志怪小說可以發現，其敘述方式和史書雷同，皆先點明時代人名地點，繼而多依照發生順序敘寫故事。對照史書可以發現，志怪小說關於災異的敘述，部分源於正史的五行志或是紀傳，部分則非出於正史，故分兩類討論：

（一）出於正史

志怪小說關於災異的敘述，常與史書攸關，或出於紀傳，或出於五行志。[57]而災異的內容，多將怪異之事與後來的災害聯結，如《搜神記》，對於京中盛傳的「折楊柳」歌，由其曲辭與之後三楊被誅、太后幽死作了聯繫。[58]《異苑》記載賈謐家怪事：

56　李曉梅：〈魏晉南北朝時期祥瑞災異的特點〉，《隴東學院學報》第26卷（2015年），頁84-85。

57　尹策指出：「唐修《晉書》也以實視之，大量徵引志怪內容。據統計，該書共吸納十四種志怪小說文本，具體為《列異傳》1條，《博物志》3條，《搜神記》50條，《搜神後記》8條，祖臺之《志怪》5條，孔氏《志怪》1條，《異苑》26條，《甄異傳》1條，《述異記》4條，《靈鬼志》6條，《冤魂志》6條，《幽明錄》21條，《冥祥記》2條，《續齊諧記》1條，共計135條。」尹策：〈敘述姿態與敘述內容的分裂：中古志怪小說的「虛」與「實」〉，《學術交流》第11期（2017年），頁182。尹策雖加註引自杜莉娜《唐修《晉書》取材六朝志怪小說考》，但部分數字不同。杜莉娜：《唐修《晉書》取材六朝志怪小說考》（南京：南京師範大學碩士論文，2014年），頁6-7。

58　《晉書·五行志》和《宋書·五行志》有類似記載，前者雷同；後者無應驗之事。〔晉〕干寶撰，汪紹楹校注：《搜神記》，頁97。

晉賈謐字長淵，充子也。元康九年六月，夜暴雷震謐齋屋，柱
陷入地，壓毀床帳。飄風吹其朝服上天數百丈，久之乃墜於中
丞臺。又蛇出其被中。謐甚恐，明年伏誅。[59]

元康九年六月發生的幾個事件，暗示了災禍的到來，不重視中間跳躍
過的應對處理或心理感受，緊湊的事件推進，只以「謐甚恐」帶過，
最後揭示「明年伏誅」的結果，便將異事與伏誅作了緊密的因果聯
結。「柱陷入地，壓毀床帳」在《晉書‧五行志》和《宋書‧五行
志》有類似記載，「屋柱陷入地，壓謐牀帳」，並根據這樣的現象，作
了「此木沴土，土失其性，不能載也」的判斷。[60]而《晉書》：

謐既親貴……太子意有不悅，謐患之。而其家數有妖異，飄風
吹其朝服飛上數百丈，墜於中丞臺，又蛇出其被中，夜暴雷震
其室，柱陷入地，壓毀牀帳，謐益恐。及遷侍中，專掌禁內，
遂與后成謀，誣陷太子。及趙王倫廢后，以詔召謐於殿前，將
戮之。走入西鍾下，呼曰：「阿后救我！」乃就斬之。[61]

則將「飄風」、「暴雷」、「蛇」、「柱陷毀牀」等全收入，只是調換了順
序，且在前因後果更為詳細，顯見其與志怪小說和五行志的偏重點不
同。列傳以詳細事情本末為主，志怪小說以志怪、異為主，五行志則
偏災、異和據此的解釋。[62]

---

59 〔南朝宋〕劉敬叔撰，范寧點校：《異苑》，頁33-34。

60 〔唐〕房玄齡等撰，楊家駱主編：《晉書‧五行志》（北京：中華書局，2008年），
　　頁900。〔梁〕沈約撰，楊家駱主編：《宋書‧五行志》（北京：中華書局，1974
　　年），頁998。

61 〔唐〕房玄齡等撰：《晉書》，頁1174。

62 謝明勳指出，「對於『正史』與『小說』的認定，通常只是後來的史官或目錄學家

　　一般而言，載於史書的災異多與家國政事有關，因而被收引的志怪小說，多有相關偏重。如《異苑》所記載晉義熙十一年的大火：

> 時王弘守吳郡，畫坐廳視事，忽見天上有一赤物下，狀如信幡，遙集南人家屋上，須臾火遂大發。弘知天為之災，故不罪始火之家。識者知晉室微弱之象也。[63]

《左傳》言：「人火曰火，天火曰災」。認為火在不同的狀況下，有不同屬性，如果是人為的稱火，若是上天降予者便稱作災。火災的發生與政治秩序以及後宮秩序密切相關。[64]《晉書‧五行志》幾乎完全引用，只改了幾個字，如「始火之家」作「火主」、「識者知晉室微弱之象也」作「此帝室衰微之應也」。[65]

　　《幽明錄》：「張華將敗，有飄風吹衣軸六七，倚壁。」隻言片語

的一種『分類』結果，它並不是絕對的『客觀標準』，以此種『主觀認定』作為標準來加以區隔，以為二者之間必然存在著一條不容逾越的深巨鴻溝的想法，顯然是有待商榷的。事實上，它的界限並不如一般人的想像那麼涇渭分明，倘若以目錄學分類之後的情況來看，有些文獻資料竟然可以同時見存於史書與小說之中，換言之，此種『因人而異』、『因書設定』的標準是值得後人質疑的，而六朝志怪小說本身即存在著這種分類認定上的矛盾現象。」謝明勳：〈六朝志怪小說「陳寶祠」故事簡論〉，《六朝小說本事考索》（臺北：里仁書局，2003年），頁125-126。劉湘蘭認為，雖然五行志和志怪小說的內容、寫作風格有交集，但其文體功能和創作主旨存有差異，因而二者仍各具特色。首先，五行志重「災」、「異」；志怪小說只重「異」。其次，五行志重推占，用陰陽五行學說對鬼神異常之事進行理論解釋，並對之作各種牽強比附與預言，極盡量淡化故事情節，重在揭示背後的政治因素；志怪小說則對故事進行較完整、細緻的敘述，反映出當時的社會風氣及倫理道德。劉湘蘭：《中古敘事文學研究》（北京：北京大學出版社，2011年），頁104-111。

63　〔南朝宋〕劉敬叔撰，范寧點校：《異苑》，31。

64　孫英剛：〈佛教與陰陽災異：武則天明堂大火背後的信仰及政爭〉，《人文雜誌》第12期（2013年），頁84。

65　《晉書‧五行志》，頁808。

地以風的異象預示了張華將敗的結局。《晉書・五行志》:「張華第舍
飆風起,折木飛繪,折軸六七。是月,華遇害。」《宋書・五行志》
「永康元年四月,張華第舍颺風折木,飛繪軸六七。是月,華遇
害。」[66]更為清楚點出飆風的地點在其舍,時間在當月。

衣冠服飾是禮的重要內容之一。服飾象徵人的身分、修養甚至狀
態,而象徵又反過來制約著人的身分、修養和狀態,通過這種「垂衣
而治」的象徵系統,儒者相信可以整頓秩序。[67]如《搜神記》,記載元
康中,婦女流行「五佩兵」,即以五種兵器的形狀為模,以珍貴的金
屬製造,「金、銀、象角、瑇瑁之屬為斧、鉞、戈、戟而載之,以當
笄。」大概這種裝飾過於陽剛,和女子嬌弱形象不符,因而干寶指出
「男女之別」為「國之大節」,故「服物異等,贄幣不卻」,男女各有
分殊。且兵器為男子持有,今卻為女子所僭越,因此發出「今婦人而
以兵器為飾,又妖之甚者也」的感嘆,並以「遂有賈后之事」作為災
異的驗證。[68]藉由女子髮飾的變化,除了看出當時流行的傾向外,也
暗示女子對傳統的逾越,如女子參戰參政的增多,[69]因而在牝雞司晨
的擔憂下,將之視作災異看待。

死而復生亦成為災祥之徵,《搜神記》,平帝元始元年二月,女子
趙春病死,然經六日復生。並引「至陰為陽,下人為上,厥妖人死復
生」對此一現象作了解釋,其後以「王莽篡位」作為徵驗。《搜神
記》,漢獻帝初平中,長沙桓氏死月餘復生,作為「曹公由庶士起」。

---

66 魯迅校錄:《古小說鈎沉》,頁157。《晉書・五行志》,頁886。《宋書・五行志》,頁
982。

67 葛兆光:《七世紀前中國的知識、思想與信仰世界》(上海:復旦大學出版社,1998
年),頁173。

68 〔晉〕干寶撰,汪紹楹校:《搜神記》,頁97-98。《晉書・五行志》改「五佩兵」為
「五兵佩」,內容大致相同,只是明引干寶以為。

69 可參考周兆望:〈魏晉南北朝時期的女兵〉,《江西社會科學》第2期(1997年)。

稱「曹公」，似未將之作災異看待。[70]又《搜神記》記「吳五鳳元年六月，交阯稗草化為稻。」這樣的變化前已發生過，「昔三苗將亡，五穀變種。」解作草妖看待，因而最終伴以「其後亮廢」的結果。記錄無用的稗草轉化成可食用的稻。原文止於此，看似語焉不詳，然對照宋書晉書的歸屬可見其意。[71]類似事件，卻有不同解釋，故祥瑞或災異，可能不一定有必然依據，隨著政治走向而「順時」、「求媚」。

（二）不出於正史

志怪小說記載怪異的事情，有些表現的方式類似史書敘述，但卻不出或不為史書所收，如《搜神記》：

> 東陽劉寵，字道和，居於湖熟。每夜，門亭有血數升，不知所從來。如此三四。後寵為折衝將軍，見遣北征。將行，而炊食悉變為蟲。其家人蒸炒，亦變為蟲。其火愈猛，其蟲愈壯。寵遂北征，軍敗於檀丘，為徐龕所殺。[72]

仿史先介紹劉寵，繼而言其所遇怪事，由莫名一再出現的血，強化了恐怖和懸疑。後又轉向北征將行前炊食悉變為蟲的怪事，最後為徐龕所殺。以兩件怪異之事作為死亡的預兆。又如《異苑》：

> 西秦乞伏熾磐都長安，端門外有一井，人常宿汲水亭之下。而夜聞磕磕有聲，驚起照視，甕中如血，中有丹魚，長可三寸，

---

70 〔晉〕干寶撰，汪紹楹校：《搜神記》，頁81、88。前者見《漢書·五行志》並未言王莽一事，且引京房易傳以論述；後者見《續漢書·五行志》。

71 宋書將此現象當作祥瑞的徵兆，然晉書仍將放於五行志中。

72 〔晉〕干寶撰，汪紹楹校：《搜神記》，頁120-121。

而有寸光。時東羌西虜共相攻伐，國尋滅亡。[73]

藉由夜晚井中所聽所見之異象，營造出一種詭異的氣氛，暗與亮，瀰漫著血紅的井魚，無非暗示著死亡與殺戮，最後聯接到西秦滅亡。而祖沖之《述異記》：

> 尋陽柴桑縣城，晉永和中，有童謠呼為「平石城。」時人僉謂平滅石之徵也。後桓玄篡位，晉帝為平固王，恭帝為石陽公，俱遷於此城。[74]

童謠作為一種口耳相傳的詩歌，源遠流長。詹蘇杭指出，童謠的造作者往往是大人，而不是孩童。且越後期的童謠造作，越帶有目的性，且多為政治目的，隨著讖緯介入，部分童謠或許變成有意識的預言。造作者利用它掀起社會輿論，從而達到自己的願望。[75]因而童謠呼為「平石城」，時人謂平滅石之徵，並以桓玄篡位，晉帝恭帝具遷於此為應。

《幽明錄》中，王仲文夜歸，見車後有一可愛白狗，欲抱取時忽變為人形且欲上車，「忽變為人形，長五六尺，狀似方相，或前或卻，如欲上車。」仲文大懼，快到舍時帶火把察視卻已不見，然月餘，路上再見，最終死，「月餘日，仲文將奴共在路，忽復見，與奴並頓伏，俱死。」[76]白狗本有象徵喪事的意涵，加以其化似方相，死

---

73 〔南朝宋〕劉敬叔撰，范寧點校：《異苑》，頁32。

74 魯迅校錄：《古小說鉤沉》，頁103。

75 詹蘇杭：〈讖緯與漢代童謠〉，《樂山師範學院學報》第24卷第6期（2009年），頁24-25。

76 魯迅校錄：《古小說鉤沉·幽明錄》，頁179。《搜神後記》有類似記載，頁99-100。

亡的氣味更形濃厚，因方相主要出現在儺儀或是喪禮兩個場合。[77]所以王仲文的死亡是難以避免。

《搜神記》，盧江二縣境上的山野，住著一種奇怪的生物大青小青，沒人見過牠們的真面目，只知道時常可以聽到不知何處來，如同喪家的哭聲，「山野之中，時聞更哭聲，多者至數十人，男女大小，如始喪者」。這造成附近人的困擾和懼怕，但當鄰人一探究竟時，竟什麼都沒發現，「鄰人驚駭，至彼奔赴，常不見人」。但這種哭聲彷彿是一死喪的預告，「哭地必有死喪」，且哭聲的大小多寡，還決定是大戶人家或一般人家的死喪，「率聲若多則為大家，聲若小者則為小家。」莫名的聲音與傳聞，都讓這種生物蒙上一層神秘色彩，奇異的哭聲，最後和死亡的災害聯結。其它還有如《異苑》中銜尾的老鼠、長三尺的大蜈蚣，或是《述異記》的白蚯蚓等等，[78]都預示了災難。

無論是否與史書相關，志怪採用仿史的方式記述，除了歷史與小說的密切關係外，[79]或許帶有掌握歷史的意義。災異敘述表面上是志

---

77 方相研究可參看：張琦：〈方相氏源流考〉，《天府新論》第3期（2008年），頁138-144。周華斌：〈方相·饕餮考〉，《戲劇藝術》第3期（1992年），頁44-56。劉振華：〈試析儺禮中方相氏的地位嬗變〉，《東北師大學報（哲學社會科學版）》第1期（2014年），頁76-80。楊景鷨：〈方相氏與大儺〉，《中央研究院歷史語言研究所集刊》第31本（1960年），頁123-165。

78 〔晉〕干寶撰，汪紹楹校：《搜神記》，頁153-154。《異苑》〈鼠孽兆亡〉，群鼠互相銜尾，被當作是死亡前的預兆，「清尋得癥疾，數日而亡。」〈蜈蚣〉中長三尺的大蜈蚣掉到胡充妻妹前，婢夾之出戶，卻見「忽睹一姥，衣服臭敗，兩目無睛。」隔年三月，「闔門時患，死亡相繼。」〔南朝宋〕劉敬叔撰、范寧校點，《異苑》，頁35、37-38。《述異記》劉德願兄子見白蚯蚓，「忽有白蚓數十登其齋前砌上，通身白色，人所未嘗見也，蚓並張口吞舌，大赤色。」帶出「其年八月，與德願並誅。」魯迅校錄：《古小說鉤沉》，頁115。

79 逯耀東指出，「分析中國小說最初的起源，和中國上古史學更有密切的關係。魏晉的志異著作，即是承繼中國古代與漢代小說傳統演變而來。」石麟也說：「中國古代小說，歷來被視作正史的附庸，是『史』之餘物，或者被徑稱為『稗官野

怪，事實上是藉由怪異的書寫，傳達了幾個訊息：一是對未知的想像
和解釋；二是對現實的曲折反映。所生存的空間到處散佈著對時代的
惴慄不安，以及對未來何去何從的迷惘。

四　「異」的意義：焦慮下的遊戲敘述

志怪小說常因記載為「異」，而被斥為不實，《拾遺記》便記載晉
武帝司馬炎在看了張華《博物志》，認為其可能造成，「惑亂於後生，
繁蕪於耳目」的影響。[80]因而志怪小說的編作者多強調其「真實性」，
如干寶在〈搜神記序〉，「今之所集，設有承於前載者，則非余之罪
也。若使採訪近世之事，苟有虛錯，願與先賢前儒，分其譏謗。」[81]
蕭綺《拾遺記》序〉：「綺更刪其繁冗，紀其實美，搜刊幽秘，捃採
殘落，言匪浮詭，事弗空誣，推詳往跡，則影徹經史，考驗真怪，則
葉附圖籍。」[82]王青也從與正史互見、互證、互補，糾正史書之謬四
點，分析《冥祥記》與正史的關係。[83]尹策指出：

> 志怪作品之「虛構」不是作者的虛構，而是敘述者或有意或無
> 意的虛構……利用進入故事文本的權力發揮自己的文學想像力

史』……認為野史可以補充正史、羽翼正史，甚至發明正史。」逯耀東：《魏晉史
學的思想與社會基礎》（臺北：東大圖書公司，2000年），頁240。石麟：〈古代小說
的史鑒功能和勸戒功能──中國古代小說評點派研究二題〉，《湖北師範學院學報
（哲學社會科學版）》第1期（2004年），頁16-19。

80　〔晉〕王嘉撰，〔南朝梁〕蕭綺錄，齊治平校注：《拾遺記》（臺北：木鐸出版社，
　　1982年），頁211。

81　〔晉〕干寶撰，汪紹楹校：《搜神記》，頁2。

82　〔晉〕王嘉撰，〔南朝梁〕蕭綺錄，齊治平校注：《拾遺記》，頁1。

83　王青：《佛教信仰與神話》（北京：中國社會科學出版社，2001年），頁196-201。

和虛構功能，也常常會模糊虛幻故事與真實世界的界限，目的
是令讀者信以為真。[84]

換言之，志怪「異」的特質，一方面具有虛構的可能性，一方面也反
映出人的好奇以及想像心理，無論志怪小說編作者是無意或有意，如
榮格所言，「一部藝術作品卻既不是遺傳的，也不是衍生的——它是
那些因素的創造性重組。」[85]即作品是個人以及集體的反映。因此，
志怪小說所反映的「異」，不僅只是少數編作者的內心，更是集體心
靈的映現。

志怪小說雖以反映現實為主，但塑造了相當多非人和異人，如妖
物精怪、鬼魅神仙、巫者釋者方術士等，這些是人的神化與異化，源
於人的想像，因而具有人的生活習性或者物的直觀印象。

對於「異」的各種反應，其實根源於人對未知的恐懼心理，而焦
慮「是一種說不出的和不愉快的預感。」[86]恐懼和焦慮類似但有所區
別，「焦慮可被看做『未解決的恐懼』、『對恐懼的恐懼』；或者說，是
隨著對威脅的知覺和恐懼而轉化為適應不良的喚醒狀態。」[87]而「焦
慮發生時是有多種情緒並發。焦慮是恐懼同其它多種情緒的結合，以
及同認知和身體症狀相互作用的結果。」[88]導致焦慮的情境條件主要

---

84 尹策：〈敘述姿態與敘述內容的分裂：中古志怪小說的「虛」與「實」〉，頁186-
187。

85 〔瑞士〕卡爾·古斯塔夫·榮格，姜國權譯：《人、藝術與文學中的精神》（北京：
國際文化出版社，2011年），頁90。

86 美國精神病聯合會給焦慮定義為「由緊張的焦慮不安或身體症狀所伴隨的，對未來
危險和不幸的憂慮預期」（Ohman, 2000）。孟昭蘭主編：《情緒心理學》（北京：北
京大學出版社，2005年），頁187。

87 孟昭蘭主編：《情緒心理學》，頁187。

88 孟昭蘭主編：《情緒心理學》，頁188。

有創傷刺激以及潛在的恐怖情境。[89]換言之，生活中的種種潛在危險，如自然災害、人為傷害，甚至政治社會所形塑出的各種恐怖與衝突等，都會引發焦慮的心理。

從上述的神異、怪異和災異的敘述分析，我們可以發現其所潛藏的幾種意識形態，透過敘述呈現出來：

（一）反常疏離

「異」帶有反常、陌生化的效果，[90]增加人感受的難度和時間，志怪小說志「異」，一方面是對「異」的敏感；一方面從「異」的內容引起人的興趣和關注。無論是文中提及的神異、怪異或災異，皆有感於其與平常的不同而關注。

從空間角度來看，人鬼神妖怪，混跡於現實與超現實空間，本各有所屬，卻又能在特殊時機會通。黃霖等人研究指出，「兩種空間發生聯繫的橋樑往往是基於對等級秩序和倫理道德的認同和維護。」[91]如以方道士類的志怪小說為例，這種對長生成仙的渴求，彼岸連接於此岸，福天洞地入口接軌於世俗某處的格局，與其說要幫人快速到達彼岸，不如歸因於肯定與執著於現世的情結，想超脫並非真想遠離世俗，因此大隱於世，逍遙自在又不受世俗塵物所礙。這同時和魏晉文士身居高位，又束手不理庶務的心態有關。而如志怪小說，人鬼相遇的空間雖看似世間，但實已轉換成「異」時空，非正常的世間點。《冥祥記》、《宣驗記》等輔教類小說，更藉主人公遊地府表現了人間與死後世界的轉換。藉由時空的變化，帶出現實與超現實的若即若離。

---

89 孟昭蘭主編：《情緒心理學》，頁188-189。

90 「陌生化」出自什克洛夫斯基〈作為方法的藝術〉，收於朱立元、李鈞：《二十世紀西方文論選》（北京：高等教育出版社，2002年），頁187。

91 黃霖、李桂奎、韓曉、鄧百意：《中國古代小說敘事三維論》，頁233。

就心理層面來看，對於鬼神物等非其類，即使曾經是最親近的人，人們總懷著恐懼的心，如《異苑》顏延之痛惜其妾死，然「忽見妾排屏風以壓延之」，面對愛妾的接近，顏不但不喜悅，反倒「懼」，掉到地上，還因此病死。如《幽明錄》記載了徐郎拒絕天女姻緣之事。面對天女的婚配，「徐唯恐懼，累縢床端，夜無酬接之禮。」《續齊諧記》、《幽明錄》中的劉晨、阮肇，即使遇仙娶仙，最終仍選擇離去。[92]展現了人對異類的防備與畏懼。《搜神記》屢次出現的「死生異路」，[93]很好的說明了此點。

（二）戲謔嘲隱

相較起兩漢的禮教之防，魏晉南北朝趨向任情率性，自由通脫。《抱朴子外篇・疾謬》：「不聞清談講道之言，專以醜辭嘲弄為先。以如此者為高遠，以不爾者為駭野。」[94]就葛洪的角度，其以為當時戲謔成風，正是禮教敗壞、道德淪喪的表現。劉勰「讔者，隱也。遁辭以隱意，譎譬以指事也。」「古之嘲隱，振危釋憊。」[95]講出了嘲隱戲謔的功能和意義。

如劉苑如所言，對世界荒誕無序的無奈，藉由「異」敘述的展現，以戲謔帶出喟嘆。志怪亦常在嚴肅的著作意旨下，含諷帶笑，自許其作在「神教作化」的教化功能之外，尚具有「遊心寓目」的娛樂性質；甚或有作者本身即是以「便滑稽，好笑語」，「好為譬喻，狀如

---

92 〔南朝宋〕劉敬叔撰，范寧校點：《異苑》，頁59。魯迅校錄：《古小說鉤沉》，頁188、149-150。王國良：《續齊諧記研究》，頁53-55。

93 如胡母班中的府君、范式、李娥中的伯文、蔣濟之子、韓重等皆言之。

94 〔晉〕葛洪撰，楊明照：《抱朴子外篇校箋上》（北京：中華書局，2004年），頁601。

95 〔梁〕劉勰著，周振甫注：《文心雕龍注釋》（北京：人民文學出版社，1981年），頁160。

戲調」而著稱於世者。[96]志怪小說一些看似莫名戲謔，但細思卻充滿深意，如《搜神記》的秦巨伯夜飲遇鬼伴其孫而遭打，後知是鬼魅作怪，最後陰錯陽差之下殺了二孫。《搜神記》中吳興男子有類似遭遇，二男田作莫名遭父罵，後兒誤作鬼殺之，鬼還化作父，積年不覺。直至被某師識破，方知是大老狸。[97]二篇看似鬼妖戲弄人，然二者或寓有疑必查，不可想當然耳而隨意帶過，否則可能有禍事之患。[98]

　　志怪敘事往往擺盪在「常」與「非常」兩種對立觀念中，藉由種種「非常」的人、事、物形成一幕幕怪異荒誕的景象，在其「已說」和「未說」的縫隙間、能指和所指的分延中，尋繹出其對時人背離「常」道的反諷，以及其對「常」與「非常」互動與規律的反思，故其在怪誕中往往挾帶著幾許促狹似的嘲諱之意，嘲諷裡又寓含著些許若有所失的不平，不平後尚能表現出對於「常」與「非常」的洞見。[99]這種不平應該是源於對世道的無奈，以及對未知的戒懼，因而以一種看似戲謔幽默的書寫，帶有某些嘲隱，遮掩某些較具攻擊性的話語。此外，戲謔或許也隱含著內在恐懼，面對無法掌握，看似巧合的事物，集中觀察事件形成的緣由，認為在看似偶然的事件，實則隱含者一種現實的預兆。換言之，戲謔除了帶有嘲隱，亦包含著對未知的恐懼與對現實界的失望，但同時也展現時人「破異」，對未知事物合理解釋的企圖。

---

96 劉苑如：〈〈異苑〉中的怪異書寫與諧謔精神研究——以陳郡謝氏家族的相關記載為主要線索〉，頁51。

97 〔晉〕干寶撰，汪紹楹校，《搜神記》，頁198、221。

98 故事可溯及《呂氏春秋·疑似》的「黎丘丈人」。相關討論可參考胡萬川：〈從黎丘丈人到六耳獼猴〉，《真假虛實——小說的藝術與現實》，臺北：大安出版社，2005年。

99 劉苑如：〈〈異苑〉中的怪異書寫與諧謔精神研究——以陳郡謝氏家族的相關記載為主要線索〉，頁53。劉苑如雖針對《異苑》所發，然其戲謔的討論實適用大部分的六朝志怪小說。

（三）暗示解釋

世事的變遷以及未來命運的發展是人極力想獲知的，對於未來，人常透過卜筮或預言增加懸念，或帶出轉折。所謂的「預敘」敘事，必然要以人物對「本事」的準確預測為本質特徵，而根據一般的思維，唯有利用神秘的方式才能實現，唯有來自神性世界或具有神能異術的主體，才能勝任並充當這種預測話語的承擔者。[100]也因此推崇神異博物。神異能直接解決問題或帶來願望的滿足；博物則為了表現對外部世界的掌握，唯有掌握知識，才能降低對世界的不安。

為了有效解釋這個世界，對異象怪事災異的形成，志怪小說常以氣亂解釋。如《搜神記》：

> 妖怪者，蓋精氣之依物者也。氣亂於中，物變於外。形神氣質，表裡之用也。本於五行，通於五事。雖消息升降，化動萬端。其於休咎之徵，皆可得域而論矣。[101]

顯然在干寶的想法裡，妖怪和五行五事有關，與政治社會的災異有必然的聯結。[102]這也說明了，當時對於超出理解之外的「異」事，一方

---

100 陽清：〈論漢魏六朝志怪的預敘敘事〉，《廣西社會科學》第20卷第3期（2010年），頁96。

101 〔晉〕干寶撰，汪紹楹校：《搜神記》，頁67。

102 彭磊指出，先秦時期的「妖怪」與「精怪」不僅在概念上有甚大的區別，而且屬於兩個不同的神秘信仰之系統：「妖怪」屬於官方所倡導的以「天人感應」為核心內容的陰陽五行說之神秘主義系統；「精怪」則屬於在民間長期流行之巫鬼信仰之神秘主義系統。到了六朝時代，「妖怪」之觀念則與「精怪」逐漸混淆、融合起來。因而《搜神記》中的「妖怪」有兩類，一種與兩漢時代屬於陰陽五行學觀念之「妖怪」一脈相承；一種即鬼神、精怪類。前文所引顯然屬於第一類。彭磊：〈論六朝時代「妖怪」概念之變遷——從《搜神記》中之妖怪故事談起〉，《海南大學學報人文社會科學版》第25卷第6期（2007年），頁669-672。尤雅姿《魏晉南北

面以氣亂解釋，一方面也將之與休咎之徵作了因果聯結。

因果甚至用以解釋和傳達福禍善淫的教化觀。從東漢以降的「承負說」，指出「人的善惡行為，或者現身受到報應，或者流給後世。流給後世子孫的，叫做承負。」[103]解釋了善惡定有報，甚至個人命運和祖先子孫緊密連接，這是道教吸收了傳統天道報應的基礎上加以改進而成。如《列異記》的彭生，世代以捕獵為生，父後化白鹿而去，彭生兒某日射白鹿，於鹿角得七星符，始知其祖父。[104]家族罪孽，由彭父直接受罰，其子孫則間接犯下弒親之罪，呈現了自身受報及罪殃子孫之報。佛教的業報因果，「經說業有三報一曰現報，二曰生報，三曰後報。」[105]點出報有三種，一切苦樂由「業」而生。如《冥祥記》的趙泰，所看到的地獄，「所至諸獄，楚毒各殊。或針貫其舌，流血竟體。或被頭露髮，裸形徒跣，相牽而行……」[106]明指作惡，死後便會下地獄受懲罰。

換言之，異象異事是種暗示，一種對未來的預兆，通過對「異」的解釋，事前事後抽絲剝繭，歸納一套預測未來的方法，建立一套因果律，合理化、正常化一切異事異物。因為若是一切看似混亂無意義，人會陷入迷惘慌亂。但他若相信一切「異」事都是可預測、有意義，他便能忍受痛苦與困境。此暗示了人在心理需要有所寄託，尤其越是天災人禍頻仍的時代，越需要一套暗示與解釋。透過「異」的敘

朝志怪選》的緒論提到，「魏晉南北朝承繼漢代的宇宙觀、氣化觀，認為妖怪的形成原因有二，一是五行秩序發生錯亂所引發的『物變』；二是時間巨量變化觀所導出的『物老成精』。」尤雅姿注釋：《魏晉南北朝志怪選》（臺北：臺灣學生書局，2011年），頁11。

103 王明：《道家和道教思想研究》（北京：中國社會科學出版社，1987年），頁126。

104 魯迅校錄：《古小說鉤沉・列異傳》，頁88。

105 〔晉〕慧遠：《三報論》，收於石峻、樓宇烈、方立天等編：《中國佛教思想資料選編》第一卷（北京：中華書局，1981年），頁87。

106 王國良：《冥祥記研究》，頁77。

述，找到背後的象徵，知曉當時人內在的恐懼。這些神異、怪異、災異的背後，看似是個人獨特的經驗，實際卻反映出集體的心理，以志怪小說的方式呈現，不但是一種時代的印記，更是文學上的治療。[107]

五 結語

小說雖被視為「小道」，但其卑微的地位更容易不自覺透露出特定時空下的文化心理與社會現實。如葛兆光曾言：「真正的思想，也許要說是真正在生活與社會中支配人們對宇宙的解釋的那些知識與思想，它並不全在精英的經典之中。」[108]換言之，經典不能夠完全表現真正的思想，真正的思想反倒常在小說中無意地表達，並被當作天經地義的事情來敘述，而這一觀念可能已經成了深入人心的傳統。[109]流行於當時的志怪小說，勢必隱含也反映出當時人的所思所想，李豐楙曾言：「流行現象的背後隱藏同一時代共同的文化趣味，這些語言符號乃象徵地表達同一世代同一情境下，其集體意識所共同的心理需求。」[110]雖說的是詩文，但筆者認為同樣可適用於志怪小說。

因此，志怪小說所彰顯「異」的內容、「異」的敘述，實則建構

---

107 如段從學指出提到文學活動作為一種語言活動，就不再是簡單複製和傳達物質現實，而是積極地詮釋和製造現實，改寫現實。文學治療是通過文學激活我們的語言，增強我們的「正常」語言對新的未定名的經驗命名能力。從而拓展我們的生活世界，修訂其中扭曲、分裂和板結。段從學：〈文學治療的空間〉，收入葉舒憲主編：《文學與治療》（北京：社會科學文獻出版社，1999年），頁94-103。

108 葛兆光：《中國思想史》第一卷（上海：復旦大學出版社，1998年），頁12。

109 葛兆光：《屈服史及其它六朝隋唐道教的思想史研究》（北京：生活・讀書・新知三聯書店，2003年），頁142。

110 李豐楙：〈嚴肅與遊戲：六朝詩人的兩種精神面向〉，收錄於衣若芬、劉苑如主編：《世變與創化——漢唐、唐宋轉換期之文藝現象》（臺北：中研院文哲所籌備處，2000年），頁15。

了當時的世界觀，透過對神異、怪異和災異的觀察，扣合時代的混亂和宗教的興起，在吉凶暗示和解讀，對外在怪異事件的合理化，人處在一個想像又虛幻的真實之中。人雖活在現實世界，但卻構建出人神鬼怪共處的世界，並相信「神道之不誣」。這裡的世界不是事實上的真實，而是一種心理上的真實，是一種主觀之真，只是用看似真實客觀的方式敘述。這大概是面對世局的巨變，人以志「異」的方式分散心理壓力，暗含反常疏離的心理，並以戲謔嘲隱的方式，暗示解釋以求掌握未來。換言之，「異」也許是一種時代的心靈象徵，在不安定、充滿變動和危險的時代，人渴求神異帶給他們宗教心靈上的慰藉、怪異消解社會政治上的壓抑，以及災異解答自然政治上的災難。

如果說魯迅的「文學自覺」，標誌了魏晉文學的獨特，[111]志怪小說便是在「異」的想像下，思考了「異」的獨特性，也標示了別於傳統儒家的「常」與「同」。正是因為群體意識的盛行，特別容易關注「異」。在對「異」的排擠視作災異、怪異下，也暗含對「異」的欣羨和重視。這是一個時代的風氣，也是其獨特於其它時代的地方。

---

111 魯迅：《而已集》，收入《魯迅全集》（第3卷）（北京：人民文學出版社，2005年），頁526。雖然日本學者鈴木虎雄業已提及此說，但直至魯迅「文學自覺」一說才得到強烈迴響。

魏晉志怪小說中「血」之災異性探討

一 前言

　　魏晉志怪小說的文獻中，[1]發現「血」的出現，多半之後伴隨「災異」的出現，此為一值得探討的現象。前人對此研究甚少，多半在討論「禁忌」、「血祭」等相關部分時，附帶一提，少有專章討論。又雖有部分篇章從文本談到「紅」、「血」等文化意涵，卻似乎尚未見專門從志怪小說切入者。[2]過去的研究者，論述此一議題，主要探討

1　本文採用文本為李劍國輯校的《新輯搜神記》、《新輯搜神後記》，臺北：中華書局，2007年、汪紹楹：《搜神記》，臺北：洪氏出版社，1982年。但《搜神記》以李本為主，二本若有出入之篇章字句，則再行斟酌。魯迅：《魯迅全集・古小說鉤沉》（第八卷）（上海：人民文學出版社，1973年），頁121-657。王根林等人校點：《漢魏六朝筆記小說大觀》（上海：上海古籍出版社，1999年）。

2　專書方面：如《中國民間禁忌》，大量收集和研究流行於民間和記入文獻的相關資料，在「人體成分液體禁忌」這部分，有簡單提及血的禁忌。任騁：《中國民間禁忌》，北京：中國社會科學出版社，2004年。《金枝》在第二十一章〈禁忌的物〉第四節的〈血的禁忌〉，列舉一些原始民族對神聖人血的恐懼和謹慎等。〔英〕J.G.弗雷澤著，徐育新等譯：《金枝》，北京：大眾文藝出版社，1998年。期刊論文則如：〈先秦血祭禮儀研究──中國古代用血制度研究之一〉和〈先秦釁禮研究──中國古代用血制度研究之二〉二文，探討先秦祭禮中的用血儀式，以為先秦的祭祀活動中，血具有巫術功能，可充當通天達地的法器，而儒家又將之儀式化和制度化，並反映在儒家經典中。楊華：〈先秦血祭禮儀研究──中國古代用血制度研究之一〉《世界宗教研究》2003年第3期，頁22-33。楊華：〈先秦釁禮研究──中國古代用血制度研究之二〉《江漢論壇》2003年1月，頁69-74。〈古代的尚血觀念與尚血儀式〉

先秦祭典中血祀的儀式，血成為具有巫術的功能與法器。從「血」的概念觀之，可見其雙重意涵，一方面，「血」具有旺盛生命力的象徵；但另一方面而言，反映出恐怖的死亡象徵。「血」往往為人所敬畏，帶有雙重意義。因此，血的神秘性與災異性格，在傳統的文化意識中，不斷的被醞釀生成。

基於對災異視域的關注，觀察到魏晉志怪小說中有關「血」的討論，往往賦予「災異」的意涵，透過見血而預測未來的凶厄禍害。此一現象，讓我們思考「血」究竟隱含著什麼內涵？為何見「血」即凶？「血」所存在的象徵意義中，為何在志怪小說著重的是「災異」部分，這反映了怎樣的思維模式？這些問題都有待探討釐析。本文主要的研究取向，先從「血」的傳統認識與「災異」的理解進行論述，釐清「血」所具有的多義性內容，再由「災異」的觀點將二者作合理的聯結；並根據魏晉志怪小說的相關文獻概分成五種表現形式，舉例作進一步之探析；最後針對「血」中強調「災異」內涵之功能和實質意義，進行推論說明。

二 「血」的傳統認知與災異關係之理解

「血」表現的災異特質淵遠流長，這和神話思維、原始思維的認識有關。[3] 廣義而言，只要是和吉凶禍福的預兆有關，都可以泛稱為

則討論了幾個和血相關的儀式和觀念，點出血的雙義性，歸納「血祟」的幾種表現形式等。張勝琳：〈古代的尚血觀念與尚血儀式〉，《民族研究》1986年第6期，頁55-61。王玉兔：〈《說文解字·血部》與上古血祭文〉，《凱里學院學報》2013年第4期，頁101-102。楊敏：〈古代文學中的「血」意象表達及審美意義〉，《晉中師範高等專科學校學報》第20卷第1期（2003年3月），頁11-13。

3 〔德〕卡西勒（Ernst Cassirer）以為神話思維包含其它思維，是所有思維的最初形式。見于丹丹：〈「原始──神話思維」初探〉（吉林：東北師範大學文藝學碩士論

災異；而狹義觀之，則多與國家政事有關，往往與國家政治聯繫。[4]
本文所界定的「災異」，取較為寬泛的內涵，凡是有異常之事，並伴
隨著禍害的結果，都納入本文討論範圍。以下試從「血」的傳統認識
進行論述，並說明其與災異的聯結。

（一）「血」的傳統認知

漢民族文化色彩源起於神話、傳說、四時、方位及五行學說等文
化思維。遠古時期，人們發現流血多半伴隨著傷亡與痛苦，因而很容
易形成驚恐的條件反射。[5]初民在多次觀察後，發現血和人及動物的
生命有重大聯繫。但對思維尚未發展成熟的原始氏族而言，很難給予
合理的科學解釋，因而產生對「血」的敬畏與恐懼。古代先民對血有
過度的忌諱，楊華認為，很多原始社會都有血崇拜的文化傳統，其表
現方式，一是對血的禁忌，二是將血和現實生活聯結起來，以求能為
自己禳災祈福。[6]因此，血明顯具有招災和避災兩種正反功用。[7]

《說文解字·血部》，「血：祭所薦牲血也。从皿，一象血形。凡
血之屬皆从血。」共有十五個字，透過對血的細微分類可知，血似乎
與當時人的生活密切相關，[8]如「衉：羊凝血也。从血臽聲。」「衄：

文，2003年），頁21。〔法〕列維·布留爾認為原始思維具有「集體表象」、「前邏
輯」以及「互滲律」等原則。參見〔法〕列維·布留爾（Lucien Lãvy-Bruhl）著，
丁由譯：《原始思維》，北京：商務印書館，1987年。

4 詳參筆者碩論：《《搜神記》中的祥瑞災異之書寫》（臺北：政治大學中文所碩士論
文，2011年），頁16-22。

5 任騁：《中國民間禁忌》，頁50。

6 楊華：〈先秦血祭禮儀研究──中國古代用血制度研究之一〉，頁31-32。

7 陳來生：《無形的鎖鏈：神秘的中國禁忌文化》（上海：三聯書店，1993年），頁165-
166。

8 相關論述可參考王玉兔：〈《說文解字·血部》與上古血祭文〉，《凱里學院學報》
2013年第4期，頁101-102。

鼻出血也。从血丑聲。」[9]

　　崇拜「血」的文化，使中國自古即有「血祭」之傳統，如三《禮》有「衅」、「血祭」、「釁」、「犧牲」等殺人殺牲取血之記載，其背後實包含著交換和補償之複雜心態。

　　楊華研究指出，先秦用血制度主要分為祭祀用血、衅禮[10]用血和盟誓用血三大類。[11]而用血祭祀具有特殊意義，一旦隨意戲弄，帶有「慢神」之舉，往往不得善終。如《史記·殷本紀》，武乙革囊盛血，仰而射之，命曰「射天」，以僇辱天神之舉，最終則為暴雷震死。[12]可見以血獻天祭神帶有強烈的崇敬和畏懼之心。《左傳》記載，「盧蒲癸、王何，卜攻慶氏。示子之兆，曰：『或卜攻讎，敢獻其兆。』子之曰：『克，見血。』」[13]襄公時期攻打慶氏，以「見血」為勝兆之說，這裡的「血」又帶有神秘和占卜之功用。[14]而古時之「歃血為盟」，「歃血」歷來有兩種解釋，一為飲血；一為用手指醮血塗於口，[15]表示以「血」作為生命擔保之象徵。除了含有對血神聖之敬仰外，實也隱含對血的畏懼。

9　〔漢〕許慎撰、〔清〕段玉裁：《說文解字注》（上海：上海古籍出版社，1981年），頁370。

10　古時之衅禮，即以血塗抹祭器或廟室等，其功能和目的，楊華歸納歷代經師說法歸納為六項：包括血祭、尊而神之、攘災去禍、去穢、假借生氣、占卜等六方面。其中以「尊而神之」為最普遍的功能。楊華：〈先秦釁禮研究——中國古代用血制度研究之二〉，頁73。

11　任騁：《中國民間禁忌》，頁23。

12　《史記·殷本紀第三》（北京：中華書局，2000年），頁104。

13　《春秋左傳·襄公二十八年》（臺北：開明書局，1984年），頁157。

14　張勝琳：〈古代的尚血觀念與尚血儀式〉，頁59。

15　前者日本學者以為象徵人為的擬定親族關係以表示將同心一體地遵守誓約；西方學者則由「報復」的心態做解釋，可對違約者進行制裁。而呂靜以為後者較符合中國化的作法。呂靜：《春秋時期盟誓的研究》（上海：上海古籍出版社，2007年），頁9-10、180-182。

　　「血」明顯帶有不祥、災禍之象徵，集中於歷代史書《五行志》。裡頭多有「赤眚、赤祥」等說法，例如班固提到的「赤眚赤祥」，[16]指出「血」的災異自內曰「眚」、外來曰「祥」，而「赤眚赤祥」，多為無故血出、聚血、雨血、火災等現象。歷代《五行志》或《災異志》等史載，也有「天雨血」、「水赤如血」等相關記錄。而此種自然現象的人文化與人文現象的超越化，構成了一種循環關係。[17]由於魏晉志怪小說常由《五行志》、《靈徵志》等史料，搜集怪異素材，以作為「信而有徵」的證明，使得「血」的災異性格不斷被突顯，形成一顯見特色。

(二)「血」與「災異」聯結之必然性

　　原始部落多有血的崇拜或禁忌，祭祀、獻祭時的血或特殊者之血等，多帶有神聖意涵；而對於婦女經血、分娩之血等，由於尚不能科學地解釋，對之感到恐懼與不祥，便採取一些防範措施，以隔離或避免接觸，禁忌便隨之產生。[18]值得注意的是，上文談到，血其實具有神聖與災異兩重特點，但為何是災異的一面被突顯？這或許與血給人的直觀聯想有關。因為血雖直接地與生命作了聯結，但由於其出現總伴隨著傷痛，似乎更近於災害的臆想。這裡「血」與「災異」在原始思維的認識下，自然地結合在一起。

16　班固於《漢書‧五行志》引《洪範五行傳》：「視之不明，是謂不悊……時則有赤眚赤祥。惟水沴火。」（北京：中華書局，1982年）頁1405。《漢書‧五行志》中，李奇夾註曰：「內曰眚，外曰祥」，頁1352。

17　參見黃俊傑：〈中國古代的黌及其文化史意義〉，收於氏著：《孟學思想史論》（卷一）（臺北：東大圖書公司，1991年），頁488。

18　〔英〕弗雷澤著，徐育新等譯：《金枝》（北京：大眾文藝，1998年），頁312-315、39-341。李金蓮：〈女性、污穢與象徵：宗教人類學視野中的月經禁忌〉，《宗教學研究》第3期（2006年），頁152-159。

中國典籍中記載《周易‧繫辭傳》：「天垂象，見吉凶，聖人象之」，世間的吉凶禍福都有徵兆可循，天把預兆顯示給人，人就可以藉此預知吉凶；反過來講，人往往也藉由對自身的道德修養或行為表現，來得求天命，希望可以求吉避凶，甚至可以因此參贊天道。[19]

這種聯結早在《左傳‧宣公十五年》：「天反時為災，地反物為妖，民反德為亂。亂則妖災生」。杜預注「地反物為妖」為「群物失性」，即明確地將災、妖、亂等觀念聯結在一起，並賦予道德的解釋。

到了西漢的董仲舒，將「災異天譴」進一步系統化理論化，舉凡自然災異的發生必與人事相聯繫。[20]把災異當作是上天給予的警示，使天人關係更見緊密。

在「天人感應」的基礎下，人們常視天地及周遭環境變化與自身甚至國家的命運相關，大從日月之變，小至雞犬鳴吠，異常的現象即視為災異，很自然地跟社會政治聯結起來。董作賓提出，這種以天人感應為基礎的災異思想，其實與傳統的占卜有密切關係。[21]人們在對客觀規律尚無一套正確認識前，往往把自然界和社會上某些特殊現象聯繫起來；某些現象在古人看來似乎有前後因果，因而在約定成俗或習而不察的狀況下，被當成吉凶禍福的徵兆。這種預測吉凶的現象，即為中國古代祥瑞災異的濫觴。

---

19 劉芝慶：《修身與治國——從先秦諸子到西漢前期身體政治論的嬗變》（臺北：臺灣大學歷史研究所碩士論文，2009年），頁42-45。

20 如《春秋繁露》即強調：「天地之物，有不常之變者，謂之異，小者謂之災，災常先至而異乃隨之。災者，天之譴也；異者，天之威也，譴之而不知，乃畏之以威」。同時認為「凡災異之本，盡生於國家之失」。《春秋繁露義證‧必仁且智》（北京：中華書局，1992年），頁259-260。

21 根據董作賓的分類，商人以甲骨文卜事概可分為卜征伐、卜田狩、卜游觀、卜日月食、卜有子、卜死亡等二十種。董作賓：《甲骨學六十年》（臺北：藝文印書館，1965年），頁115-116。

尤其自班固《漢書・五行志》首開中國古代文獻專記災異的先河，將「血」與「災異」作聯結，之後的《五行志》、《靈徵志》等也多沿襲之。[22]此一思維直接影響了志怪小說的取材與故事之建構。正因為志怪小說大量收錄怪異非常之事，若與現存的魏晉史書相互核校，便可發現部分材料為其它史書採用或引用，此尤以《搜神記》為多。這或許可以說明魏晉史學家認為這些怪異的現象，是一真實的存在，值得確信。[23]因此，傳統「血」之概念，與「災異」作了聯結，就成為魏晉志怪小說中所常見的災異現象，也顯示當時人希望能藉由「血」這一災異現象，預測可能出現的災禍，以期避凶的心理。

三　魏晉志怪小說中「血」所呈現的災異書寫形式

魏晉志怪小說中，「血」所呈現的內容並非全是災異，部分表現單純的血流現象，但本文所要探討的是與災異相關之內容，故無關的部分便不多作討論。「血」所呈現的災異內容，可從血的出現方式、與物之結合變化，以及反映至讖謠的形式意義上等幾個方面，進行分析探討，以見「血」與魏晉志怪小說中之災異關係及其象徵意義。

---

22 蘇德昌已指出，中國災異學的理論與內涵大抵確立於西漢一朝，特別是在《漢書・五行志》中，已呈現許多具體的敘述理論與資料成果。其形成之來由，則是從先秦以來對於自然災難的認知與描述，不論是殷商卜辭占筮災異吉凶的記載，又或是相關文獻中表露出人類原初的宗教自省與受災情緒，又或是《詩》、《書》、《易》、《春秋》等書中保存的災異記事及陰陽、五行原理的書寫，這些先秦災異舊說萌生於中國災異理論建構的準備期，都對於西漢《春秋公羊》的災異學、〈洪範〉五行災異學說與《京房易傳》，乃至於班固撰述《漢書・五行志》發，皆揮極其重要的前導作用。蘇德昌：《《漢書・五行志》研究》（臺北：臺灣大學出版中心，2013年），第二章。

23 逯耀東：《魏晉史學的思想與社會基礎》（臺北：東大圖書公司，2000年），頁234-235。

（一）異常出現之血

不尋常的現象總會引起特別的關注甚至造成恐慌，或無中生有、或強行比附。由於現象的出現帶有離奇性，因而事後的比附更顯得煞有其事，這或許是志怪小說總在「異」象後逆推「災」果之因，源於不解而欲探究之心理。

1　無血之血臭

這種現象，《搜神記》出現〈徐光〉與〈諸葛恪〉二則事例。[24]其共通點是只有特定對象可看到或嗅到「血」。前者強調徐光之道術高強，藉其怪異舉止，「過大將軍孫綝門，褰衣而趨，左右唾濺」。旁人皆不解其舉，僅答道，「流血覆道，臭腥不可耐。」因而為孫綝所惡而遭斬首殺害，但不見血出。此種種怪異現象，一直到孫綝為景帝誅殺後才得到解釋。後者，先以犬之異舉暗示禍害，再由其妻聞血臭，婢眼目異常，獲知恪遇害。此處的「血」作為災異之預兆，然僅限特殊對象事前感知。[25]前者為具道術的徐光，強調其異術；後者為恪妻，是其至親之人。[26]後者於《宋書‧五行志》亦有以「血」作為災異先兆之記載，「吳諸葛恪將見誅，盥洗水血臭；侍者授衣，衣亦臭。此近赤祥也」。[27]只是更強調「血臭」。總之，這裡「血」也許沒

---

24 李劍國輯校：《新輯搜神記》，頁149-150、239-240。

25 泰勒的《原始文化》提到，通常一個人不可能同時出現在兩個地方，除非有奇異能力。無形體靈魂的出現，大多被認為跟死亡時靈魂脫離屍體有特殊關係。且死去人的形象，只能一個人看到，而不是同他在一起的所有人都能看到。〔英〕愛德華‧泰勒（Edward Teller）：《原始文化》（上海：上海文藝出版社，1992年），頁434-437。

26 這部分其實是只是針對其妻聞到血味一事所作的推斷。就一般而言，得見異象異事者，多半是本人或事件相關者，如《幽明錄》王伯陽子，見坐褥上數升血；《異苑》中謝靈運所見血的異象；《述異記》王文明女為母作粥而粥變而血的異事等等。

27 《宋書‧五行三》（北京：中華書局，1974年），頁946。

有直接出現於所有人眼中，但它之後出現的一連串禍事，自然讓「血」本身沾染上不祥氣息。

2 無故之血出與逆血

志怪小說關於此部分的故事不少，大致可分兩類：一為無故血出、聚血；二為血逆。前者如《列異傳・魯少千》、《搜神記》中的〈留寵〉、〈呂縣流血〉、《幽明錄・庾謹母》、〈南陽樂遐〉、《異苑・桓振將滅》、〈謝臨川被誅〉、〈赤鬼〉；後者如《搜神記》中的〈東海孝婦〉、〈淳于伯冤氣〉等。

就前者而言，在災禍即將發生前，總有「血」的無故出現或聚集，如〈呂縣流血〉無故血流東西百餘步；[28]〈南陽樂遐〉中的「忽舉體衣服總是血」[29]、〈桓振將滅〉半夜有登床聲，又無故出現「大聚血」；〈謝臨川被誅〉中，謝靈運見到謝晦手提其頭，血色淋漓，所服豹皮裘無故血淹滿篋等。[30]諸般以可怖的「血」作為禍事的預兆，最後都伴隨著死亡的結果，似乎「血」的異常出現不只是凶兆，更預告了死亡。部分敘事也為正史收入，如〈呂縣流血〉出現於《晉書・五行志》、《宋書・五行志》等，描寫「至元康末，窮凶極亂，僵尸流血之應也」，更可為此不尋常現象作一論證。

「血逆流」帶有天人感應的內涵，並象徵了冤屈事件。由一種「異常」現象，暗示了人間不平之事。如《搜神記》中〈東海孝婦〉和〈淳于伯冤氣〉二則，在被冤殺時，都有「血逆流」之怪事，並發生三年之旱災。〈東海孝婦〉更以「其血青黃」，暗示了即將乾旱以示冤。[31]二則皆可於正史找到相關文獻，為冤獄故事之故事代表。

---

28 李劍國輯校：《新輯搜神記》，頁226。

29 魯迅：《魯迅全集》，頁423。

30 王根林等人校點：《漢魏六朝筆記小說大觀》，頁630、632。

31 李劍國輯校：《新輯搜神記》，頁149-150、239-240。

（二）以木為媒介之斫木出血

伐木出血的災異模式，和「萬物有靈」[32]的思維有關，牽涉到對植物原始的自然崇拜、祖先崇拜和宗教等觀念。此種對樹的崇敬，粗可歸納為兩類：一種認為樹本身即為神靈；另一種認為樹中有神靈寄寓。前者為原始的人物我不分。誠如林惠祥在《文化人類學》中提到，「在原始民族看來，植物和動物都有同人類相似的感情和意志」。[33]是一種物有著與人類相同的現象。後者因樹木在世俗信仰中常被認為有神靈附著，尤其是一些高大、茂密、粗壯、形狀怪異的樹，更帶有強烈的神秘色彩，往往為迷信者所崇敬。[34]因而，伐木出血，普遍作為一種不祥的預兆。

弗雷澤在《金枝》談到古人崇拜樹木花草的心態，以為「在原始人看來，整個世界都是有生命的，花草樹木也不例外。它們跟人們一樣都有靈魂，從而也像對人一樣地對待它們」。[35]樹木出血是以其超植物性、超自然性的人格化為前提。如〈斑狐書生〉中勸誡的華表樹，被砍伐時「血流」；[36]〈白頭老公〉中伐樹後「血大流出」；[37]〈樹出血〉中記載「伐濯龍樹而血出。又掘徒梨，根傷，而血出」。[38]樹的出

---

32 萬物有靈觀的理論可分解為兩個主要的信條，一為靈魂不滅；二為神靈和人相通，可控制物質世界的現象和人的來世今生。〔英〕愛德華・泰勒：《原始文化》，頁414-415。

33 林惠祥：《文化人類學》（北京：商務印書館，1996年），頁231。

34 任騁：《中國民間禁忌》，頁497。

35 〔英〕弗雷澤著，徐育新等譯：《金枝》，頁170。

36 因李本無伐樹血流現象，為方便討論，則以汪本為討論對象。汪紹楹：《搜神記》，頁219-220。

37 李劍國輯校：《新輯搜神記》，頁270-272。

38 李劍國新輯版本未收，然收於汪紹楹校本。此事在正史《後漢書・五行二》李賢的夾註可見、於《晉書・五行中》、《三國志・魏書・武帝紀第一》、《宋書・五行三》等也有類似記載。

血常跟人或物的生命禍福緊密聯繫，如〈斑狐書生〉中的千年華表樹成為張華用以測試書生是否為妖的犧牲品；〈樹出血〉則描述曹操因此大惡，「遂寢疾，是月崩」。可見樹液的不尋常色澤，在現今或許可以較科學的方式進行解釋，但看在古人的眼裡，即具有災異預示的意義，所以才和曹操的去世作了聯結比附。

《搜神記》中〈彭侯〉、〈白頭老公〉，《異苑·異物象形》、〈伐桃致怪〉伐樹除了出現血流異象，尚有精怪出現，[39]如〈彭侯〉，「人面狗身」，並引白澤圖解釋，「木之精名彭侯，狀如黑狗，無尾，可烹食之」。[40]甚至能發出奇特音響，如〈異物象形〉中「聲在空中，如雄鵝叫兩音相應」。〈伐桃致怪〉中「空中有語聲，或歌或哭」，還能來往問答。[41]這些精怪似乎住在老樹裡，因而，砍伐實屬冒犯，只是事後不一定有災禍發生。由上述幾則故事都可看出，時人除了有「木老成精」的觀念外，似乎也認為樹木有精怪居住，因此老樹不宜任意砍伐，否則會冒犯神靈。另外，〈聶湖板〉和〈聶友板〉中，雖非出現活生生的樹，但先民仍賦予其生命的想像，以刀斫之即有血出，二者皆無故出現，前者敘述較簡單，只提及其報復性地溺死人。[42]後者鋪排較多，先暗喻此樹乃白鹿變成，故裁截為二板後，帶有預測吉凶之功能，「板常沉池，然時復浮出。出輒家有吉慶」，後轉為「板出便反為凶禍」，[43]可謂善神之化身。

---

39 精怪本指各種自然物，因老而成精，便能通靈變化，且時常參與人類生活，多數作惡，然亦有少數為善。後又與自然界反常現象（妖怪）混雜一起，並和佛教的「魔」相混，故名稱更為多元，如妖怪、妖魔、妖精等等。有時雖也被包括在鬼神概念中，但概念形成應比鬼神早，且都有一個具體存在的「原形」，形毀身滅。劉仲宇：《中國精怪文化》（上海：人民出版社，1997年）。

40 李劍國輯校：《新輯搜神記》，頁267。

41 王根林等人校點：《漢魏六朝筆記小說大觀》，頁666、667。

42 魯迅：《魯迅全集》，頁393。

43 李劍國輯校：《新輯搜神記》，頁254-256。

對無法解釋的事情，古人往往加以神化，因而木就成了神靈的寓所或化身[44]，然禍福難測，得罪不一定為害；也或許故事想要展現的是人的力量足以戰勝精怪，故禍害不一定會如發生。

（三）人為之塗血

人為的把血塗抹在器物的行為，早見於先秦「衅」之禮俗。但同樣是人為的招致，只是「衅」是有意請神，希望神靈常駐，以求庇祐；然於志怪小說中，人為塗血的例子，則多為有意或無意之犯神，而導致災禍的發生。

其中人為引起，引發城沒為湖的災難，通常是由觸犯一個禁忌主題引起，這種主題類型，丁乃通將之歸825A「懷疑的人促使預言中的洪水到來」。[45]這裡我們要探討的是，為何總是以「血」或近似顏色塗抹在物目上？如《搜神記》、《劉之遴神錄》，都記載由拳縣有童謠，「城門有血，城當陷沒為湖」。[46]《述異記》中也有「此縣門石龜眼血出」，歷陽淪為湖之記載。[47]此三則故事無一例外，都以「血」或近似的顏色預示災異的出現。

萬建中的研究指出，此舉乃在於注入「活力」，使之獲得靈性，恢復預報人間災禍的能力。[48]然三則故事中，塗抹者皆淪於城陷之犧牲者，可看出「血」的雙面性，既能預災，亦為致災之緣由。而之前

---

44 原始有崇拜花草樹木的概念，此源於原始人認為整個界都有生命。可參考〔英〕弗雷澤著，徐育新等譯：《金枝》，頁166-182。

45 關於各種故事類型的分類，是目前學界普遍採用的國際分類法。可參丁乃通編著：《中國民間故事類型索引》（北京：中國民間文藝出版社，1986年），頁243。

46 李劍國輯校：《新輯搜神記》，頁438-441。《宋書・五行三》，頁223。

47 魯迅：《魯迅全集》，頁164。

48 萬建中：〈地陷型傳說中禁忌母題的歷史流程及其道德話語〉，《廣西民族學院學報（哲學社會科學版）》第23卷第2期（2001年3月），頁63。

談及，血為重要的供品，隨意取來塗抹，或帶有玩笑心態，都是褻瀆神靈的行為，理應受罰。

《玄中記》中的姑獲鳥，愛以血點小兒衣為誌，即作為取小兒的記號。[49]這裡的「血」則作為一記號標誌，有「被挑中的人」之意味。雖非人主動招致，但追究本因，豈非人無意之舉（置衣於外）造成？

只要是人為或是被動受「血」，都預示災異的到來。這樣的災異，多半是自己造成。反過來說，如果捉弄者不塗血、小孩衣物夜不置外，或許就能逃離危險？

（四）血與物之結合變化

「變化」一詞是由「變」、「化」二同義詞所構成之複合詞，就字源學之觀點，「變」字取象於蠶化為蛾，著重於經歷變形而延續生命的意思，「化」字取象於人的老幼異狀，著重以漸移改的改變舊形。[50]而其思想源自於上古原始社會的泛靈信仰和泛生信仰。[51]卡西勒解釋原始民族的生命觀，為一綜合的，不是分析的。生命沒有被劃分為類和亞類；它被看成是一個不中斷且連續整體，各領域的界限並不是不可逾越，而是流動不定的。不同生命領域之間沒有絕對的差異。沒有什麼東西具有一種限定不變的靜止狀態：由一種突如其來的變形，一切事物可能轉化成一切事物。[52]即在深信萬物可彼此轉化的認知下，

---

49 魯迅：《魯迅全集》，頁374。

50 李豐楙著：〈不死的探求——從變化神話到神仙變化傳說〉，《中外文學》第15卷第5期（1986年10月），頁36-57。

51 前者以為宇宙萬有皆有一擬人格的精靈存在；後者以為宇宙自然遍布——非形質的超自然生命力。李豐楙：《不死的探求——抱朴子》（海南：三環出版社，1992年），頁141。

52 〔德〕卡西勒（Ernst Cassirer）著，甘陽譯：《人論——人類文化哲學導引》（臺北：桂冠圖書公司，2005年），頁121。

古人以為萬物可以同類相生，亦可異類相成，即任何一種物質都可以
轉變為另一種物質。[53]

關於血與物之變化，在志怪小說的書寫中，大致分為兩類，一為
物變血，如《異苑・西秦將亡》，端門外水井之甕，「甕中如血，中有
丹魚」此處水看似血，且魚又恰如血色。[54]另外在《述異記・王文
明》中，王氏妻久病，女為之作粥，出現「將熟變而為血，棄之更
作，亦復如初。如此者再」。[55]在此二則故事中，只要是由他物變
「血」，都將伴隨著「災異」的出現；二為血化物，如《祖臺之志
怪》中，記載一物如人，「立處聚血皆化為螢火數千枚」；一鬼子赤手
持刀刺新婦，其刀上有血，塗桑樹葉即燒；[56]《搜神記》中萇弘血化
碧等。[57]除第二則提及新婦「炊頃便亡」外，另二則無後續禍事記
載，或許只是一種廣見聞，助談資的博物心理。

（五）讖謠之血

讖謠在古代稱為「謠讖」。「讖」的本意是應驗，由圖記和文字符
號構成。「謠」則出自民間流行，不講究音律格式、不求配樂而唱。
由於源頭難考，盡頭無涯，給人感覺如上天所降的語言符號，故向來
被稱作「天籟之聲」，帶有神秘氛圍。因而謝貴安定義讖謠，認為
「把讖的神秘性、預言性與謠的通俗流行性結合起來具有預言性的神
秘謠歌，以通俗形式表達神秘內容並預知未來人事的榮辱禍福、政治
的吉凶成敗的符號及預言活動，或假借預言的外衣的政治活動」。其

---

53 詹鄞鑫：《心智的誤區：巫術與中國巫術文化》（上海：上海教育出版社，2001年），
   頁121。
54 王根林等人校點：《漢魏六朝筆記小說大觀》，頁625-626。
55 魯迅：《魯迅全集》，頁301。
56 魯迅：《魯迅全集》，頁323、324-325。
57 李劍國輯校：《新輯搜神記》，頁404-405。

性質是輿論性的預言，兼有「天意」與「民意」於一體的輿論功能，以拆字、生肖、五行等方式隱含未來的訊息，具有相當大的影響力。[58]古代更有讖應中的童謠為熒惑化作兒童所唱，[59]在漢魏六朝的文獻中每每可見。

《搜神記》和劉之遴《神錄》，都記有由拳縣的童謠：「城門有血，城當陷沒為湖」。《異苑·長安謠》有「秦川城中血沒腕，唯有涼州倚柱看」。[60]這裡的「血」，後者預兆屠殺後的慘狀；前者為一個災害前的警兆。

前舉三例，藉由無名謠諺之傳唱，既有畫面的呈現，又帶有模稜兩可的猜測性，使接受者有足夠的想像空間，解說者有較大的圓說餘地，使他們既能夠破譯當中密碼，又不致影響其中的神秘感。這種童謠既顯示了天意，也具有操縱社會輿論導向的作用；並且謠中雜讖，讖中有謠，把讖之神秘性、預言性和歌謠諺語的通俗流行性結合起來，很容易廣泛傳播。[61]

四　「血」的災異性格之具體意義

魏晉志怪小說中，由於「血」與災異具有一定聯繫，如正是源於對異常現象之恐懼，方產生禁忌與神聖性的想法，而在恐懼下，自然

---

58 謝貴安：《中國讖謠文化研究》（海南：海南出版社，1998年），頁3-5、5、4-25、29。
59 如《論衡校釋·訂鬼》：「世謂童謠，熒惑使之。」（北京：中華書局，1990年）頁941。《晉書·天文志》：「凡五星盈縮失位，其精降於地為人。歲星降為貴臣，熒惑降為童兒，歌謠嬉戲……吉凶之應，隨其象告」等。（北京：中華書局，1974年）頁320。
60 李劍國輯校：《新輯搜神記》，頁438-441、魯迅：《魯迅全集》，頁339、王根林等人校點：《漢魏六朝筆記小說大觀》，頁622。
61 萬晴川：《中國古代小說與方術文化》（北京：中國社會科學院，2005年），頁200。

容易將事物作類比性與聯繫性思維的考量。因而本文試從三者，對異常現象之恐懼、禁忌與神聖性，以及類比性與聯繫性思維幾方面的具體意義，進行有機的聯結，當中可見三者相涉及獨特部分，茲釐析分述如下。

（一）對異常現象之恐懼

由於對奇異現象無法解釋，恐懼自己的無能，便需要創造一種合理的解釋模式，並採取迴避方式來避免災禍的發生。威廉‧麥獨孤指出，好奇本能加上恐懼本能，使得人開始思考驚奇的東西，特別是那些令人又驚又懼的事物。苦思後，人們開始形成一套理論以進行解釋，甚至成為指導自己在面對這些力量的行動。[62]這種恐懼的心理，強化了崇拜的意識，突出對「血」的災異想像。

「血」代表生物的生命，為了表達對鬼神之敬畏，古時常以「血」作為取悅神靈的祭儀，如《禮記‧郊特牲》提及「毛、血，告幽全之物也」。《周禮‧大宗伯》也有「以血祭祭社稷五祀五嶽」等。傳統的祭祀當中，「釁禮」，為古代重要的「血祭」，具有深刻的文化意涵。[63]血祭的「血」，是人主動用以犧牲、祭祀，具有神聖性，故多半帶有吉瑞、崇敬之意。

「血」的「怪誕」特質，[64]在極端反常的對比中，形成了逼真的現實和陌生的超現實，使人感到熟悉的一切突然陌生起來，親切的對象變得疏遠，從而產生強烈的驚駭反應。[65]如「血的異常出現或表

---

62 〔英〕威廉‧麥獨孤（William McDougall）著，俞國良等譯：《社會心理學導論》（浙江：浙江教育出版社，1997年），頁232。

63 黃俊傑：〈中國古代的釁及其文化史意義〉，頁65-90。

64 怪誕之特徵，往往為滑稽與醜惡混合、極端反常、引起可笑與可怕。劉法民：〈怪誕的形態特徵〉，《江西教育學院學報（社會科學）》第20卷第4期（1999年8月），頁11。

65 劉法民：〈怪誕的形態特徵〉，頁17。

現」一節，所反映的內容即為具體的例子。像前引的《搜神記‧留
寵》，不但「每夜，門庭自有血數升，不知所從來」，在寵為折衝將軍
將北征時，家中又出現異事，「炊飯盡變為蟲」，最令人驚懼的是「蒸
秒，亦變為蟲」，且「其火愈猛，其蟲逾壯」。這種由陌生所引發的恐
懼，使人驚慌失措的急於尋找一個合理的解釋，「寵遂北征，軍敗於
檀丘，為徐龕所殺」。便成了此一異事的解釋。再如《異苑》中，將
謝靈運所見異象，謝晦提頭、衣服血淹、飯有大蟲等和後來被誅殺作
了聯結。[66]

尤其在「血」與陰陽五行比附牽連後，更可由史書中的〈五行
志〉等有關文獻看到其與災異的聯結，內涵因而更形擴展，不再只是
物質上的血，更具備令人畏懼的意涵。後來形成的赤眚、赤祥之說，
更與天火等災異形象畫上等號。

總之，即使是習見事物，時機點不對，湊巧又有壞事發生，便易
和災害畫上等號，久而習以為常，不知根究。「血」的災異化情形，
往往在這樣的狀況下產生。

（二）禁忌與神聖性

弗洛伊德指出，禁忌有兩種截然不同的意義，一方面是「崇高
的」、「神聖的」；另一方面卻是「神秘的」、「危險的」、「禁止的」、
「不潔的」。其來源是由於依附於人或鬼身上的神秘力量（瑪那）。[67]
英國人類學家埃德蒙多‧羅納德‧利奇（E. H. Leach）認為越是模稜兩
可的東西，越能引發強烈的禁忌情感。瑪莉‧道格拉斯（M. Douglas）

---

66 李劍國輯校：《新輯搜神記》，頁252-253、王根林等人校點：《漢魏六朝筆記小說大
　　觀》，頁632。

67 〔奧〕弗洛伊德（Sigmund Freud）著，楊庸一譯：《圖騰與禁忌》（臺北：志文出版
　　社，1976年），頁31、34。

更進一步提出儀式和戒律都起源於神聖性，而神聖的根本意義在於正確的定義（界限）、區別與秩序，使每個人事物都符合其所歸屬的階級或階層。[68]這也就是說，不同角度看待同一件事，可能產生相異的結果，如禁忌與神聖正是在這樣的一個對比視角中產生。然其根本都是立足於一種恐懼、求安的心態，試圖以消極、安分的方式保護自己或他人。這樣的概念投注在「血」和災異的文化意涵上，便表現出具有禁忌與神聖性的特質。[69]

正如前文所言的「木出血」、「讖謠」等，起先都是對於其懷有的神秘、神聖力量感到敬畏，一方面懷著敬畏之心，一方面避免與之接觸，對之戰戰兢兢，深恐無意冒犯而致禍。又如《異苑‧長安謠》的民謠：「秦川城中血沒踝，惟有涼州倚柱看。」以血為主的謠言散布四方，最後被歸結到「惠、愍之間，關內殲破，浮血飄舟。張軌擁眾一方，感恩共著」。[70]由「血」而見世事動亂，這就是把血的災異預言放大的例子之一。而這種趨吉避凶的心態，也直接透顯出「血」的禁忌與神聖性之雙重內涵。

（三）類比性與聯繫性思維

類比性或類推的觀念為神話思維或原始思維的普遍思維，為原始

---

68 史宗主編，金澤等譯：《20世紀宗教人類學文選》（上海：三聯書店，1995年），頁340-344、322-326。

69 任騁的研究指出禁忌的由來大體有四：一為靈力的崇拜和畏懼；二為對欲望的克制和限定；三為對儀式的恪守和遵從；四為對教訓的總結和記取。李緒鑒則概括禁忌本質為兩大類，一種是像弗洛伊德的外界強迫說，一種是像卡西勒的內心恐懼說，並以為卡西勒的說法符合大多數禁忌的情況。這種虛構的危險，恐懼的心理和自我限制與防衛，都是禁忌的本質特點，強調人的自主性和功利性。任騁：《中國民間禁忌》，頁8-13。李緒鑒：《禁忌與情性》（北京：國際文化出版公司，1994年），頁16-17。

70 王根林等人校點：《漢魏六朝筆記小說大觀》，頁622。

人剛開始認識萬物時，最重要最直接的認識觀。認識者以為比較對象具有「相似處」，無論此相似性多不合理，甚至看不出因果關係，也都可能拿來類比類推。至於聯繫性思維方式，即是將個人、世界與宇宙的諸多部分之間，建立簡易而緊密的聯繫性關係的一種思維模式。[71]二者大致類似，只是後者更能體現中國早期文化的特質。此種思維模式其實也類似西方弗雷澤的「交感律」，[72]都是建立在「聯想」的應用上。神話小說反映初民的認識，這種類比性與聯繫性的思維就直接具顯出來。

「血」與災異產生聯繫，著眼於災難發生後，如果造成人的傷亡，即可反映出生理上的「血」。初民在這樣的經驗後，發現二者似乎有因果關係，本著「同類相求」的思考模式，將二者聯結起來。

如同前述「人為塗血」中，「災異」的產生或許和「血」無關，但人們於事後回想此一災禍時，便倒果為因將之作了聯結，把災異的發生與血作了因果式的思考。又如前述所引《述異記》中，書生對姥姥說：「此縣門石龜眼血出，此地當陷為湖」，從血出而見城陷，兩者之間就出現了聯繫性的思考。又《搜神記》中，呂縣莫名出現的血，也和後來的亂事作了聯結等等。[73]

最後，就現今的知識體系看來，其間未必有關聯，但當時人不但認真看待，還企圖解釋，這或許和人們總在尋找一個「合理」的解釋有關。一開始所知不多，便以一套合於當時知識的思維模式解釋之。如今，我們對於世界的認識，比從前多。但即使如此，類比和聯結性思維始終存在，只是所處位置不同，看的高度有異，所拼湊出的「真相」不同罷了，它仍然存在人類的一般思維中。

---

71 參見黃俊傑：《東亞儒學史的新視野》（臺北：臺灣大學出版中心，2009年），頁314。

72 交感律可分為相似律和接觸律，前者是因為「相似」的聯想而建立；後者則是根據「接觸」的聯想而建立。〔英〕弗雷澤著，徐育新等譯：《金枝》，頁20。

73 魯迅：《魯迅全集》，頁282、李劍國輯校：《新輯搜神記》，頁226。

另外，要再指出的是，本文認為以「恐懼」、「禁忌與神聖性」，
「類比性與聯繫性思維」三點切入，可以較深入探索「魏晉志怪小
說」中「血」的意涵，亦藉由此分賴來凸顯主題，但三者並非絕對劃
分，彼此亦有千絲萬縷之牽絆。其實，分類本身自有難處，然為了本
文論述上的方便與清楚，故予以分類，但三者並非全然獨立，不與其
它牽涉。就某種程度上，界限有模糊地帶，無法完全分化的。如：
《搜神記・留寵》一例可為「對異常現象之恐懼」，亦可從「類比性
與聯繫性思維」之觀點切入，將其視為一種「前兆」。又如《述異
記》之「陷城傳說」一節，可謂「類比性與聯繫性思維」，亦可稱作
是一種「禁忌」的觸犯。三者在分類上誠有相涉之處，然筆者僅以例
子表明三者災異性格既聯結又有所偏重的意涵。

五 結語

東漢中葉以來，政治社會紊亂，民不聊生。尤其東漢末、魏晉時
期，此時儒學衰微，玄學興盛，佛道思想盛行，巫風方術大行於世。
對於亂世的焦慮，渴望重建一正常秩序。在這樣的社會背景之下，是
最容易激發創作動機的。[74]孕育於此時代背景的魏晉志怪小說，必定
承載著創作主體在亂世中的理想與願望。使得上至貴族文人，下至平
民百姓，深切地感受到人生無常、生命脆弱。在此種精神壓力之下，
不免將視角移轉到鬼神宗教一塊，正如林淑貞指出：

> 六朝志怪記載災異現象，其實正是沿承《尚書・洪範》、《史
> 記》以降史書之災異思維，況且《搜神記》作者干寶即是史學

---

74 錢谷融：《文學心理學》（上海：華東師範大學出版社，2003年），頁148。

家，以此身分觀之，則其接受災異思想，理所當然，這不僅是
他個人的選擇和偏好，更是中國史書的集體思維。[75]

　　由於天災人禍是無法完全預測和避免，想像的災禍在實際中仍有
可能出現，因此人的恐懼心理難以消除，這就使「災異」的想像和聯
結，有了持續存在的動力。人們在趨利避害的心理支配下，就會接受
前人傳下來的禁忌習俗。再加上人們認為災難不會無故出現，往往會
先出現「非常」之象以作為警示。這種「導異為常」的心態，[76]使得
不合理的事件變得不那麼偶然和意外。

　　從終極意義上說，「預驗休咎」反映出正在成長中的人類借助神
異力量來進行面向未來的預知和判斷，它是人們針對歷史演進、社會
發展或個人前景的特殊認知模式。[77]以此觀之，若就「血」與「災
異」的聯結書寫角度來看，要從不知、或難以確知的災異中，推測種
種可能之因，讓「不可知」變成「可理解」，甚至成為日後趨吉避凶
的憑據。這或許正是魏晉志怪小說中「血」與「災異」產生聯繫的源

---

75 林淑貞：《尚實與務虛：六朝志怪書寫範式與意蘊》》（臺北，里仁書局，2010年），
　　頁240。

76 這裡的「導異為常」純就字表面的意涵而言，即是指將「異」合理化，成為可解
　　釋、可理解之「常」。或參照劉苑如「導異為常」的解釋，即劉苑如歸納雜傳體志
　　怪敘述所得出的一種敘述結構和美學特徵，認為就志怪小說的書寫者而言，他們都
　　有著「導異為常」的書寫特徵，意即六朝志怪對「常」與「秩序」的思考，更多落
　　實於主體形、神的安頓，較之秦漢思想，增添了更濃厚的「身體性」與「物質
　　性」，志怪撰者將幽冥間的靈奇怪物等怪異非常之事，通過志怪敘記的傳述，使得
　　原本陌生、遙遠、恐怖不可知的對象，納入某種固定的敘述模式，成為熟悉、可掌
　　握的博物知識，即企圖把諸般「反常」、「違常」或「非常」的狀態導入「正常」的
　　論述方式。這種「導異為常」的狀態，使得不合理的事變得不那麼偶然和意外。劉
　　苑如：《身體・性別・階級——六朝志怪的常異論述與小說美學》（臺北：中研院中
　　國文哲研究所，2004年）。

77 陽清：〈論漢魏六朝志怪的預敘敘事〉，《廣西社會科學》2010年第3期，頁98。

由。更進一步來說，藉由此種聯結，魏晉志怪小說突出了「血」與「災異」的文化意涵，即志怪小說的作者群，利用這種書寫方法，敘述當血出現的異狀，聯結災異發生之必然。換言之，就兩者的關係而言，血之異常情況，固然是「異」，而災異之發生，又是源於血的相關事件，因此兩者是一體兩面，一方出現往往預示或伴隨另一方。就本文所舉有關於血的篇目中，幾無例外，「血」的出現往往伴隨「災異」。因而，二者的關係便很容易聯結起來，即「血」，甚至擴展到「赤」、「紅」的出現，往往都可能成為災異的先兆。

　　「血」為物種生存的根源，血液的流動，表現出物種的生生之機。「血」在剛從動物體內流出時，是鮮豔、帶有動人心魄的美，但讓人為其絕美吸引驚嘆的同時，隱約也感受到莫名的焦躁不安；隨著與空氣接觸的時間增加，血逐漸深化為暗紅色，令人漸生不祥與厭惡。令人感覺「血」不只是生命的泉源，同時也可能是死亡的象徵。在這種生與死的兩可之間，顯然和初民功利心支配下的簡單思維模式不符，很自然產生畏懼的心理。血反映的禁忌和神聖性意義，或許就是在這種矛盾變化的心情，融入災祥之感。

　　因此，「血」由最原始的生命、精力象徵，到與陰陽五行、災異等思想作類比聯結後，便衍生出災異內涵，甚至擴充與「赤」、「朱」、「火」等意義聯結。魏晉志怪小說中「血」之災異性格，便是在此種狀況下形成。在小說世界中，「血」的災異性始終貫穿著神秘、恐懼和不祥，並突顯出其禁忌與異常現象，使人心生畏懼，害怕致災。雖然這樣的災異認識，可回歸於人類傳統的原始思維，但卻不因時間的改變而削弱其對「災異」之戒心。畢竟「血」始終體現著生命的奧秘，並主導著災異的聯結和想像，更進一步來看，其背後隱藏的恐懼心理，往往也伴隨著過度之異化或神秘的解釋。在這樣的理解下，志怪小說中將「血」與災異所進行的種種比附，不但反映了當時

人的思維模式，也可以看出「血」不止是一種體內脈管所含的紅色液體而已，更具有豐富的社會文化意涵。

附表 「血」的出處

出處	分類	內容	相關記載
李本《搜神記》24	無血之血臭	吳時有徐光者，嘗行術於市里：從人乞瓜，其主勿與，便從索瓣，杖地種之；俄而瓜生，蔓延，生花，成實；乃取食之，因賜觀者。鬻者反視所出賣，皆亡耗矣。凡言水旱甚驗。過大將軍孫綝門，褰衣而趨，左右唾濺。或問其故。答曰：「流血覆道，臭腥不可耐。」綝聞而怒殺之。斬其首無血。後綝上蔣林陵，有大風蕩綝車，顧見光在松樹上，拊手指揮嗤笑之。俄而綝誅。	
246		吳諸葛恪征淮南歸，將朝會，犬銜引其衣。恪曰：「犬不欲我行耶？」還坐，有頃復起，犬又銜衣。乃令逐犬，遂升車。入而被害。恪已被殺，其妻在室，語使婢曰：「汝何故血臭？」婢曰：「不也。」有頃愈劇。又問婢曰：「汝眼目瞻視，何以不常？」婢歷然起躍，頭至於棟，攘臂切齒而言曰：「諸葛公乃為孫峻所殺。」於是大小知恪死矣。而吏兵尋至。	《宋書·五行三》：「吳諸葛恪將見誅，盥洗水血臭；侍者授衣，衣亦臭。此近赤祥也。」
李本《搜神記》198		元康五年三月，呂縣有流血，東西百餘步，至元康末，窮凶極亂，僵屍流血之應。後八載而封雲亂徐州，殺傷數萬人，是其應也。	《晉書·五行中》、《宋書·五行三》

出處	分類	內容	相關記載
250		東陽留寵，字道弘。居於湖熟。每夜，門庭自有血數升，不知所從來。如此三四日。後寵為折衝將軍，見遣北征。將行，而炊飯盡變為蟲。其家人蒸秒，亦變為蟲。其火愈猛，其蟲逾壯。寵遂北征，軍敗於檀丘，為徐龕所殺。	
95	無故之血出、	《漢書》載：東海孝婦，養姑甚謹。姑曰：「婦養我勤苦，我已老，何惜餘年，久累年少。」遂自縊死。其女告官云：「婦殺我母。」官收繫之。拷掠毒治，孝婦不堪楚毒，自誣服之。時于公為獄吏，曰：「此婦養姑十餘年，以孝聞徹，必不殺也。」太守不聽。於公爭不得理，抱其獄辭哭於府而去。自後郡中枯旱三年。後太守至，思求其所咎，于公曰：「孝婦不當死，前太守枉殺之，咎當在此。」太守即時身祭孝婦之墓，未反而大雨焉。長老傳云：「孝婦名周青，青將死，車載十丈竹竿，以懸五旛。立誓於眾曰：『青若有罪，願殺，血當順下；青若枉死，血當逆流。』既行刑已，其血青黃，緣旛竹而上極標，又緣旛而下云爾。」	《後漢書·列傳第三十八》、《北齊書·列傳第三十七》
181		晉元帝建武元年六月，揚州旱；去年十二月丙寅，丞相府斬督運令史淳于伯，血逆深上柱二丈三尺。其年即旱，而太興元年六月又旱。殺伯之後旱三年，冤氣之應也。	《晉書·五行中》、《晉書·列傳第三十九》、《晉書·列傳第四十二》、《魏書·列傳第八十四》、

出處	分類	內容	相關記載
			《宋書・五行三》
《異苑》卷四		晉桓振在淮南，夜間人登床聲，振聽之，隱然有聲。求火看之，見大聚血。俄為義師所滅桓振，玄之從父弟也。	
		謝靈運以元嘉五年忽見謝晦手提其頭，來生別床，血色淋漓，不可忍視。又所服豹皮裘血淹滿篋。及為臨川郡，飯中有大蟲，謝遂被誅。	
		謝晦在荊州，見壁角間有一赤鬼，長可三尺。來至其前，手擎銅盤，滿中是血。晦得乃紙盤，須臾而沒。	
《述異記》		宋大明中，頓丘縣令劉順，酒酣，晨起，見床榻上有一聚凝血、如覆盆形．劉是武人，了不驚怪，乃令擣虀，親自切血，染虀食之．棄其所餘。後十許載，至元徽二年，為王道隆所害．	
《幽明錄》		王伯陽亡．其子營墓，得三漆棺，移置南岡．夜夢魯肅瞋云：「當殺汝父！」尋復夢見伯陽云：「魯肅與弟爭墓」後於坐褥上見數升血，疑魯肅殺之故也。墓今在長廣橋東一里。	
		元嘉九年，南陽樂遐嘗在內坐。忽聞空中有人呼其夫婦名，甚急，半夜乃止，殊自驚懼。後數日，婦屋後還，忽舉體衣服總是血。未一月，而夫婦相繼病卒。	
《列異傳》		魯少千者，得仙人符．楚王少女為魅所病，請少千。少千未至數十里止宿，夜有乘車從數千騎來，自稱伯敬，候少千．遂請內酒數，肴饌數案．臨別言：「楚王女病，是吾所為．君若	

出處	分類	內容	相關記載
		相為一還，我謝君二十萬。」千受錢，即為還，從他道詣楚，為治之。於女舍前，有排戶者，但聞云：「少千欺汝翁！」遂有風聲西北去，視處有血滿盆。女遂絕氣，夜半乃蘇。王使人尋風，於城西北得一死蛇，長數丈，小蛇千百，伏死其間。後詔下郡縣，以其日月，大司農失錢二十萬，太官失案數具；少千載錢上書，具陳說，天子異之。	
汪本《搜神記》169	以木為媒介之斫木出血	建安二十五年正月，魏武在洛陽起建始殿，伐濯龍樹而血出。又掘徒梨，根傷而血出。魏武惡之，遂寢疾，是月崩。是歲為魏武黃初元年。	《晉書・五行中》、《三國志・魏書一・武帝》、《宋書・五行三》
汪本《搜神記》421		張華，字茂先，晉惠帝時為司空，於時燕昭王墓前，有一斑狐，積年，能為變幻，乃變作一書生，欲詣張公。過問墓前華表曰：「以我才貌，可得見張司空否？」華表曰：「子之妙解，無為不可。但張公智度，恐難籠絡。出必遇辱，殆不得返。非但喪子千歲之質，亦當深誤老表。」狐不從，乃持刺謁華。華見其總角風流，潔白如玉，舉動容止，顧盼生姿，雅重之。於是論及文章，辨校聲實，華未嘗聞。比復商略三史，探賾百家，談老、莊之奧區，披風、雅之絕旨，包十聖，貫三才，箴八儒，擿五禮，華無不應聲屈滯。乃歎曰：「天下豈有此少年！若非鬼魅則是狐狸。」乃掃榻延留，	

出處	分類	內容	相關記載
	以木為媒介之斫木出血	留人防護。此生乃曰：「明公當尊賢容眾，嘉善而矜不能，奈何憎人學問？墨子兼愛，其若是耶？」言卒，便求退。華已使人防門，不得出。既而又謂華曰：「公門置甲兵欄騎，當是致疑於僕也。將恐天下之人捲舌而不言，智謀之士望門而不進。深為明公惜之。」華不應，而使人防禦甚嚴。時豐城令雷煥，字孔章，博物士也，來訪華；華以書生白之。孔章曰：「若疑之，何不呼獵犬試之？」乃命犬以試，竟無憚色。狐曰：「我天生才智，反以為妖，以犬試我，遮莫千試，萬慮，其能為患乎？」華聞，益怒曰：「此必真妖也。聞魑魅忌狗，所別者數百年物耳，千年老精，不能復別；惟得千年枯木照之，則形立見。」孔章曰：「千年神木，何由可得？」華曰：「世傳燕昭王墓前華表木已經千年。」乃遣人伐華表，使人欲至木所，母空中有一青衣小兒來，問使曰：「君何來也？」使曰：「張司空有一少年來謁，多才，巧辭，疑是妖魅；使我取華表照之。」青衣曰：「老狐不智，不聽我言，今日禍已及我，其可逃乎！」乃發聲而泣，倏然不見。使乃伐其木，血深；便將木歸，燃之以照書生，乃一斑狐。華曰：「此二物不值我，千年不可復得。」乃烹之。	
李本《搜神記》197		聶友，字文悌，豫章新淦人。少時貧賤，常好射獵。夜照，見一白鹿，射中之。明尋蹤，血既盡，不知所在。且已饑極，便臥一梓樹下。仰見射箭著樹枝上，視之，乃是昨射鹿箭，怪其如此。於是還家齎糧，命子姪持斧以伐之。	

出處	分類	內容	相關記載
		樹微有血，遂裁截為二板，牽著陂塘中。板常沉池，然時復浮出。出輒家有吉慶。友每欲致賓客，輒便常乘此板。或於中流欲沒，客大懼，聶君呵之，還復浮出。仕宦大如意，位至丹陽太守。在郡經時，外司白云：「濤入石頭來，聶君陂中板來耳。」來日，自視之，果然。聶君驚曰：「此陂中板來，必有意。」即解職歸家。下船便閉戶，二板挾兩邊，一日即至豫章。自爾之後，板出便反為凶禍，家大轗軻。今新淦北二十里餘封溪，有聶友所截梓樹板繫著泙柯處。所用樟樹為泙柯著，遂生為樹。今猶存，其木合抱，乃聶友回日所栽。始倒植之，今枝葉皆向下生。	
206		桂陽太守江夏張遼，字叔高，去鄢陵，家居，買田，田中有大樹，十餘圍，蓋六畝，枝葉扶疏，蟠地不生穀草。遣客斫之，斧數下，樹大血出。客驚怖，歸白叔高。叔高怒曰：「老樹汁赤，如何得怪！」因自斫之，血大流出。叔高更斫枝，有一空處，白頭老公長四五尺，突出趁叔高。叔高以刀逆斫，殺之，四五老公並死。左右皆驚怖伏地。叔高神慮恬然如舊。諸人徐視，似人非人，似獸非獸。此所謂木石之怪夔魍魎者乎？其伐樹年中，叔高作辟司空侍御史、兗州刺史以。	
204		吳先主時，陸敬叔為建安太守。使人伐大樟樹，下數斧，忽有血出。至樹斷，有一物人面狗身，從樹穴中出走。敬叔曰：「此名彭侯。」烹而食之。其味如狗。白澤圖曰：「木之精名彭侯，狀如黑狗，無尾，可烹食之。」	

出處	分類	內容	相關記載
《異苑》卷八		晉孝武太元十二年，吳郡壽頌道志邊火為居，渚次忽生一雙，物狀若青藤而無枝葉，數日盈拱。試共伐之，即有血出，聲在空中，如雄鵝叫兩音相應。腹中得一卵，形如鴨子，其根頭似蛇面眼。	
《異苑》卷八		晉義熙中，永嘉松陽趙翼與大兒鮮共伐山桃樹，有血流，驚而止。後忽失第三息所在，經十日自歸，空中有語聲，或歌或哭，翼語之曰：「汝既是神，何不與相見！」答曰：「我正氣耳。」舍北有大楓樹，南有孤峰，名曰石樓，四壁絕立，人獸莫履。小有失意，便取此兒著樹杪及石樓上，舉家叩頭請之，然後得下。	
《幽明錄》		義熙中，江乘聶湖忽有一板，廣數尺，長二丈餘，恆停在此川溪，採菱及捕魚者資以自濟。後有數人共乘板入湖，試以刀斫，即有血出，板仍沒，數人溺死。	
《搜神記》	血與物之結合變化	周靈王時，萇弘見殺，蜀人因藏其血，三年，乃化而為碧。	
《異苑》卷四		西秦乞伏熾磐都長安，端門外有一井，人常宿汲水亭之下。而夜聞磕磕有聲，驚起照視，甕中如血，中有丹魚，長可三寸，而有寸光。時東羌西虜共相攻伐，國尋滅亡。	
《述異記》		王文明——宋太始末江安令——妻久病，女於外為母作粥，將熟變而為血，棄之更作，亦復如初。如此者再。珠林引有此句母尋亡。其後，兒女在靈前哭，忽見其母臥靈上，如平	

出處	分類	內容	相關記載
	血與物之結合變化	生，諸兒號感，奄然而滅。文明先愛其妻手下廣記引作所使婢，身將產。葬其妻日，使婢守屋，餘人悉詣墓所；部伍始發，妻便見形，入戶打婢。其後，諸女為父辦食殺，刳洗已竟，忽跳起，軒首長鳴。文明尋卒，諸男相繼喪亡。	
祖臺之《志怪》		晉懷帝永嘉中，譙國丁祚渡江至陰陵界。時天昏霧，在道北有社，見一物如人，倒立，兩眼垂血從額下，聚地兩處，各有升餘祚與從弟齊聲喝之，滅而不見。立處聚血皆化為螢火數千枚，縱橫飛散。	
		廷尉徐元禮嫁女，從祖與外兄孔正陽共詣徐家。道中有土牆，見一小兒，裸身，正赤手持刀，長五六寸，企牆上磨甚馼，獨語；因跳車上曲闌中坐，反覆視刀，輒櫺之。至徐家門前桑樹下，又跳下，坐灰中，復更磨刀。日晡，新婦就車中，見小兒持刀入室，便刺新婦，新婦應刀而倒；扶還解衣，視小腹紫色，如酒槃大，炊頃便亡。鬼子出門舞刀，上有血，塗桑樹葉，火然，斯須燒。	
《述異記》	人為之塗血	和州歷陽淪為湖。先是有書生遇一老姥，姥待之厚，生謂姥曰：「此縣門石龜眼血出，此地當陷為湖。」姥後數往候之。門使問姥，姥具以告。吏遂以朱點龜眼。姥見，遂走上北山，城遂陷。	
劉之遴《神錄》		由拳縣，秦時長水縣也。始皇時，縣有童謠曰：「城門當有血，城陷沒為湖。」有嫗寰宇	

出處	分類	內容	相關記載
	人為之塗血	記引作老母下同聞之憂懼，每旦往窺城門；門侍寰宇引作門傳兵欲縛之，嫗言其故。嫗去後，門侍殺犬，以血塗門。嫗又往，見血走去，不敢顧。忽有大水，長欲沒縣；主簿令幹入白令。令見幹曰：「何忽作魚？」幹又曰：「明府亦作魚！」遂乃淪陷為谷。水經注二十九引神異傳老母牽狗北走六十里，移至伊萊山得免。西南隅今乃有石室，名為神母廟；廟前石上，狗跡猶存。	
《搜神記》325		由拳縣，秦時長水縣。秦始皇東巡，望氣者云：「五百年後，江東有天子氣：」始皇至，另因徒十萬人掘汙其地，鑿審山為硤，北迤六十里，至天星河止。表以惡名，故改之曰由拳縣，言囚倦也。由拳即嘉興縣，吳大帝時，縣人郭暨獻與由拳山人隱此。始皇時童謠曰：「城門有血，城當陷沒為湖。」有嫗聞之，朝朝往窺。門將欲縛之。嫗言其故。後門將以犬血塗門，嫗見血走去。忽有大水欲沒縣。主簿令幹入白令，令曰：「何忽作魚？」幹曰：「明府亦作魚。」遂淪為湖。	
《異苑·長安謠》	讖謠之血	晉時長安謠曰：「秦川城中血沒踠，惟有涼州倚柱看。」及惠、愍之間，關內殲破，浮血飄舟。張軌擁眾一方，威恩共著。	《晉書·列傳第五十六》
《搜神記》325		由拳縣，秦時長水縣也·始皇時童謠曰：「城門有血，城當陷沒為湖。」有嫗聞之，朝朝往窺。門將欲縛之。嫗言其故。後門將以犬血塗門，嫗見血，便走去·忽有大水，欲沒縣。主	

出處	分類	內容	相關記載
		簿令幹入白令，令曰：「何忽作魚？」幹曰：「明府亦作魚。」遂淪為湖。	
《劉之遴神錄》	讖謠之血	由拳縣，秦時長水縣也。始皇時，縣有童謠曰：「城門當有血，城陷沒為湖。」有嫗聞之憂懼，每旦往窺城門；門侍欲縛之，嫗言其故。嫗去後，門侍殺犬，以血塗門。嫗又往，見血走去，不敢顧。忽有大水，長欲沒縣；主簿令幹入白令。令見幹曰：「何忽作魚？」幹又曰：「明府亦作魚！」遂乃淪陷為谷，老母牽狗北走六十里，移至伊萊山得免。西南隅今乃有石室，名為神母廟；廟前石上，狗跡猶存。	

姑獲鳥文化意涵之探討

一 前言

　　姑獲鳥據傳是不祥之物，其較完整的記載，見託名郭璞的《玄中記》最早。[1]整個故事看似前後不同，可分為兩部分。但姑獲鳥之所以能和豫章男子之妻連接在一起，可能是因其妻有毛衣，脫衣成人，披衣化鳥。而故事記載女子後來「以衣迎三女」，恰好呼應姑獲鳥取人子的傳言。[2]

　　姑獲鳥有許多異稱，如《玄中記》「一名天帝少女，一名夜行遊女，一名鉤星，一名隱飛。」[3]而「鉤星」、「姑獲」都是「鉤魂」的

1　「姑獲鳥晝飛夜藏，蓋鬼神類，衣毛為飛鳥，脫衣為女人。一名天帝少女，一名夜行遊女，一名鉤星，一名隱飛。鳥無子，喜取人子養之以為子。今時小兒之衣不欲夜露者，為此物愛，以血點其衣為志，即取小兒也。故世人名為鬼鳥，荊州為多。昔豫章男子，見田中有六七女人，不知是鳥，匍匐往，先得其毛衣，取藏之，即往就諸鳥。諸鳥各去就毛衣，衣之飛去。一鳥獨不得去男子取以為婦，生三女。其母后使女問父，知衣在積稻下，得之，衣而飛去。後以衣迎三女，三女兒得衣亦飛去，今謂之鬼車。」魯迅：《魯迅全集‧古小說鉤沉‧玄中記》（第八卷）（上海：人民文學出版社，1973年），頁492。

2　一般將〈姑獲鳥〉作為第一個人鳥結合的故事，影響到後來男子藏衣得妻的情結模式。段啟明主編：《中國古典小說藝術鑑賞辭典》（北京：北京師範大學出版社，1991年），頁32-33。

3　稱「天帝少女」或許和袁珂將之與「女岐」、「九子母」有關；稱「夜行遊女」，和其夜行以及與男子婚配有關；稱「鉤星」則因為此鳥夜晚在星光下飛過，如鉤星趕月所致；稱「隱飛」則因其晝盲夜瞭，所以晝隱夜飛。馬啟俊：〈「鬼車」及其別名小考〉，《文史雜誌》，2010年第6期，頁76-78。

音變，鬼鳥就是鈎魂鳥。[4]後世相關記載又把牠與「九頭鳥」[5]、「鬼鳥」[6]、「鬼車」[7]、「鬼車鳥」[8]，甚至「鵂鶹」[9]（貓頭鷹）等聯結混

---

4 李道和：《歲時民俗與古小說研究》（天津：天津古籍出版社，2004年），頁308。

5 《山海經》，是記載九頭鳥形象的最早文獻。《山海經·大荒北經》中說：「大荒之中，有山名曰北極天櫃。海水北注焉。有神，九首人面鳥身，名曰九鳳。」楊錫彭譯注：《新譯山海經》（臺北：三民書局，2013年），頁255。《續修台灣府志·卷十八》，「鬼車俗名九頭鳥。」臺灣史料集成編輯委員會編：《續修台灣府志》（臺北：遠流出版公司，2007年），頁625。

6 《荊楚歲時記》，「正月夜，多鬼鳥度，家家槌床打戶，挼狗耳，滅燈燭以禳之。」〔南朝梁〕宗懍、王毓榮校注：《荊楚歲時記校注》（臺北：文津出版社，1992年），頁94。

7 〔唐〕劉恂：《嶺表錄異》「鬼車，春夏之間，稍遇陰晦，則飛鳴而過，嶺外猶多。」〔唐〕劉恂著：商璧、潘博校：《嶺表錄異校補》（廣西：廣西民族出版社，1988年），頁129。又歐陽修〈鬼車詩〉，「嘉祐六年秋……天昏地黑有一物，不見其形，但聞其聲。其初切切淒淒，或高或低，乍似玉女調玉笙，眾管參差而不齊。既而咿咿呦呦，若軋若抽，又如百兩江州車，回輪轉軸聲啞嘔。鳴機夜織錦江上，群雁驚起蘆花洲。吾謂此何聲？初莫窮端由。老婢撲燈呼兒曹，云此怪鳥無匹儔。其名為鬼車，夜載百鬼凌空遊。其聲雖小身甚大，翅如車輪排十頭。凡鳥有一口，其鳴已啾啾。此鳥十頭有十口，口插一舌連一喉。一口出一聲，千聲百響更相酬。昔時周公居東周，厭聞此鳥憎若讎。夜呼庭氏率其屬，彎弧俾逐出九州。射之三發不能中，天遣天狗從空投。自從狗齧一頭落，斷頸至今青血流。爾來相距三千秋，晝藏夜出如鵂留。每逢陰黑天外過，乍見水光驚輒墮。有時餘血下點汙，所遭之家家必破……」清楚道出聞見鬼車的始末以及其與周公的關係。〔宋〕歐陽修著，洪本健校箋：《歐陽修詩文集校箋》（上海：上海古籍出版社，2009年），頁350-351。

8 《酉陽雜俎》，「鬼車鳥，相傳此鳥昔有十首，能收人魂，一首為犬所嚙。秦中天陰，有時有聲，聲如力車鳴，或言是水雞過也。」〔唐〕段成式：《酉陽雜俎》（北京：中華書局，1981年），頁156。《本草綱目》，「鬼車鳥別名鬼鳥、蒼鸆、奇鶴。時珍曰：鬼車，妖鳥也。取《周易》『載鬼一車』之義。似鶴而異，故曰奇鶴。」〔明〕李時珍編纂：劉衡如、劉山水校注：《新校注本本草綱目》（北京：華夏出版社，2013年），頁1765。然又有「姑獲夜鳴，聞則挼耳，乃非姑獲也。鬼車鳥耳。二鳥相似，故有此同。」一說，〔宋〕唐慎微撰、曹孝忠奉勑校勘：《重修政和經史證類備用本草》（北京：人民衛生出版社，1957年），頁488。《本草綱目》亦將「姑獲鳥」和「鬼車鳥」分論。〔明〕李時珍編纂：《新校注本本草綱目》，頁1764、1765。

9 《嶺表異錄校補》，「鴞，又名鵂鶹。夜飛晝伏，能拾人爪甲以為凶，凶則鳴於屋上；

同在一起。學者以為，楚國的九鳳鳥是九頭鳥的原型，隨著周的興
起，楚所崇拜的鳳鳥逐漸被汙名化為不祥的「九頭鳥」、「鬼鳥」、「鬼
車」，「姑獲鳥」等。[10]「九頭鳥」之所以也被稱為「鬼鳥」、「鬼車」，
是因為先秦時期，九、鬼音同所致。[11]而「九頭鳥」又常稱「鬼車
鳥」，據推斷可能原型是「梟」。[12]但即使其名隨著不同時空而有所改
變，當中仍有共同點，其始終保持不變的部分，或許便是姑獲鳥和其
它名稱混用的原因之一。然而，姑獲鳥異名的考證非本文著力的重
點，故此部分只略提而不擬細辨。本文擬從姑獲鳥的性質內涵，探討
姑獲鳥為何被視作不祥？同樣「非常」死，同樣身為女子，如丁姑、
紫姑等為何有幸為神？即使是同為化鳥的天女精衛，也並不視作不
祥。有鑑於此，本文擬先討論姑獲鳥的既有特質，繼而思索其為厲之
必然，從中探討當中可能存有之文化意涵。

二 既有特質：「取人子」之惡禽

在相關記載中，可看到姑獲鳥有一些習性，而這些習性或構成其

故人除爪甲必藏之。又名夜遊女，好與嬰兒為祟。又名鬼車、又名魚鳥，能入人屋
收魂氣。鶹鶹畫目無見，夜則目明。」〔唐〕劉恂著：《嶺表錄異校補》，頁129。

10 「九頭鳥」相關討論可參考朱介凡：〈古代九頭鳥的傳說〉，《東方雜誌》（1976年7
月）、朱介凡：〈近代九頭鳥的傳說〉，《東方雜誌》，1977年12月、胡曉蓓，〈「九頭
鳥」的形象流變及其文化內涵〉，《華中科技大學學報（社會科學版）》2006年第2期
等。以幾人說法便斷定九鳳鳥是九頭鳥的原型，是姑獲鳥的化身，或許失於武斷，
然此處只是將相關說法作一整理，並無是非與價值上的判斷。誠如前言，姑獲鳥異
名的考證非本文著力的重點，因而只是聊備一說。

11 《史記・殷本紀》「九侯」條，《集解》「徐廣曰：『一作鬼侯，鄴縣有九侯城』」，
《索隱》「九亦依字讀，鄒誕生音仇也」，《正義》《括地志》云：「相州滏陽縣西南
五十裡有九侯城，亦名鬼侯城，蓋殷時九侯城也。」〔西漢〕司馬遷：《史記・刺客
列傳》（臺北：鼎文書局，1983年），頁106。

12 楊龢之：〈鬼車鳥考〉，《中華科技史學會學刊》第15期（2010年12月）。

不祥之性，以下從「衣取小兒」、「血、羽致病」、「稟性畏犬」、「人日為崇」以及「畏光聲吵」等幾點探討之。

（一）衣取小兒

《玄中記》提到：「鳥無子，喜取人子養之以為子。今時小兒之衣不欲夜露者，為此物愛，以血點其衣為志，即取小兒也。」這幾句可以發現，姑獲鳥無子，因此喜歡取人子作為己子。[13]後來流傳的版本中以「兒」、「小兒」、「子」這些可以指稱男女的詞語。原本僅是迎取自己孩子的女鳥，轉變為危害小兒的鬼物。

為何衣服被姑獲鳥作記號就可以危害小兒呢？原來自古據傳，衣服與靈魂的關係十分密切，如《史記・刺客列傳》中的豫讓擊刺趙襄子衣復仇之事，[14]可知人們認為二者關係密切。又司馬貞〈索隱〉引《戰國策》，「衣盡出血，襄子迴車，車輪未周而亡。」[15]豫讓以「擊衣」代替殺人，也反映出當時以衣代身的觀點，看出人們對靈魂與衣服關係的聯結。因此，才有姑獲鳥「血點其衣」便能取小兒的說法產生。

由於衣與人的聯結緊密，如《禮記・喪大記》、《儀禮・士喪禮》皆載有「復」禮，以衣招魂之儀式。[16]正因為衣服與人體的親密接

---

13 《荊楚歲時記》引的《玄中記》則特別點出「好取人女子養之。」特別標出姑獲鳥所取之「子」為女子。這正好可以和《玄中記》的鳥化婦生三女，後又「以衣迎三女」的事蹟吻合。李道和認為這和巫文化有關。詳參李道和：《歲時民俗與古小說研究・天鵝處女型故事的變體》。王毓榮著：《荊楚歲時記校注》，頁94。

14 〔西漢〕司馬遷：《史記・刺客列傳》，頁2521。

15 又豫讓此事亦載，〔西漢〕劉向，《戰國策・趙策・晉畢陽之孫豫讓》（臺北：里仁書局，1990年），頁599-600。

16 《禮記・喪大記》，「皆升自東榮，中屋履危，北面三號，捲衣投于前，司服受之，降自西北榮。」〔東漢〕鄭玄，〔唐〕孔穎達疏：《斷句十三經經文・禮記》（臺北：臺灣開明書店，1984年），頁85。《儀禮・士喪禮》「士喪禮。死于適室，幠用斂衾。

觸，衣服往往帶有本人的氣息，除了可用來限定身分外，最適合成為肉體與靈魂的中介物。從巫術角度看，取衣得魂使用了接觸律和相似律，[17]在當時人的眼裡，或許姑獲鳥就是以這樣的方式加害小兒的。然而，換個角度來看，人們以衣招魂，其實也帶有巫術思維，只是姑獲鳥是致禍、消極的黑巫術；而人行「復」禮是招魂、積極的白巫術。但二者都利用了衣魂依存的關係。而正是存在著衣與魂的關係，故懼怕姑獲鳥因血點衣為記而得小兒之魂，不利於小兒，所以產生「小兒之衣不欲夜露」的說法。

姑獲鳥的外型是鳥，但卻能「血點其衣」後「取小兒」。除了前面談到衣與靈魂的密切性外，也與「血」的災異性、神聖性與巫術功能有關。[18]因此，便推得姑獲鳥可藉此一行為奪走小兒的靈魂，或至少讓小兒生病。而這種鳥與人魂的關係，也許可從引魂鳥的角度切入。

引魂鳥的存在或死後魂魄化為飛鳥是很常見的古早信仰，如蕭兵

復者一人，以爵弁服，簀裳于衣，左何之，扱領于帶。升自前東榮，中屋，北面，招以衣，曰：『皐某復！』三，降衣于前。受用篋，升自阼階以衣尸。復者降自後西榮。楔齒用角柶，綴足用燕几。奠脯醢醴酒，升自阼階，奠于尸東。帷堂。乃赴于君。主人西階東，南面命赴者，拜送。有賓則拜之。」〔東漢〕鄭玄，〔唐〕賈公彥疏：《斷句十三經經文‧儀禮》（臺北：臺灣開明書店，1984年），頁51。譚思健：〈招魂考——代喪葬文化研究之三〉，《江西教育學院學報》1992年第3期。

17 相似律即「同類相生」或果必同因；相似律即「物體一經互相接觸，在中斷實體後還會繼續遠距離的互相作用。」〔英〕弗雷澤著，徐育新等譯：《金枝》（北京：大眾文藝出版社，1998年），頁19。

18 《金枝》在第二十一章〈禁忌的物〉第四節的〈血的禁忌〉，列舉一些原始民族對神聖人血的恐懼和謹慎等。〈古代的尚血觀念與尚血儀式〉中提到，人們具有血祟觀念，害怕遇上血災，由此產生了血忌。張勝琳：〈古代的尚血觀念與尚血儀式〉，《民族研究》1986年第6期，頁55-61。探討先秦祭禮中的用血儀式，以為先秦的祭祀活動中，血具有巫術功能，可充當通天達地的法器，而儒家又將之儀式化和制度化，並反映在儒家經典中。楊華：〈先秦血祭禮儀研究——中國古代用血制度研究之一〉《世界宗教研究》2003年第3期，頁22-33。楊華：〈先秦釁禮研究——中國古代用血制度研究之二〉，《江漢論壇》2003年1月，頁69-74。

指出，戰國時期長沙〈楚帛畫〉和馬王堆〈西漢帛畫〉的隨葬帛畫，普遍都可發現靈魂鳥、引魂鳥的存在，本意都是引魂升天，都有神鳥引導著亡靈，使靈魂早日歸往先祖所在之處。[19]楚懷王有客死秦國化為「楚魂鳥」的故事。[20]《楚辭・大招》中的「魂兮歸徠，鳳皇翔只」，[21]以鳳扮演引魂鳥的角色。《三國志・魏書・東夷傳》：「以大鳥羽送死，其意欲使魂氣飛揚。」[22]也有類似記載。甚至弗雷澤提到「人們通常把靈魂看做隨時可以飛去的小鳥。」[23]提到化鳥的靈魂容易被外面吸引，需要做些活動使得靈魂知曉要回到內部。而出土文物如一九八六年在四川廣漢縣出土的「三星堆祭祀坑」中，有些帶有鳥翼造型的神人像、身上帶著雲朵造形的出土青銅神鳥，[24]一九八九年，在萬縣甘寧鄉高梁村發現的一件虎紐錞，當中有個「船上立有鳥狀神」的符號，程地宇認為這就是離鳥，是古代巴人以太陽為中心的宇宙觀表現，「至於船形符號中神樹與離鳥的『分立』，那只是神話因素的提取與強調，意在突出並神化作為『陽之精』的離鳥，從而為生民壯膽，為國殤引魂。」[25]這些都能證明古代即有這樣的習俗和文化。因此，鳥與魂魄關係密切。

---

19 蕭兵：《楚辭與神話》（江蘇：江蘇古籍出版社，1987年），頁20-26。

20 陳元龍：《格致鏡原》卷八一引崔豹《古今注》（今本無）：「楚魂焉，一名亡魂鳥。或云楚懷王囚咸陽不得歸，卒死於秦。後於寒食月夜，入見於楚，化而為鳥，名楚魂。」〔清〕陳元龍，《格致鏡原》（臺北：臺灣商務印書館，1972年），頁264。

21 傅錫壬：《新譯楚辭讀本》（臺北：三民書局，1987年），頁173。

22 〔晉〕陳壽撰，南朝〔宋〕裴松之注：《新校本三國志》（臺北：鼎文書局，1990年），頁853。

23 弗雷澤：《金枝》，頁273。

24 四川省文物考古研究所編：《三星堆祭祀坑》，頁333-341。陳器文：〈神鳥／禍鳥：試論神族家變與人化為鳥的原型意義〉，《興大中文學報》第23期，2008年，頁11-12。

25 程地宇，〈魂歸太陽：神樹、離鳥、靈舟──「巴蜀圖語」船形符號試析〉，《三峽學刊（四川三峽學院社會科學學報）》1994年第4期，頁19。

（二）血、羽致病

　　《玄中記》的「以血點其衣為志，即取小兒也。」寫姑獲鳥以「血」作為取小兒的記號。如唐段成式《酉陽雜俎》:「毛落衣中，為鳥祟，或以血點其衣為志。」當中除了可見以「血」作記號外，還點出如果姑獲鳥的羽毛落在小兒衣中，會造成「鳥祟」。[26]又如唐孫思邈《孫眞人備急千金要方》言其「陰氣毒化生，喜落毛羽於人，中庭置兒衣中，便令兒作癇病，必死，即化為其兒也。」[27]宋唐慎微《證類本草》卷十九中所記:「此鳥昔有十首，一首為犬所嚙，今猶餘九首，其一常下血，滴人家則凶。」[28]宋羅願在《爾雅翼》卷十七中引裴瑜注提到:「此鳥昔有十頭，能收人魂氣，為天狗嚙去其一，至今滴血不止。遇其夜過或滴汙物上者，以為不祥。」[29]明李時珍《本草綱目》也言「此鳥夜飛，以血點之為志。兒輒病驚癇及疳疾，謂之無辜疳也。」[30]或言血、或言羽，只要落於小兒衣中，便會使小兒生病甚至死亡。關於此，日本學者山田慶兒則有姑獲鳥為疫鬼的推論。其指出姑獲鳥落羽致小兒病之因，和小兒某樣東西被取走脫離不了關係，可能和「姑獲能收人之魂魄」有關，或許可設想，小兒癇病之因，在於姑獲鳥乃吃小兒之魂的鬼，此「鬼」不外乎疫鬼一類。[31]而

26　「鳥祟」當是泛指鳥所帶來的祟亂，只是筆者特別關注於疾病相關的問題，因為姑獲鳥帶來的最大禍害，莫過於害小兒性命，因而以此方式分析可能致病之源，而非僅限於民俗的思維。

27　〔唐〕孫思邈撰，〔北宋〕林億、高保衡、錢象先等奉敕校正:《孫真人備急千金要方》（臺北:臺灣商務印書館，1975年），頁65。

28　〔宋〕唐慎微撰:《重修政和經史證類備用本草》，頁488。

29　〔宋〕羅願，〔元〕洪焱祖:《爾雅翼》，長春:吉林出版社，2005年。

30　〔明〕李時珍編纂:《新校注本本草綱目》，頁1764。

31　〔日〕山田慶兒撰，廖育群譯:〈夜鳴之鳥〉，收入《日本學者研究中國史論著選譯》第十卷（北京:中華書局，1992年），頁246-247。

這或許可與〈太上洞淵神咒經〉提到的「鈎星」作一聯結。[32]因而才需要禳除，將鬼趕出。

為何姑獲鳥可因血沾衣或羽落小兒衣而致病？此除了因衣與小兒魂的緊密連接外，由古代對「血」的禁忌來看，「血」一方面是生命的泉源，同時也是死亡的象徵。加以古代先民對血有過度的忌諱，如楊華認為，很多原始社會都有血崇拜的文化傳統，其表現方式，一是對血的禁忌，二是將血和現實生活聯結起來，以求能為自己禳災祈福。[33]因此，血明顯具有招災和避災兩種正反功用。[34]況且，流血意味著受傷或死亡。大概就是在這種矛盾的心情下，血和災祥作了意義上的聯結。[35]

北魏酈道元《水經注》提到：「豫章間養兒，不露其衣，言是鳥落塵於兒衣中，則令兒病，故亦謂之夜飛游女矣。」[36]在《玄中記》女鳥的基礎上，解釋了豫章地區的風俗，提出恐鳥毛落兒衣使之病之說。隋唐之後，如《孫真人備急千金要方》、《證治準繩》、《本草綱目》等，更進一步由醫學角度解釋，可能是強調此類鳥禽的羽毛、

---

32 〈太上洞淵神咒經〉則將「鈎星」當作是欲訓斥的惡鬼，如「又有雲中百二十種遊獵鬼，七十二王及鈎星之鬼，烏獲之鬼，夜行之鬼，飛走之鬼……」、「復有遊獵鈎星九砬之鬼，同聲唱云……惠我生命」：《道藏》第六冊（北京：文物出版社，1988年），頁41。而之所以有鈎星、鈎星一類的名稱流傳，可能是將疫鬼本體作為星，而星恐怕就是由鬼車所載，在黑暗中飛過去的。〔日〕山田慶兒撰，廖育群譯：〈夜鳴之鳥〉，頁265。

33 楊華：〈先秦血祭禮儀研究——中國古代用血制度研究之一〉，頁31-32。

34 陳來生：《無形的鎖鏈：神秘的中國禁忌文化》（上海：三聯書店，1993年），頁165-166。

35 「血」的災異性格之具體意義表現在幾部分上：對異常現象之恐懼、禁忌與神聖性，以及類比性與聯繫性思維。陳世昀：〈魏晉志怪小說中「血」之災異性探討〉，《成大宗教與文化》第22期，2015年12月。

36 〔北魏〕酈道元撰、陳橋驛校證：《水經注》（北京：中華書局，2007年），頁84。

爪、糞與血等含有致病致死的危險，或由驚嚇角度解釋，[37]「令兒作癇病」、「輒病驚癇及疳疾」等，稱其「無辜疳」[38]，指出姑獲鳥可能引起的癲癇、驚嚇、痙攣、驚怖大啼、潰爛等病症。因而姑獲鳥又有「無辜鳥」此一別名，暗指小兒無辜得病。[39]相較之前較神怪、迷信的解釋，更為合理。

從上述衣與血和羽，因而引發了「今時小兒之衣不欲夜露者」的禁忌。[40]而禁忌是出於心理「趨避衝突」，所產生的一種心理反應。簡言之，禁忌，作為一學術概念，一方面指神聖的、不潔的、不可接觸的，一方面又是指言行或心理上被禁止、抑制的行為控制模式。[41]禁

---

37 《諸病源候論》指出小兒驚癇候，「起於驚怖大啼，精神傷動，氣脈不定，因驚而發作成癇也。」〔隋〕巢方元等著，丁光迪主編：《諸病源候論》（北京：人民衛生出版社，1992年），頁1292。

38 「巢氏：兒面黃髮直，時壯熱，飲食不生肌膚，積經日月，遂致死者，謂之無辜。言天上有鳥名無辜，晝伏夜遊，洗濯小兒衣席，露之經宿，此鳥即飛從上過，而取此衣與小兒著，並席與小兒臥，便令兒生此病」、「漢東王先生云：小兒無辜疾者，古云天上有一鳥，名無辜，因曬小兒衣物失取過夜，遇此鳥過、尿之，令兒啼叫，諸病所生，日漸黃瘦者非也。」〔明〕王肯堂：《證治準繩‧幼科‧無辜疳》（北京：人民衛生出版社，2014年），頁1658。《本草綱目》，「兒輒病驚癇及疳疾，謂之無辜疳也。」〔明〕李時珍編纂：《新校注本本草綱目》，頁1764。

39 《諸病源候論》「言天上有鳥，名無辜，晝伏夜遊，洗浣小兒衣席，露之經宿，此鳥即飛從上過，而取此衣與小兒著，並席與小兒臥，便令兒著此病。」〔隋〕巢方元等著：《諸病源候論》，頁1378。

40 禁忌（Taboo），是民俗學重要的概念，具有雙重涵義，「神聖的」、「不潔的」。可參考〔奧〕弗洛伊德著，楊庸一譯：《圖騰與禁忌》（臺北：志文出版社，1976年），頁2。

41 最初，中國將「禁」和「忌」分別對待，二者有通同也有區別。互通互同，如《說文解字》：「禁，吉凶之忌也。」《周易‧夬》，「居德則忌」。疏云：「禁，忌也。」區別上，如忌，基於個人。故《尚書‧周禮‧多方》：「爾尚不忌于凶德。」孔安國註，「汝庶幾不自忌人于凶德」，這一點上，「忌」同「諱」同。「禁」所含「禁止」意義較重，且一般是指君上（社會）或神祇（宗教）的外力干涉。「忌」則「抑制」的意義較重，一般是基於自我情感的避戒行為。而禁忌作為一複合字，最早出於漢代典籍，如《漢書‧藝文志》，「及拘者為之，則牽於禁忌」。齊濤主編、任騁著：《中國民俗通志（禁忌志）》（濟南：山東教育出版社，2005年），頁1-3。

忌是人類迄今所發現的唯一的社會約束和義務的體系，它是整個社會秩序的基石，社會體系中沒有哪個方面不是靠特殊的禁忌來調節和管理的。[42]

如上所述，姑獲鳥就是鈎魂鳥，所以可染衣鈎魂以取小兒，血有災異的象徵、羽能引發疾病。衣可招致靈魂，使魂與肉體產生聯結，故亦可能由失衣、毀衣而導致生病甚至死亡結果。而鳥在遠古，有招魂，可牽引死者的神聖功能，但在姑獲鳥身上，其神聖性幾乎消失殆盡而成了人欲禳除的惡鳥。

（三）稟性畏犬

由於姑獲鳥有「取小兒衣」以及「滴血為災」的特性，人們在害怕之餘，必定會想出辦法來祓除或禳除不祥。《周禮・春官・雞人》疏中說到：「禳，謂禳去惡祥也。」[43]面對世上一切天災人禍，人不會坐以待斃，總有禳解之法。然最早的《玄中記》並無姑獲鳥畏犬的記載，更無禳除辦法。《荊楚歲時記》：「正月夜多鬼鳥度，家家槌床打戶，捩狗耳，滅燈燭以禳之。」出現「捩狗耳」的方法。然而，為何選擇狗？狗有什麼特殊象徵意涵嗎？以下試探析之：

1 狗齧其頭

最早的《玄中記》並無提及姑獲鳥與犬的關係，但唐段成式《酉陽雜俎》、唐陳藏器《本草拾遺》、宋歐陽修《鬼車鳥》、宋代周密《齊東野語》、宋羅願在《爾雅翼》[44]等，都有九頭鳥被犬咬掉一頭的

---

42 李金蓮：〈女性、污穢與象徵：宗教人類學視野中的月經禁忌〉，《宗教學研究》2006年第3期。

43 〔漢〕鄭玄注，〔唐〕賈公彥疏：《周禮注疏》（北京：北京大學，1999年），頁516。

44 〔宋〕周密：《齊東野語》（新北市：廣文書局，2012年），頁294。〔宋〕羅願在

記載。[45]由以上記載可知，後來出現犬咬一首的說法，可能和解釋《荊楚歲時記》正月七日「挼狗耳」的習俗有關。拉狗的耳朵使之發出聲音，可能和姑獲鳥懼狗，所以藉由此一行為，使姑獲鳥得知有狗的存在，而畏懼不敢接近。

2 狗的習性以及功能

狗與人的關係密切，《說文・犬部》共收字八十三個、重文五個、新附字四個，可見古人對犬的觀察細緻深入，因而分類才能如此詳細。[46]而古時即有以狗為犧牲的祭祀活動，甲骨卜辭多次出現以犬為祭祀的記載，這種祭祀用犬的傳統，從商人一直延續下來。[47]如《周禮・秋官》中便有「大祭祀。奉犬牲。」又應劭的《風俗通義・

《爾雅翼》卷十七中引裴瑜注提到：「此鳥昔有十頭，能收人魂氣，為天狗齧去其一，至今滴血不止」。

45 除了被犬咬下一首外，最早解釋九頭鳥緣由，為殷芸：《小說》：「周公居東周，惡聞此鳥。命庭氏射之，血其一首，餘九首。」點出周公和九頭鳥的關係。王根林等校點：《漢魏六朝筆記小說大觀》（上海：上海古籍出版社，1999年），頁1024。《本草綱目・姑獲鳥》「《周禮》庭氏『以救日之弓，救月之矢，射天鳥』，即此也。」指出庭氏所射的天鳥即為姑獲鳥，呼應了殷芸《小說》中周公使人射鳥的說法。〔明〕李時珍編纂：《新校注本本草綱目》，頁1765。此外，《夷堅志》有「此鳥曾經閉門碾斷一頭」的說法。〔宋〕洪邁撰、何卓點校，《夷堅志》，頁1586。但後世多流傳九頭鳥為犬噬去一頭，故有驅逐此物須用犬的說法，因而本文以「稟性畏犬」一小節討論之。

46 王玉彪、白振有：〈試論犬部字與犬文化產生的根源〉，《延安教育學院學報》2002年第3期。雍宛苡：〈《說文解字・犬部》字之文化說解〉，《學行堂文史集刊》2012年第2期。段蘊恆：〈《說文解字》犬部字及其文化內涵〉，《文學界（理論版）》2012年第8期。李肖寅：〈《說文解字》犬部字形義研究〉（江西：江西師範大學漢語言文字學碩士論文，2012年）。

47 秦嶺：《甲骨卜辭所見商代祭祀用牲研究》（上海：華東師範大學漢語言文字學碩士論文，2007年）。

祀典・殺狗磔邑四門》：便提到「正月白犬血辟除不祥。」[48]甚至《山海經》當中的山經，[49]亦存有以犬獻祭山川自然神靈的紀錄。由此可知，狗常用以祈福消災，「犬的使用經常與攘除災禍有關」[50]。

而狗為人們豢養，逐漸從食物功能轉變為人類的夥伴，從神話傳說、子史雜傳到六朝志怪等，都有不少關於狗的故事。如《大荒北經》、《海內北經》有犬戎國、[51]中國西南少數民族有關的盤瓠神話、[52]《搜神後記》中的〈楊生狗〉，在楊生大醉險遭火焚時，狗濕身救人，又主人墮井時狗呼號救人、[53]《述異記》中的黃耳，黠慧能送信，後犬死葬家旁等，皆可見狗與人的關係親密。[54]也正因為狗在中國民俗中具有重要的地位，加上又隨處可見隨處可得，因而最適合作為禳除

---

48 《風俗通義》，「《月令》，『九門磔禳，以畢春氣。』蓋天子之城十有二門，東方三門，生氣之門也。不欲使死物見於生門，故獨於九門殺犬磔禳。犬者、金畜，禳者、卻也。抑金使不害春之時所生，令萬物遂成其性。火當受而長之，故曰「以畢春氣」。功成而退，木行終也。《太史公記》，『秦德公始殺狗磔邑四門，以禦蠱菑。』今人殺白犬以血題門戶，正月白犬血辟除不祥，取法於此也。」〔漢〕應劭撰，王利器校注：《風俗通義校注》（臺北：明文書局，1988年），頁377-378。

49 《東山經》「祠：毛用一犬祈，□用魚。」「《中山經》，「尸水，合天也，肥牲祠之，用一黑犬于上，用一雌雞于下，刉一牝羊，獻血。」楊錫彭譯注：《新譯山海經》，頁91、123。

50 雖然指的是商代甲骨卜辭的現象，但這也提醒我們，犬祭祀可能蘊含的遠古意義。秦嶺：《甲骨卜辭所見商代祭祀用牲研究》，頁24。

51 《大荒北經》：「有犬戎國。有神人，人面獸身，名曰犬戎。」《海內北經》：「犬封國曰犬戎國，狀如犬。有一女子，方跪進杯食。」楊錫彭譯注：《新譯山海經》，頁257、211。

52 吳曉東：〈盤瓠：王爺，盤古：老爺〉，《民俗文學研究》1996年第4期，頁34-39。趙廷光：〈盤古、盤瓠考〉，收入郭大烈等編：《瑤文化研究》（雲南：雲南人民出版社，1994年），頁22。劉緒義：〈盤瓠神話與民俗的傳承流變〉，《湖南師範大學社會科學學報》第34卷第2期，2005年3月。

53 〔晉〕陶潛撰，李劍國輯校：《新輯搜神後記》（北京：中華書局，2007年），頁548-550。

54 魯迅：《魯迅全集》，第8卷，頁283-284。

不祥的祭品。況且，傳說原有十頭的姑獲鳥，正是被狗咬掉一頭，導致對狗有忌憚。此外，中國多視犬為山中活物如猿、狐、鳥等生命的天敵。在種種因素加總起來，狗很自然就擔負起這樣的重責大任了。

而由姑獲鳥畏犬一事可知，姑獲鳥的形象特性，會隨著時代的改變而增加或減少。如畏犬一事，可能是因《荊楚歲時記》提到正月七日「撓狗耳」，後代為解釋為何如此而出現犬咬的說法，使之形象更為生動，敘述更為完整合理。

（四）人日為祟

人日為祟非出於《玄中記》。在《荊楚歲時記》則有鬼鳥、鬼車鳥在「人日」出現的記載：「正月夜，多鬼鳥度」、「正月七日。多鬼車鳥度」。[55]因而此處所論「人日為祟」已是魏晉之後的發展。

為何姑獲鳥常在正月七日出現？《荊楚歲時記》：「正月七日為人日」。[56]李文瀾指出，「《荊楚歲時記》所載的「人日」本意是人的生日，它源於創世神話，[57]不同於先秦所謂人選擇的吉日。」[58]馬振君認為「歲首七日」的起源，認為大致有以下三種說法：一、歲首七日

---

55 《玄中記》輯本末雖記有「今謂之鬼車」，然此句乃唐杜公瞻注，輯時誤入正文。李劍國：《唐前志怪小說輯釋》（上海：古籍出版社，2011年），頁206。而鬼車或鬼車鳥與人日為祟聯結，可能晚至唐初。

56 王毓榮：《荊楚歲時記校注》，頁52。

57 《荊楚歲時記校注》引「晉議郎董勳《答問禮俗》，『正月一日為雞，二日為狗，三日為豬，四日為羊，五日為牛，六日為馬，七日為人。』」王毓榮：《荊楚歲時記校注》，頁52。相關研究可參見饒宗頤、曾憲通：〈雲夢秦簡日書研究〉「人日」條（香港：香港中文大學，1982年）。

58 李文瀾：〈古代社會風俗的悖異及其意義以荊楚「人日」的衍變為例〉，《中南民族大學學報（人文社會科學版）》第26卷第3期（2006年5月）。而胡文輝則指出，《日書》所載的是關於某物的宜忌之日，因而人日就是占候人一年的災祥。胡文輝：〈「人日」考辨〉，《中國文化》第9期（1994年2月）。

起源於神話傳說女媧造人；二，歲首七日同古代的占卜活動息息相關；
三，人日起源於道教的祭典儀式。雖然三種說法不同，但它們同是對
人本身的重視，對幸福美好生活的追求。[59]葉舒憲則認為，人日是源
自模式數字「七」的獨特節慶，是一種宇宙生成的必然規律。[60]劉道
超也點出「七」，「它體現了宇宙運動及人類生物節律」等，[61]由上述
例子可知，數字「七」具有神聖意義，展現在從宇宙創生運行規律到
人的生命規律上。在中國典籍裡，亦有類似說法，如《莊子・應帝
王》中，有混沌開七竅的故事。[62]《復卦・象傳》：「反復其道，七日來
復，利有攸往。」[63]古代有對北斗的信仰，從觀星象、反映「七政」，
掌管人間生殺，到道教星君的崇拜等。[64]因此，人日會出現在「七」
日，除了表示人的神聖性外，還表現了人與自然宇宙的緊密聯繫。

此外，《荊楚歲時記校注》提及：「正月七日為人日。以七種菜為
羹。翦綵為人。或鏤金箔為人。以貼屏風。亦戴之以頭鬢。亦造華勝
以相遺。」[65]人日節俗需吃以七種菜為羹的食物，[66]雖然《荊楚歲時

---

59 馬振君：〈試析「人日」的起源與禮俗〉，《韶關學院學報》第29期第4卷（2008年4
　　月）。

60 葉舒憲：〈人日之謎：中國上古創世神話發掘〉，《中國文化》1989年，頁84。

61 劉道超：〈神秘數字「七」再發微〉，《中南民族大學學報（人文社會科學版）》第23
　　卷第5期（2003年9月）。

62 〔清〕郭慶藩：《莊子集釋》（臺北：貫雅文化事業公司，1991年），頁309。

63 〔魏〕王弼等注，〔唐〕孔穎達等正義《周易正義》，收入《十三經注疏》（臺北：
　　藝文印書館，1985年），頁64。

64 祝秀麗：〈北斗七星信仰探微〉，《遼寧大學學報》1991年第1期。蕭登福：〈《太上玄
　　靈北斗本命延生真經》探述〉，《宗教學研究》1997年第3期。張黎明：〈漢代的北斗
　　信仰考〉，《北京科技大學學報（社會科學版）》第25卷第2期（2009年6月）。

65 〔南朝梁〕宗懍，王毓榮校注：《荊楚歲時記校注》，頁52。

66 巫瑞書指出，此七種菜可能為：芹菜、韭菜、芥菜、菠菜、白菜、蔥、蒜或薺菜。
　　巫瑞書：《南方傳統節日與文化》（武漢：湖北教育出版社，1999年），頁61。考之
　　今日海豐地區人日這天早餐時所吃的「七樣菜」為「菠菜、芹菜、茴香、蒜……」

記校注》未明言哪七種菜，但「七」為一特別數字，如上所述，具神聖性。因而，吃七菜羹就帶有體內更新、重生的意涵。除此，人日尚有戴「勝」此一重要活動。剪刻成人形的彩勝就是人勝，這種被稱之為「人勝剪紙」的剪紙是用彩絹或彩紙剪成的花樣，帖起來或插於鬢角，起辟邪、裝飾作用。[67]而無論是西王母所戴之勝，還是後世應用於剪紙的勝紋樣式都說明「勝」與生命、生殖脫不了關係，「勝」承擔有生殖崇拜的意蘊。[68]「勝」被應用於「人日」，並成為「人日」的重要標誌，就連節俗名稱都被稱為「人勝節」，可見「人日」同樣具有生命崇拜的文化意蘊。[69]

然而，中村喬卻從不同的角度指出，人勝如果作為從人形產生的東西，其人勝的「勝」，與華勝的「勝」相反，意味著厭勝。人勝，即

等。《江西志書》載：雲夢縣「人日，采七種菜和米粉食之，曰七寶羹。」現福建地區的農村，鄉民在這一天要煮一種叫作七寶湯的食物來吃。七寶湯是五種穀料加一點蔬菜混合著煮成的。在當地人看來，喝了七寶湯可以祛百病，並能安居樂業。馬振君：〈試析「人日」的起源與禮俗〉，頁43。但也有學者有不同看法，「這七種菜的『菜』並非專指蔬菜，而是指雞、犬、羊、豕、牛、馬、穀七種生物的『合菜』。」理由是人地位高於其它，反映了一種「人為中心」的觀念。祁和暉：〈又到人日吟詠時 —— 中華人日節風俗考述〉，《杜甫研究學刊》1994年第1期，頁65。

67 裴小旗：〈民間剪紙：民俗文化的形象載體〉，《美術研究》，2009年。

68 如西王母所戴的「勝」，不是純粹裝飾物，而具有生命力量與宇宙秩序的意義。可參看〔日〕小南一郎、孫昌武譯：《中國的神話傳說與古小說》（北京：中華書局，2006年）。楊滿仁：〈「他者」視域中的中國古小說圖景 —— 評小南一郎《中國的神話傳說與古小說》的三大特色〉，《前沿論壇》2010年第3期，頁5。又《說文解字》云：「勝，任也。」古「任」通「妊」，為女子懷孕狀，說明「勝」與生育相關。《南齊書·高昭劉皇后》：「後母桓氏夢吞玉勝生後，時有紫光滿室。」王連海認為新疆唐墓中的人勝剪紙的原型是人形。王連海：〈中國剪紙源流考〉，收錄於《設計藝術學研究》（北京：北京工藝美術出版社，1988年），頁267。何紅一認為倒置的人勝圖，不僅更符合人形，更顯女子特徵。何紅一：〈人日節與「鼠嫁女」〉，《民俗研究》，2002年3月。崔備瑞：《人日風俗傳承研究》（雲南：雲南大學民俗學碩士論文，2015年），頁36。

69 崔備瑞：《人日風俗傳承研究》，頁33-36。

是人形厭勝之具或厭勝人的災惡之具。[70]而秦簡《日書》則認為正月初
七在先秦楚地則是大凶之日。[71]民間亦有為死者「做七」的習俗等。

以上種種可見正月七日在看似熱鬧的歡慶下，其實帶有辟邪求福
的意味，這便可以解釋，為何姑獲鳥多在此一時間出現，而人必須在
此一時間厭勝求福的原因。事情本有多面向，如錢鍾書所言，「比喻
有兩柄而復具多邊。蓋事物一而已，然非只一性一能，遂不限一功一
效」，再加上取譬者的觀察點不同，「取譬者用心或別，著眼因殊，指
同而旨則異」，因而導致「一事物之象可以孑立應多，守常處變」。[72]
這說明任何事情皆有兩面性，正面的背後可能隱藏著令人恐懼的反
面。因此，歡慶人日的背後，除了帶有對人的崇拜、祝福外，實則也
隱含對人事災禍的恐懼。

當然，姑獲鳥出現的時間不僅是正月七日，尚有「夜飛」、「春夏
之交，稍遇陰晦」、「天陰」、「七八月」等說法。然唐後談到姑獲鳥的
醫書，多強調其出現時機為七、八月，如《孫真人備急千金要方》言
其「是以小兒生至十歲，衣被不可露也，七八月尤忌。」[73]《本草綱
目》也言「時珍曰：此鳥純雌無雄，七八月夜飛，害人尤毒也。」[74]
或許是因為農曆七、八月夏入秋，天氣轉寒，氣候將由熱轉涼，處於
「陽消陰長」的過渡階段。而自然界的陽氣亦由疏泄趨向收斂，體內
陰陽之氣也隨之轉換，小兒容易在七、八月夏秋轉換的時節患病，應
特別注意「養護收藏」的保養原則。

---

70 常建華：〈中國古代人日、天穿、填倉諸節新說〉，《民俗研究》1992年第2期，頁65。
71 《日書》(甲種) 說：「入正月七日……凡此日以歸，死；行，亡。(簡862)」、「正月
　　七日……是日在行不可以歸，在室不可以行，是日大凶。(簡789反面、788反面)」
　　轉引李文瀾：〈古代社會風俗的悖異及其意義以荊楚「人日」的衍變為例〉，頁148。
72 錢鍾書：《管錐編》(第一冊)(北京：中華書局，1979年)，頁39。
73 〔唐〕孫思邈撰：《孫真人備急千金要方》，頁65
74 〔明〕李時珍編纂：《新校注本本草綱目》，頁1765。

　　而姑獲鳥在後來出現的時節點之所以從人日移轉到七、八月，或者乾脆強調陰雨夜飛的特性。這除了和觀察的視角轉換外，或許也跟人日在宋後逐漸沒落有關。[75]從人日的民俗活動來看，有食七菜羹、戴勝、禳鬼鳥等，而這些其實都帶有巫術意涵。然隨著節慶世俗化與娛樂化的加重，傳統節日的崇敬和信仰逐漸削弱，人的觀念也出現轉變。或許正是如此，對於姑獲鳥出現致病的時間點，也作了適度的調整。因為夜、雨或季節轉變，容易使人，尤其是小兒生病，故對於恐懼危害的姑獲鳥，出現的時間點也隨著現實的考量而作了修正改變。

（五）畏光聲吵

　　其它還有晝伏夜出，如南朝宗懍《荆楚歲時記》：「正月夜多鬼鳥度。」《酉陽雜俎》：「夜飛晝隱。」而之所以夜飛晝藏，是因為「晝盲夜了」[76]，白天看不到所以只能在夜晚出沒。其鳴聲難聽，或稱其聲音如轉動的車輪，如唐段成式《酉陽雜俎》：「秦中天陰，有時有聲，聲如力車鳴，或言是水雞過也。」宋洪邁《夷堅志》引《辨疑志》稱：「唐陸長源《辯疑志》云：應洛間，春二三月寒食之際，夜陰微雨，天色晦冥，即有鳥聲軋軋然。度於庭下，家人更相惶怖，呼為九頭鳥載鬼過。」[77]歐陽修〈鬼車詩〉，「但聞其聲。其初切切淒淒，或高或低，乍似玉女調玉笙，眾管參差而不齊。既而咿咿呦呦，若軋若抽，又如百兩江州車，回輪轉軸聲啞嘔」等。相較起《玄中記》一開始的鳥或女人的形象，似乎到了唐後，出現帶有鬼車性質的

---

75 「『人日』風俗可謂歷史悠久，其在魏晉時期就已經成形，至唐宋時期達到興盛，宋之後開始逐漸衰落，至近現代幾乎已經銷聲匿跡。」崔備瑞：《人日風俗傳承研究》，頁74。

76 〔明〕李時珍編纂：《新校注本本草綱目・鬼車鳥》，頁1765。

77 〔宋〕洪邁：《夷堅志》（北京：中華書局，2006年），頁1586

發展。畏光，故〈鬼車詩〉：「乍見火光驚輒墮」，這或許可以解釋
《荊楚歲時記》中提到的「滅燈燭以禳之。」大概是怕家中的光亮驚
嚇到姑獲鳥，使牠掉落自家裡而引起不必要的災難（主要是從歐陽脩
〈鬼車詩〉：「乍見火光驚輒墮。」中所作的推論）。明張自烈《正字
通》：「見火光輒墮。」[78]也有類似說法。外貌更是眾說紛紜，有《玄
中記》、《酉陽雜俎》、《本草綱目》的「衣毛為飛鳥，脫毛為婦人」，
甚至後兩本更言為產死者所化。唐劉恂《嶺表錄異》、明陳耀文《天
中記》等皆稱其九頭，宋周密《齊東野語》、宋洪邁《夷堅志》更是
描繪的生動恐怖，[79]十個脖子卻只有九個頭，血還不停的從缺頭的那
裡滴落，飛翔的時候，十八個翅膀還會因為方向不同而折傷等。

　　總之，姑獲鳥由一開始的女鳥、血點衣取兒的形象，到魏晉後加
入正月七日夜出沒，畏狗、懼光、夜飛晝隱的特性，唐後又加入聲音
如轉輪、外型恐怖的形容，甚而與滴血為祟的九頭鳥相混。然或許是
顧慮姑獲鳥女鳥與取子、滴血的形象，又出現為產婦所化的聯想，[80]
而產婦又常被視作不潔，主要是其身分處於曖昧過渡，產血帶有不潔
性質。[81]換言之，姑獲鳥因為一連串累加過程，逐漸穩固其禍害不祥

78 〔明〕張自烈：《正字通》（北京：國際文化出版公司，1996年），頁1458。

79 〔宋〕周密：《齊東野語》：「身圓如箕，十脰環簇，其頭有九，其一獨無，而鮮血
　　點滴，如世所傳每脰各生兩翅，當飛時，十八翼霍霍竟進，不相為用，至有爭拗折
　　傷者。」頁294。〔宋〕洪邁：《夷堅志》：「身圓如箕，十脰環簇，其九有頭，其一
　　獨缺。而鮮血點滴，如世所傳。一脰各生兩翅，當飛時，十八翼霍霍而動。亦有所
　　向不同，更相爭拗。用力競進而翅翮傷折者，其異如是。」頁1586。

80 而此一說在日本更為流行。可參看〔日〕山田慶兒撰、廖育群譯：〈夜鳴之鳥〉，頁
　　244-245。鄔冬婭：〈「姑獲鳥」流變考論〉，《赤峰學院學報（漢文哲學社會科學
　　版）》第34卷第6期（2013年6月）。姑獲鳥在日本成了「產女」。〔日〕多田克己著、
　　歐凱寧譯：《日本神妖博物誌》（臺北：商周出版社，2009年），頁191-192。

81 翁玲玲：〈漢人社會婦女血餘論述初探：從不潔與禁忌談起〉，《近代中國婦女史研
　　究》第7期（1999年8月），頁127-131。

的形象。然在其它相近或類似的女鳥、女人或女神中，為何姑獲鳥被
當作不祥，是否有其必然性？

三　核心意涵：開展「非常為厲」

　　李豐楙研究中國古代變化神話，發現當中保存原始心靈的隱喻思
維、詩性想像，並挖掘當中隱含的陰陽相對思維模式，從觀察中提出
「自然／非自然」、「常／非常」的結構性思考，使所有的變化事例都
可置於其下獲得解釋。古人在觀察萬事萬物後，建立了井然有序的秩
序觀，對於違反自然與正常的死亡，特別為它保存了一個延續生命的
可能性。凡是非自然的終結、非正常的處理，都會遺存著「冤」與
「怨」的情緒，因而，需要透過補償行為，使得它們得以重新回歸安
定、安寧的狀態。[82]

（一）非常而死故為祟

　　根據《酉陽雜俎》的記載：

> 夜行遊女，一曰天帝女，一曰釣星。夜飛晝隱如鬼神，衣毛為
> 飛鳥，脫毛為婦人。無子，喜取人子，胸前有乳。凡人飴小兒
> 不可露處，小兒衣亦不可露曬，毛落衣中，當為鳥祟。或以血
> 點其衣為誌。或言產死者所化。[83]

《酉陽雜俎》比《玄中記》更詳細地提出解釋姑獲鳥為何會「作祟」

82　李豐楙：〈先秦變化神話的結構性意義——一個「常與非常」觀點的考察〉，《神化
　　與變異——一個「常與非常」的文化思維》（北京：中華書局，2010年），頁46-76。
83　〔唐〕段成式：《酉陽雜俎》，頁155-156。

的原因，「或言產死者所化」，原來是因為難產而死於非命。在這種非正常狀態的死亡，女子難免心生怨怒。在古人混雜了憐憫、恐懼的情緒下，相信如果不給予死者一些補償，死者必定會心懷怨怒而作祟，如《左傳》所言「匹夫匹婦強死，其魂魄猶能憑依於人為淫厲。」[84]姑獲鳥或許就是未得到安撫的冤魂所化。在陳勤建的研究中，此即屬於怨鳥信仰：

> 即是將某些鳥的不尋常的習性，與人間的不平和怨怒之情揉合一體，視鳥為某種怨恨情緒的化身。[85]

人觀察到鳥的某些特殊習性，但就當時發展尚無法有一科學解釋，因而將人的觀點比附在鳥的身上，認為或許是鳥本身帶有的怨怒，使人相信牠有作祟危害人的可能。

然而，相較起姑獲鳥，精衛同為帝女、同具「非常」死的遭遇、同樣死後化鳥，然而二者卻有不同發展。最早在《山海經》提到精衛：

> 又北二百里，曰發鳩之山，其上多柘木。有鳥焉，其狀如烏，文首、白喙、赤足，名曰精衛，其鳴自詨。是炎帝之少女，名曰女娃。女娃遊於東海，溺而不返，故為精衛，常銜西山之木

---

84 《左傳·昭公七年》，再如《左氏傳》中齊之彭生、晉之申生、鄭之伯有、衛之渾良夫等等。相關可見李豐楙：〈臺灣民間禮俗中的生死關懷——一個中國式結構意義的考察〉，《哲學雜誌》第8期（1994年），頁32-53。蒲慕州：〈中國古代鬼論述的形成〉，蒲慕州編：《鬼魅神魔：中國通俗文化側寫》（臺北：麥田出版社，2005年），頁17。

85 陳勤建：〈中國鳥信仰的形成、發展與衍化〉，《華東師範大學學報（哲學社會科學版）》第35卷第5期（2003年9月），頁27。

石，以堙於東海。[86]

然而，從晉代陶淵明的《讀〈山海經〉十三首》（其十）：「精衛銜微木，將以填滄海；刑天舞干戚，猛志固常在。」[87]以來，對精衛填海的解釋，多半是將精衛與大海、木石與大海、西山與東海等對比，展現人類不畏艱險，勇與自然抗爭的積極象徵。[88]近年則以神話角度解讀，如認為精衛填海實為是一場止雨的巫術儀式。[89]或者指出〈精衛填海〉神話包蘊著「靈魂不死」、「語言的魔法功能」，以及圖騰與信仰的文化觀念等。[90]田兆元更精細解讀〈精衛填海〉文本，認為「精衛鳥表達炎帝部落失敗後還保持自己的精神理想，填海表達一種復仇對抗的情緒。」[91]背後銘記的是商代覆滅的歷史事件，並欲藉此激發復國情緒。惜之後為人遺忘，最終演變成了一隻怪鳥的故事。晉後甚至成了某種文化精神的象徵。[92]有學者甚至認為，〈精衛填海〉展現了

---

86 楊錫彭譯注：《新譯山海經》，頁77。又任昉的《述異傳》亦有類似而更詳盡的記載，「昔炎帝女溺死東海中，化為精衛。偶海燕而生子，生雌狀如精衛，生雄如海燕。今東海精衛誓水處，曾溺於此川，誓不飲其水。一名誓鳥，一名冤禽，又名志鳥，俗呼帝女雀。」

87 〔晉〕陶潛著，郭維森、包景誠：《陶淵明集全譯》（貴州：貴州出版社，2008年），頁211。

88 茅盾、袁珂等，都秉持著類似的看法。玄珠：《中國神話研究ABC》（上海：世界書局，1929年），頁57。袁珂：《古神話選譯》（北京：人民文學出版社，1982年），頁90。

89 劉占召：〈精衛原型新探〉，《東方叢刊》2003年第4輯。

90 劉硯群：〈《精衛填海》的神話學解讀〉，《長江大學學報（社會科學版）》第31卷第4期（2008年8月）。

91 田兆元：〈神話文本研究方法探索：多元的要素擴展分析法——「精衛填海」的擴展研究〉，《長江大學學報（社會科學版）》第30卷第5期（2007年10月）。

92 段玉明：〈亡國之痛的記憶——「精衛填海」神話母題探析〉，《中華文化論壇》2005年第1期。

楚文化的悲劇意識等等。[93]

　　換言之，就表面而言，精衛溺海而亡，屬於「非常死」，然其實故事展現的是一種神話思維，[94]所以〈精衛填海〉代表的是一種信念、一種世界觀以及一種思維方式。而姑獲鳥屬於「志怪」，內容主要是記載鬼神怪異之事，是一種訴諸耳目見聞，表達對世間秩序典範的想像。[95]所以姑獲鳥大概是當時對於小兒生病的怪異現象所作解釋。

　　此外，相較而言，同樣是女子，同樣非正常壽終，丁姑、梅姑、紫姑等卻有不同的境遇。如《搜神記》中的丁姑，「其姑嚴酷，使役有程，不如限者，仍便笞捶不可堪。九月九日，乃自經死。」丁姑自縊而死，本該懷有怨恨，卻憐婦女辛勞，顯靈「發言於巫祝曰：『念人家婦女，作息不倦，使避九月九日，勿用作事。』」要求在自己的忌日九月九日，讓所有婦女休息一天。此外，又顯形讓調戲她的男子橫死；幫助她的老翁滿載而歸。[96]

　　《異苑》裡的梅姑，「生有道術，能行走水上。後負道法，其壻

---

93 阮豔萍：〈從精衛、莊子到屈原：楚文化中的悲劇母題〉，《雲南師範大學學報》第35卷第1期（2003年1月）。

94 又稱作神話思想，暗含許多其它特徵作為其簡單和必然的結果。〔德〕恩斯特‧凱西爾著，黃龍保、周振選譯：《神話思維》（北京：中國社會科學出版社，1992年），頁42。簡言之，即一種以象表意的直觀思維形式。鄧啟耀：《中國神話的思維結構》（成都：重慶出版社，2004年），頁183。

95 六朝志怪作者在荒誕佚趣的蒐集之外，其實還寓有對「常」與「秩序」的思考。另外，志怪作為一種邊緣性的敘述文類，它從口傳到筆錄的傳誦過程中，必然經歷了一連串因果的轉述和對譯，在這種既顯露又隱蔽的敘述語言中，有著超越字面訊息的主體意識，通過對於「故事」的敘述歷程，完成自我的淨化與建立，實不同於一般的哲學、宗教或抒情文體的論述，它既屬集體的意識，也不無編撰者個人的生命的關懷。劉苑如：《身體‧性別‧階級——六朝志怪的常異論述與小說美學》（臺北：中央研究院中國文哲研究所，2002年），頁16。

96 〔晉〕干寶撰，李劍國輯校：《新輯搜神記》（北京：中華書局，2007年），頁123-124。

惡之，殺而投之湖中」，梅姑因為違反了道法，為丈夫所殺，還將屍體拋入水中，後來被巫殯殮收入伴隨而來的方頭漆棺裡。之後在特殊的時間點，「晦朔之日」，便會顯形。並且還規定廟附近禁漁獵，違反者會受到懲罰。[97] 巫的解釋是因為梅姑因為凶死，所以厭惡見到殺戮。

又如《異苑》中的紫姑，「有紫姑神，古來相傳云是人家妾，為大婦所嫉，每以穢事相次役，正月十五日感激而死。」原是人家的小妾，被大老婆嫉妒而被迫清掃「穢事」而憤恨自殺。後來世人在一月十五日塑造出她的神像，並放在廁所或豬欄邊迎降紫姑。如果紫姑憑附在神像，拿神像便覺沉重。「能占眾事，蔔未來蠶桑。」紫姑主要是幫助占卜蠶桑以及各種事物，且還擅長玩「射鉤」，看來與人民關係不錯。然而，對於不相信不尊重的人，則選擇離去。[98]

（二）禳解祟怪以歸常

從以上例子可以發現，三人雖皆非常死，卻因能造福人或至少能力超群足以懲戒他人，而為後人所敬畏。這或許可由劉苑如的研究來解釋：

> 根據六朝所常祀奉的陰神看來，撫慰祭祀雖是終止陰鬼為屬的重要方法，但絕非必要手段。祭祀與否時決定於靈威是否能維繫人神間的互動，並取得地方民眾的普遍認同。因此，其核心本質實為一種社會的權力遊戲。[99]

97　〔南朝宋〕劉敬叔撰，范寧點校：《異苑》（北京：中華書局，1996年），頁41。

98　〔南朝宋〕劉敬叔撰，范寧點校：《異苑》，頁44-45。

99　劉苑如：〈六朝志怪中的女性陰神崇拜之正當化策略初探〉，《思與言》第35卷第2期（1997年），頁94。

如果人神（鬼）之間的交往主要建立在世俗的利害關係上，這或許可說明，為何同是橫死的女子，卻有不一樣的結局。然在相關記載中，姑獲鳥只有危害小兒的事情，因而世人多畏懼之，將之作為驅逐的對象；而丁姑、梅姑、紫姑卻因有助於世人而得有較妥善的安置和祭祀。再者，觀察三者與姑獲鳥的故事可以發現，三者皆有透過巫或禱告祭祀和人產生溝通聯繫，林富士指出：「立神像、召降鬼神之事，確是六朝時期江南巫俗的主要特質。」[100]較早期的「人神遇合」[101]帶有濃厚的宗教色彩，通常是由巫覡來降神，達到與神靈溝通的目的。然而姑獲鳥並無相關記載，換言之，姑獲鳥缺乏一個適當的管道與人達成溝通，而人對於不熟悉的事物多感到恐懼，這正如霍爾巴赫所言：「人之所以迷信，只是由於恐懼；人是所以恐懼，只是由於無知。」[102]

再者，姑獲鳥滴血禍害的形象，或可讓人聯想女子月經的禁忌，此和對血的恐懼有關。而經血又與一般流血受傷死亡的律則不同，或許是被邪惡附身，成為危險源，因而需要驅除。以瑪麗・道格拉斯的話來說，即女人的污染物質象徵社會秩序之異常，此代表著對社會秩序的威脅，具有危險的象徵。[103]再者，由姑獲鳥「血點其衣為志」此特性，當中血滴落的現象，令人聯想到女子「天癸」的生理特質。而

---

100 林富士：《中國中古時期的宗教與醫療》（臺北：聯經出版事業公司，2008年），頁507-508。

101 陽清：《先唐文學人神遇合主題研究》一書中，將「人神遇合」的概念總結為「實際上是以『交流』、『溝通』、『逢遇』等為關係或典型特徵的人類與神性集體之間的糾葛。」陽清：《先唐文學人神遇合主題研究》（北京：人民出版社，2009年），頁5。

102 北大哲學系外國哲學史教研室編譯：《十八世紀法國哲學》（北京：商務印書館，1963年），頁558。

103 〔英〕道格拉斯著，黃劍波等人譯：《潔淨與危險》（北京：民族出版社，2008年），頁121-122。

「天癸」又常被視作一種不祥的「污穢」，故月經或行經婦女普遍被
視作具有污染力和危險性。[104]

由於對未知的恐懼，人對於姑獲鳥採取一系列的「禳解系統」。[105]
而攘除的辦法，不外乎「槌床打戶」、「捩狗耳」、「滅燈燭」等作法。
日本學者中村喬在《中國古歲時記之研究》中明確指出：

> 禳除鬼鳥的方法中，槌床打戶同於歲中儺裡的擊鼓和大聲吼
> 嚇，用聲音驅逐惡鬼。捩狗耳由秦漢磔犬以禦邪氣惡鬼風習而
> 來。[106]

中村喬認為用巨大聲響便可禳除鬼鳥的想法，源於「儺」禮，製造巨
大的聲響，可以趕跑驅逐不祥；而捩狗耳則和秦漢以犬為犧牲，用以
防禦邪氣有關。常建華則認為，正月攘鬼鳥的風俗，旨在強調人家，
特別是兒童的安全，這是為了使人口蕃盛，仍是人日造人主題的表
現。[107]因而我們可以猜測，那些行為的背後，大概多有祈求健康或平
安成長的意義存在。

此外，我們可以發現，即使姑獲鳥的形象令人恐懼，帶來的危害
也不小，但要禳除牠的方式卻是極簡易，甚至可以說是舉手之勞。此

---

104 江紹原考察傳統中國人的「天癸觀」，認為至少有四方面：第一、視天癸為一種不
祥的「污穢」，與疾病、性交、死屍等類似；第二、天癸能禳魅魍、破邪法；第
三、經血與經衣能解毒治病；第四、天癸（特別是第一次的）能延陽益壽。王文
寶、江小蕙編：《江紹原民俗學論集》（上海：上海文藝出版社，1998年），頁161-
193。

105 任騁將禁忌體系劃分為三個系統，即預知系統、禁忌系統、禳解系統。任騁：《中
國民間禁忌》（北京：作家出版社，1990年），頁15-23。

106 中村喬：《中國歲時史の研究》（京都：朋友書店，1993年），頁30-31。轉引自常建
華：〈中國古代人日、天穿、填倉諸節新說〉，《民俗研究》1992年2期。

107 常建華：〈中國古代人日、天穿、填倉諸節新說〉，頁68。

正如馬凌諾斯基所言：

> 巫術信仰乃反應平凡的實際性質，非常之簡單；常是保證人的
> 力量，用一定的咒語和儀式來產生某種一定的效果。[108]

這看出種種傳說與需要，常常是在現實需求中產生與傳播，無論是槌
床打戶或是捩狗耳，都是生活中容易、方便實行的方式，而非脫離生
活、遙不可及的虛構幻想。

　　因此，對於姑獲鳥的想像和懼怕，產生的種種禳除儀式或行為，
可能都只是為了內在的安定，正如馬凌諾斯基所說：

> 巫術為原始人提供現成的儀式和信仰，內含一種明確的心理與
> 實際技術，在緊急存亡之際，充作穩度危瀾的橋樑。巫術為人
> 類帶來完成重大勞苦任務的信心，並在暴怒、劇恨、狂愛、絕
> 望之時，保持生理平衡和心理完整。這是巫術的文化價值。此
> 外，使人的樂觀成為儀式化，增強自信心以期望戰勝恐懼，這
> 是巫術的功能。另以信賴壓制懷疑，以穩定克服猶豫、以樂觀
> 取代悲觀，這是巫術的更大價值。[109]

一切祓除不祥所作的巫術儀式或活動，都是面對現實中難以解釋或解
決的事，所作的積極的改變以及至少是消極的防衛，追根究柢，只是
為了安撫內在的不安，使人們能正向面對難測的外在變化。故就某種
層面而言，民俗活動除了說明了人民樂觀現實的一面外，也反映人民

---

108 〔波蘭〕布朗尼斯勞・馬凌諾斯基著，朱岑樓譯：《巫術、科學與宗教》（臺北：
　　臺北協志工業叢書，1978年），頁66。
109 〔波蘭〕布朗尼斯勞・馬凌諾斯基著，朱岑樓譯：《巫術、科學與宗教》，頁114。

對未知的恐懼，展現了中國「任鬼神」以及「重人生」的雙重性。

此外，關於姑獲鳥出現的地區，《玄中記》、《荊楚歲時記》等都提到以荊州為多，而荊州乃先秦時期楚國都城郭的所在地，因此，荊州大致和楚地、楚文化有千絲萬縷的關係，或可稱為荊楚，而荊楚位於秦嶺以南，包容江漢廣大地區。上古以來，荊楚地區與中原處於相對隔絕狀態，楚文化的發生、發展有著自己獨特的地域空間。在這樣浩渺多變又雄奇的天地間，「信巫鬼，重淫祀」，是當地的特色，也因此產生了像觀射父、屈原等一類的人，〈九歌〉、〈招魂〉等一類的作品。在這樣地形複雜、物產豐饒、氣候多變的地方，人對自然有許多想像。

所以，面對小兒莫名患病或死亡，在不了解的狀況下，很自然就產生了類似鬼怪危害的想像。再加上姑獲鳥非常為厲，以及逐漸完備的「衣取小兒」、「血、羽致病」、「稟性畏犬」、「人日為祟」、「畏光聲吵」等特性，這都讓姑獲鳥被「醜化」和「不祥化」！更何況姑獲鳥的原型之一是鴟鵂（鴝鵂），向來被視作不祥之鳥。因此，姑獲鳥就更難擺脫不祥的惡名了。

四　結語

從晉到唐後，姑獲鳥的傳說內容不斷增改，但仍緊扣著一個主題，就是姑獲鳥會危害小兒，因而需要藉一些儀式禳除。而據《玄中記》，姑獲鳥從一開始的毛衣女，披羽離去後又復返帶走自己的女兒，這種不告而取的行為，必定讓男子不滿，因而奠下了「惡」、「不祥」的認知。後與《荊楚歲時記》的人日結合，隨後發展出畏犬的想像。唐代更出現姑獲鳥是由難產死者變成的說法，形象更為可怖。傳到日本，更成為血淋淋的可怕妖怪。在「非常為厲」與畏懼未知的認

知下，其存在便成了不祥，需預防禳解以求平安。

　　關於姑獲鳥的「禳解」，因為事前便知道人日恐有姑獲鳥的危害，因而產生「小兒衣不夜露」的禁忌，最終透過捩狗耳、槌床打戶等一系列活動禳解之。應之而生的種種禳除儀式或行為，可能都只是為了消彌對未知的不安，使人們更能正向面對難測的外在。

　　時間本身就是一個視角，「不同時代有不同的觀察角度，過往時代在不同的回顧目光下現出的形貌各異，記述過往的故事也就不是一個樣了。」[110]即使姑獲鳥出現不同傳說，牠的名字也有「九頭鳥」、「鬼鳥」、「鬼車」、「鬼車鳥」、「鵂鶹」等等異名，然說到底，姑獲鳥的傳說，大概只是人對小兒莫名生病或死亡的一種解釋。換言之，人們為此所作的種種儀式活動，一方面反映了當時養育人口的不易，一方面也期望藉由人日對人、對生殖的崇拜，讓家人，尤其是小兒能順利度過災難成長。即使後來因為人日沒落而姑獲鳥出現時間有所改變，如從醫學觀點改指姑獲鳥七八月出現等，亦都是源於小兒易病難養所致，只是以另一角度解釋小兒獲病之因，試著提出較合理的看法或解釋而已。因此，帶有不祥意義的姑獲鳥，藉由驅逐而使小兒獲平安，其實只是反映了人類祈求小兒能平安順利長大的願望罷了！

---

110 〔美〕喬依絲‧艾坡比、琳‧亨特、瑪格麗特‧傑考著，薛絢譯：《歷史的真相》
　　（臺北：正中書局，1996年），頁245。

紫姑形象的文化意涵

一　前言

　　中國民間信仰十分多元豐富，在萬物有靈、凶死為厲的思維下，幾乎何處不有神、有靈皆成神。除了目前廣為人知的媽祖、關公、觀音等神祇外，筆記典籍常出現「紫姑」，流傳至現今，其名聲雖不顯赫，卻是淵遠流長，至少在魏晉南北朝劉敬叔《異苑》，便提到其身世，至唐宋身分有所轉化，名字叫何媚，形象也更為多樣，元明清迄今，則儀式、功能更豐富多元，流傳迄今。

　　有關紫姑起源、流變、民俗、特徵等研究不少，如著眼於六朝時期，結合當時的民間宗教和社會背景，以突出女性鬼神的意義。林富士〈六朝時期民間社會所祀「女性人鬼」初探〉、劉苑如〈性別與敘述——六朝志怪中的女性陰神崇拜之正當化策略〉、張承宗〈魏晉南北朝婦女的宗教信仰〉等；[1]有看到宋代紫姑形象的巨大變化，從小妾到善醫、卜、詩詞棋畫的女仙、才女，如趙修霈〈宋代紫姑的女仙化及才女化〉；[2]亦有細緻地討論了紫姑的源流，兼及男女廁神廁鬼，

1　林富士：〈六朝時期民間社會所祀「女性人鬼」初探〉，《新史學》第7卷4期（1996年12月），頁95-117。劉苑如：〈性別與敘述——六朝志怪中的女性陰神崇拜之正當化策略〉，《身體‧性別‧階級：六朝志怪的常異論述與小說美學》（臺北：中央研究院中國文哲研究所，2002年），頁89-132。張承宗：〈魏晉南北朝婦女的宗教信仰〉，《南通大學學報》第22卷第2期（2006年3月），頁91-97。

2　趙修霈：〈宋代紫姑的女仙化及才女化〉，《漢學研究集刊》第7期（2008年12月），頁69-94。

以及各朝代的變化，如黃景春〈紫姑信仰的起源、衍生及特徵〉，巫瑞書〈「迎紫姑」風俗的流變及其文化思考〉、田祖海〈論紫姑神的原型與類型〉、潘承玉〈濁穢廁神與窈窕女仙──紫姑神話文化意蘊發微〉、謝明勳〈「紫姑」故事流變析論──以文獻資料考察為主〉、莊伯和〈廁神、廁鬼〉、林繼富〈紫姑信仰流變研究〉、郭麗〈廁神紫姑探析〉、林朝枝〈紫姑研究──廁神之起源及其流變〉、陶子珍〈紫姑的信仰活動及其相似的傳說習俗探析〉等，[3]雖然學者對紫姑源流、相關思考，研究相當透澈，但仍有些未盡之處，如為何是正月十五，此時間點的特殊意義、為何在廁間、豬欄間等，紫姑信仰所表現的意涵等等？

因而，本文在諸位前輩的研究基礎上，不再進行源流探索，而紫姑自宋後，與前代相較，變化較大，隨著社會的發展，增添傳承揚棄舊有民俗文化，以見其生生不息。本文擬以宋前紫姑的記載為主，輔以其它朝代文獻，採用人類學、民俗學、神話學等研究方式，探析紫姑形象的文化意義。

3　黃景春：〈紫姑信仰的起源、衍生及特徵〉，《民間文學論壇》第58卷第2期（1996年7月），頁48-52。巫瑞書：〈「迎紫姑」風俗的流變及其文化思考〉，《民俗研究》第2期（1997年），頁28-35。田祖海：〈論紫姑神的原型與類型〉，《湖北大學學報》第1期（1997年），頁42-46。潘承玉：〈濁穢廁神與窈窕女仙──紫姑神話文化意蘊發微〉，《紹興文理學院學報》第20卷第4期（2000年10月），頁40-51。謝明勳：〈「紫姑」故事流變析論──以文獻資料考察為主〉，《第一屆通俗文學與雅正文學全國學術研討會論文集》（臺北：新文豐出版公司，2005年），頁367-394。莊伯和：〈廁神、廁鬼〉，《歷史月刊》第171期（2002年4月），頁84-89。林繼富：〈紫姑信仰流變研究〉，《長江大學學報》第31卷第1期（2008年2月），頁6-11。郭麗：〈廁神紫姑探析〉，《東方人文學誌》第9卷第1期（2010年3月），頁1-14。林朝枝：《紫姑研究──廁神之起源及其流變》，靜宜大學中國文學系碩士論文，2011年。陶子珍：〈紫姑的信仰活動及其相似的傳說習俗探析〉，《聯大學報》第14卷1期（2019年6月），頁59-75。

二　迎祭紫姑時地與內涵

（一）時間：正月十五

迎祭紫姑的時間大約在一月十五日，最早記載紫姑的《異苑》：

> 世有紫姑神，古來相傳，是人妾，為大婦所嫉，每以穢事相次
> 役，正月十五日感激而死。故世人以是日作其形，夜於廁間或
> 豬欄邊迎之。[4]

由《異苑》記載我們可以看到，紫姑死於一月十五，因而若迎請紫
姑，多選在此日的夜晚。只是這裡並未交代紫姑是如何死，但無論是
自殺或是被殺，總歸非正死。《荊楚歲時記》引《異苑》亦有同樣說
法。而如唐佚名《顯異錄》，亦提及「其妻妒之，正月十五陰殺於廁
中。天帝憫之，命為廁神。故世人作其形，夜於廁間迎祀，以占眾
事。」[5]則明確告訴我們，紫姑是十五日被殺，上帝憐憫才成為廁
神，因而夜間迎而祭祀。迎紫姑之時間原本在元宵，然至宋代，請神
時間「亦不必正月，常時皆可招。」[6]只要有需要，任何時間似乎都
能迎請紫姑。[7]然即使如此，迎祭紫姑仍以十五為主。一月十五除了
是紫姑忌日外，其特殊性也恰好與之結合。

4　〔南朝宋〕劉敬叔撰，范寧校點：《異苑》（北京：中華書局，1996年），頁44-45。

5　《古今圖書集成》（成都：巴蜀書社，1985年），頁1982。

6　〔宋〕沈括：《夢溪筆談》，收於《筆記小說大觀》，（臺北：新興書局，1985年），
　　編10，頁371。

7　楊陳指出，從大傳統視域下，迎紫姑時間並無太多限制，「在大傳統的視域之下，
　　請紫姑的時間主要是在正月、閒暇時日和科舉之前」。楊陳：《紫姑信仰研究》，成
　　都：四川師範大學碩士論文，頁48。

　　首先，月亮被視作可以死而復生，月的變化如同生命的循環，紫姑死於月盈，又在月盈被迎祭，這象徵一種生命的循環。而古時以農業為主，孟春為農活之始，通常要進行一系列儀式，如《禮記·月令》記載：「是月也，天子乃以元日祈谷於上帝。」而十五是第一個月圓，在此月迎神祈福占卜，預知未來一年農耕與吉凶。但隨著十五元宵狂歡的形成，節慶時間的放寬，[8]迎紫姑時間略有改變，但仍以十五左右為主，迎祭紫姑的活動也與之結合，成為元宵民俗活動的一部分。

（二）地點：廁間、豬欄間

　　無論是《異苑》、《荊楚歲時記》、《顯異錄》等，都直接間接指出紫姑死於廁間。而相關稱呼，如坑三姑、七姑（戚夫人）等，[9]都暗示其與廁所的關係。由於死去的地點在廁間，而豬欄近廁，故迎接祭祀之處即於二地，這說明其為廁神之因。《漢書·燕刺王劉旦傳》載：「……廁中豕群出，壞大官灶」，師古注曰：「廁，養豕溷也。」[10]即古時候廁所常位於上方，與豬圈合為一。因而，此解釋了為何在廁間或豬欄邊迎之。

8　據張君研究，京城上元燈節的慶賀遊樂時間，唐玄宗以前僅限十五，唐玄宗放寬十四到十六，宋代進一步放寬到五夜，明成祖下詔，自十一為始，賜節假七天。張君：《神秘的節俗——傳統節日禮俗、禁忌研究》（廣西：廣西人民出版社，1994年），頁68-69。

9　「湘、鄂、皖、浙、江、滬一帶漢族地區，緣於地區廣袤，因而異名頗多，此一祀典的具體內容及風土人情也是各有歧異的。有些地方，千百年來一直保持著紫姑的名字；有些地方，則呼為七姑；還有一些地方，變成了坑三姑。」〔清〕顧祿：《清嘉錄》（上海：上海古籍出版社，1986年），頁30-31。

10　謝明勳：〈「紫姑」故事流變析論——以文獻資料考察為主〉，《六朝志怪小說故事考論——「傳承」、「虛實」問題之考察與析論》（臺北：里仁書局，1999年），頁77-80。

　　人雖不得不出入廁所，但除了必要的生理需求，都不願意多作停留，因而廁所一般建在邊緣地方，被視作「至穢之處」，故又被稱為『溷』。[11]胡梧挺指出，在中古時期，廁所被視作「寒氣」匯聚的場所，而廁所中的一些陳設物品可以治療某些由「鬼神」導致的疾病。[12]因而在廁所遇見的，無論神鬼，多非喜事，常帶有禍患，如《續玄怪錄》提到，「廁神每月六日、十六日、二十六日例當出巡，此日人逢必致災難，人見即死，見人即病。」《搜神記》中庾亮，廁中遇一如方相之物，後死。《幽明錄》記一清河郡新太守如廁，遭大如豚咒。《幽明錄》陽起母如廁見鬼，等。[13]由於廁與豬欄的關係，想像中的廁神，有些具有豬的形象，如牛肅《紀聞》：「有廁神形見外廡，形如大豬，遍體皆有眼，出入溷中」、「忽見兩手據廁，大耳深目，虎鼻豬牙，面色紫而煸爛」。這種對廁所的恐怖想像，主要與廁所環境上的特點有關。同樣的，如廁亦有少數福大者遇到喜事，如《異苑》中的陶侃如廁，見自稱後帝者，預言未來富貴，並留印作公字於穢地。但相較而言，如謝明勳研究指出，廁所遇到壞事的機率遠大於好事。[14]而就現實，廁所也發生不少刺殺、挾持、掉落廁所等可怕事件。

　　廁所與豬欄相鄰，因而在廁間或豬欄邊迎之，或有將紫姑與廁神和豬神結合之意。[15]豬具有豐饒、多產的象徵，迎紫姑應帶有多子豐饒的期許。而無論是廁間或豬欄間，自然聯想到糞土，糞土離不開土

---

11 「廁，言人雜廁在上，非一也。或曰溷，言溷涿也。或曰圊，言至穢之處」。劉熙：《釋名》（北京：中華書局，1985年），頁90-91。

12 胡梧挺：〈鬼神、疾病與環境：唐代廁神傳說的另類解讀〉，《社會科學家》2010年第7期，頁149。

13 〔唐〕李復言編，唐毅中點校：《續玄怪錄》（北京：中華書局，1982年），頁174。《搜神記》（北京：中華書局，1985年），頁120。魯迅：《古小說鉤沉》（山東：齊魯書社，1997年），頁185、194。

14 魯迅：《古小說鉤沉》（山東：齊魯書社，1997年），頁254。

15 可參考楊琳：〈耽耳習俗與豬神崇拜〉，《東方叢刊》1994年4月，頁134-160。

地、農地，而人民常稱地母，將土地孕育作物與女性生產聯接。而糞土又和如願的民間傳說結合，如《錄異傳》的如願能實現願望，後遭打逃入積薪糞。[16]顯現糞土的雙重性，除了不潔，甚至遭致恐懼死亡外，[17]但同時也隱藏著心想事成（如願），甚至影響到農作物收成（施肥）。這恰好與眾人卜問祈求「卜未來，蠶桑」有關。而十五日，人會祭祀蠶神，因而紫姑也有蠶神功能。[18]

紫姑與廁所的結合，除了最直接因死於此或棄屍於此，廁所隱含的特殊意義，以及女性帶有的神聖和禁忌性，使紫姑此一身世多舛的女子，成為廁神。雖然隨著時代的改變，廁所已不像舊時的令人恐懼，迎請紫姑也從廁坑移到了堂屋，[19]但她與廁所的聯繫卻始終不絕。

（三）迎請與占問

《異苑》提到：

> 故世人以是日作其形，夜於廁間或豬欄邊迎之。祝曰：「子胥不在」，是其婿名也；「曹婦歸去」，曹即其大婦也；「小姑可

---

16 魯迅：《古小說鉤沉》，頁254。

17 歷來對廁所總有些可怕的故事，如《幽明錄》阮德如嘗於廁見鬼、新太守如廁遭鼠咒等。

18 如《續齊諧記》：「吳縣張成夜起，忽見一婦人立于宅東南角，謂成曰：明年正月半，宜作白粥，泛膏其上以祭我，當令蠶桑百倍。」《荊楚歲時記》亦有十五日祭蠶神的記載。相關研究如賈二強：《唐宋民間信仰》（福建：福建人民出版社，2002年），頁131-142。焦杰：〈紫姑「考釋」〉、黃永年：《古代文獻研究集林》第3集（西安：陝西師範大學出版社，1995年），頁209-220。都提及紫姑具有蠶神的功能。

19 「知識分子請紫姑的空間，主要集中在書室、私塾、宅院和花園；而普通百姓迎紫姑的空間主要集中在廁所，偶爾會在麥場或是元宵燈下。」楊陳：《紫姑信仰研究》（成都：四川師範大學碩士論文），頁54。

出」，戲投者覺重，則是神來，奠設酒果，亦覺貌輝輝有色，
即跳躍不住，能占眾事卜未來蠶桑。

這裡可以看到幾點，首先「作其行」，即作一個代表紫姑的偶人，這
即弗雷澤所說的「交感巫術」，[20]以讓紫姑憑附其上。由於神鬼莫見，
故只能以一實體作依據。而時間地點則在「一月十五夜」「廁間或豬
欄邊」，此外，還有祝詞，[21]「子胥不在，曹婦歸去，小姑可出。」而
紫姑「能占眾事卜未來蠶桑」。換言之，最早迎紫姑的方式要在相對
應的時地、有憑依物以及祝詞，目的是占卜問農事。後世即使繁複
化，大抵亦不脫於此，只是卜問項目更多。如唐《顯異錄》：「故世人
作其形，夜於廁間迎祀，以占眾事。」仍與《異苑》雷同。

　　宋蘇軾〈子姑神記〉：「則衣草木為婦人，而置箸手中，二小童扶
焉。以箸畫字」相較而言，儀式更為繁複，除了為草木穿衣作婦人
外，還需二小童扶持。而由蘇軾的見聞則發現，男子也可參與。而蘇
軾這篇或藉此抒懷。[22]陸游〈箕卜〉敘述了南宋民間請紫姑的儀式過
程，云：「孟春百草靈，古俗迎紫姑。廚中取竹箕，冒以婦裙襦。豎
子夾扶持，插筆祝其書。俄若有物憑，對答不須臾。豈必考中否，一
笑聊相娛。」[23]取常見的箕，裝以女子的裙衣，讓人扶持，並插筆祝

---

20 〔英〕J. G. 弗雷澤著，汪培基、徐育新、張澤石譯，汪培基校：《金枝》（北京：商
　　務印書館，2016年），頁26-28。

21 〔美〕馬凌諾斯基《巫術、科學與宗教》云：「咒語乃是巫術中最主要的元素……
　　分析任何巫術動作，我們發現儀式常環繞咒語而進行，於是『口念真言』成為巫術
　　表演的核心。」馬凌諾斯基著，朱岑樓譯：《巫術、科學與宗教》（臺北：協志工業
　　叢書公司，1996年），頁52。

22 張志烈、馬德富、周裕鍇等主編：《蘇軾全集校注》（第十一冊文集二）（石家莊：
　　河北人民出版社，2010年），頁1297。

23 錢仲聯校注：《劍南詩稿校注》第7冊（上海：上海古籍出版社，1985年），頁
　　2979。

書，問的似乎與仕途相關。這裡陸游描繪了請紫姑的情況，但卻不強調應驗的可靠，反倒是帶有些遊戲心態。張世南《遊宦紀聞》：「世南少小時，嘗見親朋間，有請紫姑仙。以箸插筲箕，布灰棹上畫之。有能作詩詞者……亦有能作時賦、時論、記跋之類者，往往敏而工。言禍福，卻多不驗。」[24]以自己親身遭遇評論紫姑，指出扶乩迎請，能詩詞文賦，但言禍福卻多不靈驗。由陸游、張世南的記載可以知道，紫姑占事的靈驗性受到質疑。洪邁《夷堅志》亦有數條扶箕請紫姑的記載，如張外舅寓無錫所見等。[25]許地山指出：「扶箕由婦孺請坑三姑降神作戲，變為士大夫底坦白占卜法，當起於兩宋時代。」[26]坑三姑即紫姑。李劍國也說：「宋人之請紫姑，乃扶乩之術，紫姑變為乩仙，已與俗間於廁中迎紫姑者不同。」[27]

最遲至宋，紫姑已經成為一泛指的符號，所請來的並非當初被虐死的小妾，而可能是任何的鬼神，甚至冤魂，因此，如宋蘇軾〈子姑神記〉：「蓋世所謂子姑神者，其類甚眾。」朱彧〈萍洲可談〉：「古傳紫姑神，近世尤甚……自稱蓬萊大仙，多女子也，有名字伯仲」[28]《夷堅志》：「紫姑神類多假託。或能害人。予所聞見者屢矣。」如《夷堅志》：「南康建昌縣民家，事紫姑神甚靈，每告以先事之利，或云下江茶貴可販，或云某處乏米，可載以往。必如其言獲厚利。」然某次依指示招待乞丐，卻意外發現請到冤魂，「自是不復事神云」。這裡不清楚之前所請是否是紫姑，或是某些冤死孤魂，這最後一次，顯然就是冤魂。又如宋郭彖《暌車志》亦載，臨安西溪寨軍士將領請紫

24 〔宋〕張世南：《遊宦紀聞》（臺北：木鐸出版社，1982年），頁22。

25 〔宋〕洪邁撰，何卓點校：《夷堅志》第2冊（北京：中華書局，2017年），頁522。

26 許地山著：《扶箕迷信底研究》（長沙：嶽麓書社，2011年），頁15。

27 李劍國：《唐前志怪小說集釋》（上海：上海古籍出版社，1986年），頁518。

28 〔宋〕朱彧：《萍洲可談》，收於《景印文淵閣四庫全書》，（臺北：臺灣商務印書館，1983年），第3卷，第1038冊，頁307。

姑神，神自稱武穆降臨。[29]《夷堅志》:「鬼降於紫姑箕上。書灰曰、我乃公家所營邸處士中人也。名曰小紅。」[30]就明白指出請來的不是紫姑。這裡所請的「紫姑」可能只是附近遊蕩的冤鬼。但即使如此，這些「紫姑」仍能給予人們需要的啟示。

其它朝代，如明《帝京景物略》:「望前後夜，婦女束草人，紙粉面，首帕衫裙，號稱姑娘。兩童女掖之，祀以馬糞，打鼓，歌馬糞鄉歌。三祝，神則躍躍，拜不已者，休；倒不起，乃咎也。男子沖而僕。」[31]時間改為十五前後，除了束草木為婦人外，還得仿效真人給予妝容衣飾，由二女童攙扶，以馬糞作祭品，並伴隨著歌樂，紫姑亦會以行動表達休咎。這裡點出禁男子參與的禁忌。清江昱《松泉詩集‧紫姑乩》:「花糝兩朵雲帕烏，耳璫一雙垂明珠。子胥曹姑俱不在，廁邊拜祝迎紫姑……先問壽年後針線。」[32]提到紫姑的打扮、祝詞、迎請地點以及問壽乞巧。清《閩雜記》:「閩俗婦女多善扶紫姑神……，多於是日潛揭門前所貼春聯於紫姑前焚之，以為他日必得讀書佳婿。」[33]提到十五日於紫姑前焚春聯可得讀書佳婿。胡樸安《中華全國風俗志》:「望夕迎紫姑，俗稱接坑三姑娘，問終歲之休咎。婦女又有召帚姑、針姑、葦姑，卜問一歲吉凶者，一名百草靈，鄉間則

29 〔宋〕郭象:《睽車志》，上海師範大學古籍整理研究所編:《全宋筆記》(第九編二)，鄭州：大象出版社，2017年。

30 〔宋〕洪邁撰，何卓點校:《夷堅志》第2冊(北京：中華書局，2017年)，頁328、140、522。

31 〔明〕劉侗、于奕正，孫小力校注:《帝京景物略》(上海：上海古籍出版社，2001年)，頁101。

32 〔清〕江昱:《松泉詩集》，見於《四庫全書存目叢書》，(臺南：莊嚴文化事業公司，1997年)，卷4，頁280。

33 〔清〕周亮工、清施鴻保，來新夏校點:《閩雜記》(福建：福建人民出版社，1985年)，頁87-88。

有祈蠶之祭。」[34]提到十五號晚上迎紫姑，可問一年吉凶，以及提及類似紫姑的鬼神（或說紫姑別稱）。

這裡可以看到迎請紫姑以及卜問祈求的內容，由一開始主要是女子參與排除男子，到不拘男女，但多數仍以婦女為主。迎請方式，必須先作個「紫姑」，精緻一點就為其穿衣打扮；準備卜問的工具（箕、箸、灰盤等）；開始迎神念祝文。

扶乩卜問的內容則最早以農事，到宋代出現問仕、吟誦詩詞，甚至紫姑已成為請神的代詞，如林繼富所言：「自唐代始，紫姑信仰逐漸向扶乩之術轉化，紫姑神也由民間俗神演變為乩仙」[35]，明清以後則問壽、乞巧、問吉凶等，表現民間信仰的多利性，如烏丙安所言：「民間信仰的多功利性還表現在人們根據功利的需求，強行給他們崇拜的神靈增加職司方面。」[36]

而迎請紫姑的方式也日益多元、熱鬧，從《荊楚歲時記》：「俗云溷廁之間必須靜，然後能致紫姑。」[37]到「小兒輩等閒則召之，以為嬉笑。」如郭麗研究指出：「從唐到清，尤其是宋代紫姑信仰演變成扶乩之術之後，迎祭紫姑的程序日漸繁瑣，場面也越來越講究、熱鬧。」[38]

三　意義

紫姑由一民間受虐致死的小妾，卻死而不死，由於其悲慘的遭遇受同情，遂逐漸成為民間的廁神，扮演著受祭以及卜祐的功能，人民對紫姑懷抱著憐憫又畏懼的心理，迎祭態度由虔敬偏向遊戲輕謔，

---

34 胡樸安撰：《中華全國風俗志》下篇（河北：石家莊，1985年），頁154。
35 林繼富：〈紫姑信仰流變研究〉，頁9。
36 烏丙安：《中國民間信仰》（上海：上海人民出版社，1995年），頁9。
37 〔梁〕宗懍，〔隋〕杜公瞻注，姜彥稚輯校：《荊楚歲時記》（北京：中華書局，2019年）頁21。
38 郭麗：〈廁神紫姑探析〉，《東方人文學誌》第9卷第1期（2010年3月），頁7。

（一）畏懼與憐憫

人們對紫姑的態度相當微妙，同情其不幸遭遇，如《異苑》：「是人家妾，為大婦所嫉，每以穢事相次役。正月十五日，感激而死」、《顯異錄》：「為大婦曹氏所嫉，正月十五日夜，陰殺之於廁間」、蘇軾〈子姑神記〉：「予觀何氏之生，見掠於酷吏，而遇害于悍妻，其怨深矣。」都可以看到紫姑為被大婦妒嫉害死的小妾，換言之，紫姑應該是凶死，應為厲鬼。「厲」就是無後乏祀和橫死、冤死之鬼。[39] 紫姑既是小妾，不入祠廟，似也無子嗣記載，基於「鬼有所歸，乃不為厲」的思維，傳統會以立祠或立壇祭祀的方式，來安頓、安撫。但紫姑比較特殊的是，似乎一年就迎請一次（或幾次），這不知是否和紫姑未為厲有關？與相近期間的其它女性人鬼丁姑、梅姑、蔣姑而言，紫姑似乎低調得多。[40]

紫姑由於身分地位，即使大婦迫害，「妾雖死不敢訴也」。這說明社會存在著妾無地位，妻妾貴賤有分的現象。劉熙〈釋名‧釋親屬〉：「妻，齊也，……妾，接也，以賤見接幸也。」據劉增貴研究，魏晉南北朝有兩種矛盾現象：一是廣蓄姬妾；一是悍妒成風。[41] 故《異苑》：「古來相傳，是人妾，為大婦所嫉，每以穢事相次役」，點出紫姑身分是妾，因而對大婦不合理的要求只能逆來順受。《顯異錄》也說：「為大婦曹氏所嫉」。蘇軾〈子姑神傳〉：「壽陽刺史害妾

---

39 按孔穎達的解釋，「厲」似乎只指「無後」之鬼，不過，古帝王、諸侯、大夫所以會無後主絕祀，除了不能生育的原因之外，往往是被其敵對者消滅所致，而在其它的古代文獻中，「厲」有時也被釋為無病「強死」之鬼。因此，「厲」應兼指無後乏嗣、冤死之鬼。林富士：《孤魂與鬼雄的世界》（臺北：臺北縣立文化中心，1995年），頁11-19。

40 可參考林富士：〈六朝時期民間社會所祀「女性人鬼」初探〉，《新史學》第7卷第4期（1996年12月），頁95-117。

41 劉增貴：〈魏晉南北朝時代的妾〉，《新史學》第2卷第4期（1991年12月），頁2。

夫，納妾為侍妾，而其妻妒悍甚，見殺於廁。」唐律將妻妾關係視為
君臣、長幼，[42]至宋，妻妾區別更大，妾與婢的地位相近，宛如財產
玩物。雖然就禮律規範妻妾應該以君臣、長幼相處，然現實中，妻妾
一般是爭寵矛盾，紫姑受虐甚至死於大婦之手，便可看到妻妾緊張的
關係。甚至明《月令廣義》將戚夫人與紫姑混為一談，「唐俗元宵請
戚姑之神。蓋漢之戚夫人死於廁。故凡請者詣廁請之。今俗稱七姑，
音近是也。」[43]顯然是關注到戚夫人被呂后虐為人彘，慘遭殺害於廁，
同樣是大婦虐妾且死於廁的相似性。從魂魄強弱來說，如《左傳·昭
公七年》子產對伯有的鬼魂的評論，[44]可知身分地位與享用精粗，決
定魂魄強弱。加以古時對軀體的完整的重視，紫姑無論是自殺或是被
大婦拋至廁間，軀體除蒙上不潔外，更可能成了豬的盤中飧，[45]使紫
姑無法作祟。但其悲慘遭遇引起「天帝憫之」，也讓類似際遇者同情，
因而在特定時地迎祭。最後，由於廁所的偏僻危險，敬畏廁神也為求
一己一家之安寧！

　　總之，或許是秉持著對為妾女子的悲憐，以及懼怕其為厲的可
能，加以紫姑有預測能力，又適逢處於「信巫鬼、重淫祀」的荊楚地

---

42 洪宜嫃：〈唐代婚姻中的妻妾關係──從法律層面探討〉，《政大史粹》第9期（2015
　　年12月），頁14-15。

43 〔明〕馮應京：《月令廣義》，收於《四庫全書存目叢書》第164冊（臺南：莊嚴文
　　化事業公司，1996年）第5卷，頁664。

44 「子產曰：『能，人生始化曰魄，既生魄，陽曰魂。用物精多，則魂魄強，是以有
　　精爽，至於神明。匹夫匹婦強死，其魂魄猶能馮依於人，以為淫厲，況良霄，我先
　　君穆公之胄、子良之孫、子耳之子、敝邑之卿，從政三世矣。鄭雖無腆，抑諺曰：
　　蕞爾國，而三世執其政柄，其用物也宏矣，其取精也多矣，其族又大，所馮厚矣，
　　而強死，能為鬼，不亦宜乎？』」《左傳》，卷四十四〈昭公七年〉，頁764。

45 如李建民、林素娟等人都提及對屍體的看重，有損毀屍體以使鬼魂不為祟的風俗。
　　李建民：〈屍體、骷髏與魂魄：傳統靈魂觀新論〉，《當代》第90期（1993年），頁48-
　　65。林素娟：〈先秦至漢代禮俗中有關厲鬼的觀念及其因應之道〉，《成大中文學
　　報》第13期（2005年12月），頁59-94。

帶，如林富士所言「自漢末以至六朝時期，江南地區的『厲鬼信仰』，卻幾乎蔚為民間信仰（巫覡信仰）的主流。」[46]甚至因為身分的特殊（受大婦虐待的小妾），容易使特定對象感同身受，因而，即使不受祠廟，仍受人迎祭。

（二）遊戲與虔敬

《荊楚歲時記》：「俗云。溷廁之間。必須靜。然後致紫姑。」點出迎祭紫姑的地點在溷廁之間，且必須保持靜穆。這說明即使迎請地點污穢不潔，亦不可心存怠慢，需恭敬迎之始可。然迎請紫姑後，氣氛或許變得比較輕鬆，如《異苑》：「又善射鉤，好則大儛，惡便仰眠。」紫姑降下後，除了占事，便可以遊戲了，或者說，這種占問事物的方式本身便帶有一定的遊戲成分。隨著迎祭紫姑成為元宵節的民俗活動之一，遊戲成分加重，如沈括《夢溪筆談》：「余少時見小兒輩等閒則召之，以為嬉笑。」[47]這裡看到小兒隨意地迎召紫姑，似乎不將之作一嚴肅事件看待。

遊戲和虔誠看似是兩種截然不同的態度，其實是一種心態的放鬆或緊繃。正月十五迎紫姑，一開始是本著畏懼憐憫的心理，但隨著十五元宵狂歡的形成，迎祭紫姑也發展成具娛樂性的活動。對未知事物，人本著虔敬的心戒慎以待，但若流傳已久，已成慣例，自然少了些恐懼，多了些隨意。倘迎召紫姑是本著目的性，希望預知未來諸事，在迎請的過程勢必小心翼翼，避免得罪鬼神。但若是以一種趣味的心態迎請，對卜事的結果不是很相信，如徐鉉《稽神錄》中的支戩，見家人請了紫姑，便「戲祝」，態度自然遊戲地多。但若過於隨

---

46 林富士：〈六朝時期民間社會所把「女性人鬼」初探〉，《新史學》第7卷第4期（1996年12月），頁113。

47 〔宋〕沈括：《夢溪筆談校證》（臺北：世界書局，1989年），頁685。

意，還是有麻煩，如《夢溪筆談》：「親戚間曾有召之而不肯去者，兩見有此，自後遂不敢召。」一般而言，迎召紫姑有一定的儀式流程，若召來卻請不走，多半是卜問過程出了差錯，而這最有可能在於言辭行為的冒犯而觸犯禁忌所致。

換言之，遊戲與虔敬常是心態的端正與否，也多是比例問題，迎請鬼神此一未知事物，心中必定畏懼忐忑，帶有虔敬之心。此如韋伯所說的，在儀式中所產生的「皈依」感，參與者內心容易感受到救贖。[48]這就是迎紫姑所帶有的虔敬之心，從中感受短暫的靜穆。但若作為節慶活動或是閒暇娛樂，態度則輕鬆多。如蘇軾〈子姑神記〉中的紫姑：「公少留而為賦詩，且舞以娛公。」《搜神秘覽》：「紫姑神，世或稱之曰紫仙。南方人孟春之月即請之以決事，然至利害大者不能言，善書畫吟詠，騷雅之才，尤多清麗。」[49]強調的不是紫姑卜事的神秘力量，反倒將之作為騷雅之士對待。「無人商略心頭事，潛向花間卜紫姑。」「銀燈灼灼語喁喁，先問壽年後針線」而女子也能在看似遊戲中，虔誠訴說自己的心願。因而，遊戲與虔敬常是二者兼具。

（三）功利心理

劉祥光根據其它學者研究指出戰國自秦漢以來，占卜可分三大系統，其一和天文曆算相關的星占、式占；其二是與動、植物崇拜有關的龜卜、筮卜；其三是人類的心理、生理、疾病、超自然力量（如鬼怪）有關的夢占、厭劾、祠禳。[50]迎請紫姑屬於第三類，透過一定儀

---

48 〔德〕韋伯著，康樂、簡惠美譯：《宗教社會學》（桂林：廣西師範大學出版社，2005年），頁190-192。

49 〔宋〕章炳文：《搜神秘覽》，收於《四部叢刊》（臺北：臺灣商務印書館，1975年），頁24。

50 劉祥光：《宋代日常生活中的卜算與鬼怪》（臺北：政大出版社，2013年），頁149。

式的召喚，迎祭紫姑。迎祭紫姑的儀式一般由婦女主持，最早用以卜
蠶桑、卜眾事。卜眾事在《異苑》並無詳細分說，這影響到後來紫姑
的卜事有無限可能，然主要目的還是為了去厄求福。迎祭紫姑一方面
是基於憐憫與畏懼，一方面認為紫姑有神秘能力，故基於「報」的原
理，獻上祭品，請來紫姑，紫姑便回報以卜事，使人在對未來有所掌
握下，更能明確目標而不彷徨猶疑。「原本卜問蠶桑未來的內容，亦
隨著社會人心所需而擴大範疇，參與其事的人亦不再限於婦孺，現實
功利的意味因之加重。」[51]

　　由於紫姑乃凶死，後為廁神，可說兼具神聖與禁忌，一方面人可
以從中獲得未來的訊息，趨吉避禍，一方面紫姑的出身是低下、死去
之地是危險、不潔的。但廁與人又息息相關，不但關乎生理，也能肥
沃農作牲畜。再者，越凶險的事物，實際也隱含著越龐大的力量，這
也是紫姑能卜占眾事的基礎所在。

四　結語

　　紫姑從一身世悲慘的女性，到成為以女子為主，卜筮祈福的對
象，實則和其背後所象徵的文化意義相關。一開始迎祭紫姑只是流傳
於某地區的活動，但卻不因時地的改變而消退，反而由於紫姑隱帶著
蠶神、農神、廁神、求子、乞巧等功能性，加以人心中對弱勢者的同
情悲憫，以及對凶死者的畏懼，在虔敬祈求與遊戲似的放鬆結合下，
仍流傳至今，成為一古老又適今的民俗，既承繼傳統，又承載人對幸
福的願望！

---

51 謝明勳：〈「紫姑」故事流變析論——以文獻資料考察為主〉，《六朝志怪小說故事考
　論——「傳承」、「虛實」問題之考察與析論》（臺北：里仁書局，1999年），頁96。

清代筆記小說中縊鬼內涵之分析

一　前言

　　人終有一死，如不能壽終正寢，以非正常的方式逝去，強死者或是心有不平者，屬於非常態、非自然的生命終結，其鬼魂可能依附於活人作祟，甚至化為厲鬼降禍於人。縊死即是心有冤屈不平而上吊自盡，為吊死鬼，或稱縊鬼。《釋名‧釋喪制》：「懸繩曰縊，縊，陑也，陑其頸也。」[1]《說文解字注》：「縊，絞也。」[2]縊死之人在死時未經過妥善的祭祀處理，又或是某些原因，成為縊鬼。據傳說，縊鬼因以繩、絛或布等自縊，若要重新投胎成人，必得誘使他人自縊方可替代。如《虞初新志》，「凡系有人縊死，其宅內及縊死之處，往往有相從而縊，及縊之非一人者，俗謂之『討替身』，謂已死之鬼，求以自代。」[3]這條自縊繩，連接了縊鬼與受害者、生與死的界限，此繩一方面剝奪了生命；一方面也賦予了新生。

　　自縊者無分男女，但古代小說中的縊鬼多半是女子，少數為男子。[4]這可能是對女性的想像和恐懼，[5]以及反映了某些現實處境。鬼

1　〔漢〕劉熙撰：《釋名》（北京：中華書局，2017年），頁119。

2　〔漢〕許慎，〔清〕段玉裁：《說文解字注》（上海：上海古籍出版社，1981年），頁1162。

3　王根林等校點：《清代筆記小說大觀‧虞初新志》（上海：上海古籍出版社，2007年），頁417。

4　如在文彥生：《中國鬼話》談及吊死鬼的五則故事中，便有四則為女。賴亞生也提到吊死鬼多為女性。文彥生選編：《中國鬼話》（上海：上海文藝出版社，1991

若欲為厲為害，需帶有強大怨念，換言之，需要是冤死或是屈死。[6]
游淑珺：「厲，惡也，『厲鬼』一詞本身便含有惡鬼的意思。」[7]因而
劉還月定義厲鬼，「厲鬼也稱做凶鬼或惡鬼，大多指凶煞而死的鬼，
他們含冤莫白，或者怨氣難消，自然乃以惡報復為手段。」[8]由此觀
之，縊鬼屬於凶死，其怨氣難平，不求替代無法解脫。[9]

　　關於縊鬼的研究，直接以縊鬼為專題的較少，如張琬聆〈〈林投
姐〉故事鬼魂文化研究〉，以臺灣的厲鬼林投姐作考察研究；錢理群
〈魯迅筆下的鬼──讀〈無常〉和〈女吊〉〉（一）和（二）兩篇，從
魯迅的兩篇文章分析無常和女吊，分析文學特色以及民俗意義。顧希
佳〈清代筆記小說中的縊鬼受阻型故事〉，討論清代筆記小說縊鬼受

　　年），頁200-217。賴亞生：《神秘的鬼魂世界──中國鬼文化探秘》（北京：人民中
　　國出版社，1993年），頁192。

5　對女性潛藏能力的恐懼，投射到鬼魂信仰中，使女性在轉為鬼靈後，成為具破壞力
　　量的「他者」、「異類」等不穩定分子，成為社會反常事物的反映。張琬聆：〈〈林投
　　姐〉故事鬼魂文化研究〉，《東華中國文學研究》第4期（2006年9月），頁167。男人
　　的集體潛意識中，含有對女人神秘歷程的恐懼而醞釀了女性罪惡的神話故事。李美
　　枝：《女性心理學》（臺北：大洋出版社，1995年），頁9。張琬聆研究亦指出，「從
　　清代筆記小說中縊死者多為女性的現象，可看出鬼魂文化中對女性的隱性認知，使
　　縊鬼報冤故事在對厲鬼的原生恐懼思維下，更進一步地流露出人們對女性潛意識的
　　負面形象。」張琬聆：《清代筆記小說縊鬼故事研究》（花蓮：東華大學華文文學系
　　碩士論文，2011年），頁133。

6　人們認為許多在陽世間無法解決的事，往往可以透過自殺化為厲鬼來報仇。賴亞
　　生：《神秘的鬼魂世界──中國鬼文化探秘》，頁13。

7　游淑珺：〈冥界的無「歸」女性發展──以臺灣閩南俗語反映的民俗現象觀察〉，
　　《民間文學年刊》第2期（2008年7月），頁138。

8　劉還月：《臺灣人的祀神與祭禮》（臺北：常民文化社，2000年），頁172。

9　此如游淑珺所言：「在厲鬼信仰的思維下，民間習俗中普遍有『無鬼祟死人』的
　　『抓/討交替』的觀念，尤其是因橫禍死去的、屬於枉死的『孤』不但被禁止進入陰
　　間，還會轉化成為厲鬼在人間作祟。除非『孤』能找到可以進行替換的對象，否則
　　將會失去投胎轉世的資格，無法進入輪迴的機制。」游淑珺：〈冥界的無「歸」女
　　性發展──以臺灣閩南俗語反映的民俗現象觀察〉，頁139。

阻型故事十六則，提到意義有三：一為人敢與鬼鬥爭；二為講述了舊時代婦女的苦難；三是反映同類型情節的多樣性。張琬聆《清代筆記小說縊鬼故事研究》，詳細討論縊鬼在文化心理的廣泛影響。[10]然大部分則散見於故事搜集，或是通論中分小類概說，作普及知識，如文彥生《中國鬼話》，分有吊死鬼一類；李獻璋編著《臺灣文學集》的故事篇，記有〈林投姐（赤崁）〉；祈連休於《中國民間故事類型研究》一書中列出「驅走縊鬼型故事」，從歷時性爬梳；賴亞生《神秘的鬼魂世界——中國鬼文化探秘》，在討論鬼故事類型時有稍微提及，指出清代為其發展重要時期。[11]儀式研究方面，如黃萍瑛〈結「結」與「解」結：鹿港「送肉粽」儀式的探討〉，[12]田調鹿港鎮「送肉粽」（上吊）的送煞儀式，解釋上吊一事鹿港認為是犯「煞」。文中提到交替和繩結的意義對本文頗有啟發。

　　從縊鬼所牽涉到的範疇來看，除了傳統文化與民俗之外，還包含人類學、宗教學與民間信仰，以及因應的民間儀式處理，而其現象的產生，與當時的社會背景，尤其和婦女的處境有密切關聯。縊死雖古已有之，然大量出現縊鬼的記載，以清代《子不語》和《閱微草堂筆記》（以下簡稱《閱微》）為多。因而，本文以此二本為主，輔以其它相關資料，參酌西方理論，試論清代縊鬼的形象及其所具有的特殊內涵。

---

10 張琬聆：〈〈林投姐〉故事鬼魂文化研究〉，《東華中國文學研究》第4期（2006年9月），頁147-170。錢理群：〈魯迅筆下的鬼——讀《無常》和《女吊》（一）〉，《語文建設》第11期（2010年10月），頁54-56。錢理群：〈魯迅筆下的鬼——讀《無常》和《女吊》（二）〉，《語文建設》第12期（2010年11月），頁40-42。顧希佳：〈清代筆記小說中的縊鬼受阻型故事〉，《民間文化》1990年第2期，頁3-5。

11 李獻璋編著：《臺灣文學集》，新北市：龍文出版社，2006年。祈連休：《中國古代民間故事類型研究》，石家莊：河北教育，2007年。

12 黃萍瑛：〈結「結」與「解」結：鹿港「送肉粽」儀式的探討〉，《民俗曲藝》203期（2019年3月），頁163-197。

二　縊鬼形象與縊死因由

（一）外型特徵

　　對凶死的恐懼心理，源於親見自縊或是他人轉述描繪的可怖，因而在真實與想像中，建構出縊鬼的形象。如宋《夷堅志》：「室有自縊者，蓬首出舌，見吾求度」、「婦人驚對曰：『誰道那？』遽升梁間，吐舌長二尺而滅。」可見最晚在宋代，便有對縊鬼形象的記載。《夜譚隨錄》：「被髮蹙眉，吐舌唇外，長數寸。」指出縊鬼的基本形象，披頭長髮、長舌吐外。這種形象與其死亡的樣貌相關，同時也是縊鬼和其它鬼外貌最大的不同點。《子不語》：「有縊鬼披髮流血拖繩而至」、「俄聞隱隱然有婦女哭聲，殷疑之，亦逾垣入。見一婦梳妝對鏡，樑上有蓬頭者以繩鉤之。」除了披頭散髮，口吐長舌外，還伴雜有哭聲，塑造出陰風慘慘的可怖景象。或如《閱微》「聞窗內承塵上窸窣有聲。仰視，見女子兩纖足，自紙罅徐徐垂下，漸露膝，漸露股。」生動地刻畫了縊鬼的出場，「仰視」可見鬼乃懸在上，從足到膝到腿，緩緩降下。《聊齋志異》講述一個范姓讀書人所見縊鬼，由其梳妝打扮到縊死，「婦裝訖，出長帶，垂諸梁而結焉。訝之。婦從容跂雙彎，引頸受縊。才一著帶，目即合，眉即豎，舌出吻兩寸許，顏色慘變如鬼。」[13]細膩地展現了女子生前之美、死時的猙獰，以及最後化作鬼的樣貌。關於縊鬼的形象，張琬聆指出，「女吊死鬼變

13　〔宋〕洪邁撰，何卓點校：《夷堅志》（北京：中華書局，2017年），頁654、353。
　　〔清〕閑齋氏著，陶勇標點：《夜譚隨錄》（重慶：重慶出版社，2005年），頁520。
　　〔清〕袁枚著，崔國光點校：《新齊諧——子不語》（山東：齊魯書社，1986年），
　　頁297、117。〔清〕紀曉嵐：《閱微草堂筆記》（臺北：大中國圖書公司，2001年），
　　頁59。〔清〕蒲松齡著，趙伯陶注評：《聊齋志異詳注新評》（北京：人民文學出版
　　社，2017年），頁1368。

形、扭曲而不完美的形象，便與因生理結構造成人類對女性異類化、畸形化、負面化的觀念產生關聯。」[14]縊鬼可怖的形象，除了有一定的真實性外，對女縊鬼的醜化，或許可推溯到遠古以來對女性生理的不解和恐懼，所融會出的恐怖想像。[15]

關於縊鬼的服飾，故事似無確指，有白衣、青衣、紅衣等，如《夜譚隨錄》，「方隱隱見一人，懸樑上，又一白衣，背立其前，雙手捄其足。」《子不語》，「見樓梯上有青衣婦人，屢屢伸頭窺探，始露半面，繼現全身。」[16]白為喪色、凶色，縊鬼既是死人，自然著白色。而青為賤色，容易另人產生不潔、卑賤聯想。縊鬼自然是不潔、污穢的。而紅色，民間禁忌喪葬使用，[17]如《閱微》提到，著紅色是心中有憤恨而為祟為厲：

> 俚巫言凡縊死者，著紅衣，則其鬼出入房闥，中雷神不禁。蓋女子不以紅衣斂，紅為陽色，猶似生魂故也，此語不知何本。然婦女信之甚深，故銜憤死者，多紅衣就縊，以求為祟。[18]

這解釋了為何凶死之人欲著紅衣，不為喜慶，而因紅為陽色，可欺騙中雷神為生魂以達到入室為祟的目的。當然和紅色有獨特的象徵意義也有關，因其兼具神聖與令人恐懼的禁忌特質。如任騁提到：「俗以

---

14 張琬聆：〈〈林投姐〉故事鬼魂文化研究〉，頁166。

15 可參考〔德〕埃利希・諾伊曼著，李以洪譯：《大母神——原型分析》，北京：東方出版社，1998年。

16 〔清〕閒齋氏著，陶勇標點：《夜譚隨錄》，頁418。〔清〕袁枚著，崔國光點校：《新齊諧——子不語》，頁108。

17 任騁著：《中國民俗通志・禁忌志》（濟南：山東教育出版社，2005年），頁179-182。

18 〔清〕紀曉嵐：《閱微草堂筆記》，頁228。

為鬼不敢觸碰紅色的東西。民間常以紅布、朱砂、動物的血液等物驅鬼辟邪。」[19]然其色如血，亦容易引起傷害、流血的恐怖感，[20]符合縊鬼凶死，厲氣遠超為一般鬼物的想像。《子不語》有著紅衣的記載，「有梳高髻披大紅襖者揭帳招我」，後來造成妾與婢的縊死。這裡穿著紅衣的女子，據一開始的介紹，「東廂三間，因柳如是縊死此處，歷任封閉不開。」暗指害死妾婢者即柳如是。然又云，「或謂：柳氏為尚書殉節，死於正命，不應為厲。」[21]試圖推翻柳如是作祟的說法。其實，不論生前節義與否，活人對死者總是懷抱恐懼，因而猜想死者危害活人，所以並置二說以存疑。此外，縊鬼似乎有預知能力，如：

> 按《金史・蒲察琦傳》：琦為御史，將死崔立之難，到家別母。母方晝寢，忽驚而醒。琦問：「阿母何為？」母曰：「適夢三人潛伏梁間，故驚醒。」琦跪曰：「梁上人乃鬼也。兒欲殉節，意在懸樑，故彼鬼在上相候。母所見者，即是也。」旋即縊死。可見忠義之鬼用引路替代，亦所不免。(《子不語》)

> 奴子吳士俊；嘗與人鬥不勝，恚而求自盡，欲於村外覓僻地；甫出柵，即有二鬼邀之。一鬼言投井佳，一鬼言自縊更佳，左右牽掣，莫知所適。(《閱微》)

> 老人曰：「明日徐四來，可以得代否？」其人曰：「地方已許我

---

19 任騁：《中國民間禁忌》（北京：中國社會科學出版社，2004年），頁567。

20 任騁：《中國民間禁忌》，頁268。

21 〔清〕袁枚著，崔國光點校：《新齊諧——子不語》，頁294。《閱微》有一則提到「上帝好生，不欲人自戲其命，如忠臣盡節，烈婦完貞，是雖橫夭，與正命無異，不必待替。」二則可相參照。可見鬼神一事常是各持一說，莫衷一是。

矣，有隙可乘，即得代也。」老人復嘆謂再三。已而寂然。
（《夜譚隨錄》）[22]

伏梁等待，或爭奪替代，或事先得到允諾，令人不寒而慄。這裡可以發現，縊鬼對於想或即將自縊者，似乎有特殊感應，能提早到前等待，或者在旁推波助瀾。

然奇怪的是，縊鬼雖屬厲鬼，但似乎不以復仇為限，[23]而以找替代為主，或許和自縊因由有關？[24]而找替代不限於仇家，只要是人，甚至能化作人形即可，如《子不語》提到的狐仙。[25]狐仙的自縊，顯現了縊鬼的可怕，連修練成人的狐都難敵。急於求代的縊鬼，常誘使類似處境的女子，或迷惑不相干的他人。關於縊死原由，以下概分為兩類討論：

（二）縊死因由

選擇縊死，如果不是不得不死而自縊（如判罪），通常可概分兩類，其一為主動自縊，原因可能是冤死、守節死、或者為經濟所迫，

---

22 〔清〕袁枚著，崔國光點校：《新齊諧——子不語》，頁294。〔清〕紀曉嵐：《閱微草堂筆記》，頁327。〔清〕閑齋氏著，陶勇標點：《夜譚隨錄》，頁418。

23 但如有人願助報仇，也欣然從之。如《子不語》中的章翁，送馬姨娘至仇人家報仇。〔清〕袁枚著，崔國光點校：《新齊諧——子不語》，頁364-365。縊鬼他日索命報仇，如《夜譚隨錄》中的常熟某生、蔡生等。〔清〕閑齋氏著，陶勇標點：《夜譚隨錄》，頁399、406-407。

24 自縊多源於自身選擇，無論是內部原因或外部誘使，常難以歸咎於某個仇家，或者促使自殺的主因是家人，礙於人倫，無法提倡報復。或者說，與整個社會制度有關，難以撼動。而找替代或許隱藏著對社會制度的不滿，因而任何人都可以作為替代對象，塑造一種恐怖氛圍。但因為力量不夠大，所以報復對象常僅限於死的區域附近。此部分聊備一說，需要更多的論據支持。

25 〔清〕袁枚著，崔國光點校：《新齊諧——子不語》，頁262。

然原因有時重疊；其二便是受到鬼的迷惑，原本無死意或死意不強，
但在鬼的蠱惑下最終自縊。

1 主動自縊

有時，有冤屈或心生懊悔的人，會以上吊表明心跡，如袁枚《續
子不語》，母親因自己改嫁為兒子娶妻的銀兩被偷而上吊，兒子、未
來媳婦亦聞之上吊。《子不語》的一少婦救了一尼，然小兒誤稱其為
和尚，導致丈夫誤會，而最終少婦自縊，後誤會解除，丈夫打死兒並
自縊。《子不語》的邢某，「與妻素不睦，因口角批其頰，妻怒自
縊。」夫妻不睦，某日因為爭執，妻子自縊。《續子不語》中的張
氏，因錢的問題而忿恨自縊。《閱微》，「有婦為姑所虐，自縊死」。
《子不語》的小姑，因嫂開玩笑而自縊。《履園叢話》的老貢生與媳
婦孫女含冤自縊等。[26]

主動縊死雖有男有女，但多以女子為常見，自縊理由又常和貞操
受辱有關。貞操是倫理綱常的重要內容，明清婦女重視貞潔，據梁若
冰研究指出，清代的守節婦女相對明代增長了三十多倍的現象。[27]當
時女子為了守貞，若無能抵抗強權，只能消極以性命相抗，如明《剪
燈新話》的羅愛愛，為了不受玷污，便用羅斤上吊自殺。《子不語》
中，「妻方知此是新郎，昨所共寢者非也，羞忿縊死。」「知為張姓女
子，未嫁與人通姦，事發，羞忿自縊」等。《閱微》的張浮槎，「有一
子早亡，其婦縊以殉。」也可能是不願意改嫁，所以被迫自縊，如

---

26 〔清〕袁枚著，崔國光點校：《新齊諧——子不語》，頁74、257、192。〔清〕袁枚
　　著，朱純點校：《續子不語》（湖南：岳麓書社，1986年），頁25、4。〔清〕紀曉嵐：
　　《閱微草堂筆記》，頁61。〔清〕錢泳：《履園叢話》（臺北：大立出版社，1982年），
　　頁452。

27 梁若冰主要從經濟因素解釋此現象。梁若冰：〈家庭分工與婦女守節〉，《經濟資料
　　譯叢》2016年第3期，頁78-79。

《子不語》的田氏,「自言姓田,寡居守節,為其夫兄方德逼嫁謀產,致令縊死。」[28]

若錢財不夠,生活無法維持,也可能走上絕境。如《子不語》吳三復的父親,為了不連累家裡,便自縊,「謂三復曰:『我死,則人望絕,汝輩猶得以所遺資生。』遂縊死。」《子不語》的張憶娘,因另嫁他人,為前相好蔣所怨,最後讓憶娘無法生活而自縊,「憶娘貧窘,自縊而亡。」[29]

觀察得知,自縊者多是女子,選擇自縊大概是因為方便和容易。[30]而所自縊的理由不外乎和家庭、貞操以及經濟有關。讓我們不禁思考,這和清代的婚姻家庭制度是否有一定關係?郭松義研究指出,由於清代婚姻在古代專制主義和等級制度長期積累、發展下已十分成熟,尤其在以下幾點,更趨嚴密:一、更強調婚姻的契約規定,這其實也表明婚姻糾紛增多;二、加強了對貞婦、貞女的表彰;三、傳統經濟的改變,使婚嫁論財之風的蔓延,而婚嫁論財尚華侈,使溺女嬰之風特盛。[31]由此可見,糾紛聚焦在婚姻糾紛、貞操觀,以及錢財問題。觀察女子縊死之因,亦多與此密切相關。如《閱微》更指出:「縊而獲解者果二:一婦為姑所虐,姑痛自悔艾;一迫於逋欠,債主立為焚券,皆得不死。」[32]說的雖是如何降低上吊事件,但反面可推,自縊或為內部糾紛,或為外在壓迫,而此一壓力多和錢財有關。若這些困境所帶來的挫敗,讓受害者產生無法擺脫之感,又無法確定未來能否

---

28 〔明〕瞿祐著:《剪燈新話》(上海:上海古籍出版社,1990年),頁47。〔清〕袁枚著,崔國光點校:《新齊諧──子不語》,頁307、339、13。〔清〕紀曉嵐:《閱微草堂筆記》,頁364。

29 〔清〕袁枚著,崔國光點校:《新齊諧──子不語》,頁83、232。

30 即自縊簡單,自殺工具隨手可得,可以在短時間死亡,不需承受太大的痛苦。

31 郭松義:《倫理與生活──清代的婚姻關係》(北京:商務印書館,2000年),頁3-6。

32 〔清〕紀曉嵐:《閱微草堂筆記》,頁53。

改變，就容易產生自殺行為。[33]但問題若能解決，死意便會消退。

　　由於經濟社會的發展，婦女所享權利相較以往朝代，有所提升，從其法律、社交、文學、教育等可略窺一二。但由清代女教書呈現集大成的特點，[34]又可以看到清代對女子要求更為封建，圍繞貞操節烈、男尊女卑等思想，著重於為女、為婦、為母之道。[35]在思想與生活矛盾的衝突下，若造成自殺，如何處理？《閱微》提到：

　　　　里有婦為姑虐而縊者，先生以兩家皆士族，勸婦父兄勿涉訟。

---

33 Williams與Pollock（2000, 2002）以Williams（1997）的「痛苦哭訴」（cry for pain）的觀點。依「痛苦哭訴」的觀點，自殺行為是個體嘗試脫離受困境束縛（trap）的反應，因為這些困境（例如：不良的人際關係、失業、工作壓力等）帶給個體挫敗感（defeat），並感受到無法控制的傷痛，Williams將此狀況稱之為「身陷圇圇」（arrested flight）。假如此種挫敗達到極限時，個體就會放棄努力及改善，使得受困的感受愈加深重。因此面對挫敗時，個體是否具備能耐來逃脫困境，就會影響其自殺危險性。一旦個體覺得無法脫困（no escape），其自殺危險性便會提升。當個體覺得無法脫困、又預期無法於未來獲得拯救（no rescue）時，就會發生自殺行為。許文耀、王德賢、陳喬琪、陳明輝：〈影響自殺企圖者的自殺危險性發生路徑之檢驗〉，《中華心理學刊》第48卷第1期（2006年），頁2。

34 蔡曉飛：《清代女教書研究》（河南：河南師範大學碩士論文，2003年），頁57。主要體現在兩方面，一是指將前代女教書、儒家經典以及其它經典名著的嘉言善行，按照作者見解加以分類編纂成書；一是將前代經典女教書保持原貌、彙編成書。

35 如張濤研究指出，「為夫守貞」是清代婦女人格的主體，相較起第一部劉向撰的《列女傳》，母儀、賢明、仁智、貞順、節義、辯通、孽嬖七種不同類型的品德，《清史稿‧列女傳》首要的標準則是必須為一個「為夫守貞」的節婦。清代婦女人格是被否定、不完整的，完全依附於男性。其根源在於封建宗法制度剝奪了婦女的各項權利，並通過禮教構築的正統意識形態，尤其是女四書、閨訓、家規等，對女子進行灌輸、薰陶，使其在思想、潛意識中將「男尊女卑」、「三從四德」作為天經地義的信條，將「為夫守貞」作為自己人格的主體。張濤：〈被肯定的否定——從《清史稿‧列女傳》中的婦女自殺現象看清代婦女境遇〉，《清史研究》第3期（2001年8月），頁45-46。頁61。郭松義亦提出，清代加強對節婦、貞女的表彰，迄清末，已累計達百萬之眾，比以往所有朝代的旌表總和還多。郭松義：〈清代婚姻關係的變化與特點〉，《中國社會科學院研究生院學報》2000年第2期，頁40。

是夜聞有哭聲遠遠至，漸入門，漸至窗外，且哭且訴，詞甚悽
楚，深怨先生之息訟，先生叱之曰：「姑虐婦死，律無抵法，
即訟亦不能快汝意。且訟必檢驗，檢驗必裸露，不更辱兩家門
戶乎？」鬼仍絮泣不已，先生曰：「君臣無獄，父子無獄，人
憐汝枉死，責汝姑之暴戾則可，汝以婦而欲訟姑，此一念已干
名犯義矣。任汝訴諸明神，亦決不直汝也。」鬼寂然去。[36]

古代社會對於女子出入公堂，與禮教不合，非養廉恥之道。故事中的
婦之父兄因女遭虐而縊，欲以訴訟方式討公道。而虐待媳婦的事件非
常普遍，而娘家人只有相當的強制力，才可能保證自己的女兒不受婆
家虐待。[37]明恩溥指出，人們很少為這一類的事情打官司，但出於一
些考量，人們有時也會對簿公堂。對女方來講，提供確鑿的證據非常
困難，因為男方總把責任推到女方身上。[38]謙居先生站在調解人的立
場勸說不要上訴，因為上訴有礙雙方身分。然死者顯然不滿謙居先生
的意見，先生以兩法點駁斥，其一，姑虐婦死，律無抵法；其二，訟
必檢驗，檢驗必裸露。繼而以道德勸說，鬼大概是無話可說地離去
了。由謙居先生的說法可以看到清律在婦女訴訟的一些規定，即人倫
階層仍佔相當重要性，以及當眾驗屍對女性造成的傷害。萬銀紅研究
指出，即使國家和政府給予婦女和司法的一系列優恤，最終還是希望
達到「婦女無訟」的目的。[39]因而，謙居先生即是站在此一立場言

---

36 〔清〕紀曉嵐：《閱微草堂筆記》，頁61。
37 〔美〕明恩溥（Arthur Henderson Smith）著，午晴、唐軍譯：《中國鄉村生活》（北
   京：時事出版社，1998年），頁272。
38 〔美〕明恩溥（Arthur Henderson Smith）著，午晴、唐軍譯：《中國鄉村生活》，頁
   273。
39 萬銀紅：《清代婦女社會活動研究》（天津：南開大學博士論文，2014年），頁87。

說，即使分析的再有理則，終究有姑息之意，此即為時代限制而不得
不然。

再者，女子相較男子而言，生活空間較為狹隘，再加上思想觀念
的束縛，一些瑣事容易放大觀看，也更為容易產生無助感。陳柏妤等
人研究指出：「在人類身上，自殺行為代表對包含『挫敗』、『無處可
逃』以及『沒有解救因子』三種組成情境的反應。」[40]Williams 在其
著作「Cry of Pain」提到「圈套」（Entrapment）的概念，當個體感到
除了屈服之外，再沒有任何選擇時，自殺行為於焉發生。[41]

2　鬼迷鬼誘鬼害

世俗多認為縊死者需有替身得替，如《虞初新志》：「凡系有人縊
死，其宅內及縊死之處，往往有相從而縊，及縊之非一人者，俗謂之
『討替身』，謂已死之鬼，求以自代。」[42]又《閱微》的縊鬼便直言：
「身實縊鬼，在此待替。」甚至忠義之鬼仍不能免，如《子不語》提
到的柳如是和蒲察琦的例子，認為即使死於正命，為節義而死，卻仍
不免於替代。[43]但《閱微》卻有不同說法：

> 轟遽問待替之故，鬼曰：「上帝好生，不欲人自戲其命，如忠
> 臣盡節，烈婦完貞，是雖橫夭，與正命無異，不必待替。其情

40 陳柏妤、游舒涵、黃鈞蔚、陳映燁、陳喬琪、李明濱：〈從生理、心理與社會層面
檢視自殺行為的理論〉，《北市醫學雜誌》第2卷第8期（2005年），頁688。

41 Williams JMG: Cry of pain. Understanding sui-cide and self-harm. London: Penguin
Press,1997. 轉引自陳柏妤、游舒涵、黃鈞蔚、陳映燁、陳喬琪、李明濱：〈從生
理、心理與社會層面檢視自殺行為的理論〉，《北市醫學雜誌》，頁688。

42 王根林等校點：《清代筆記小說大觀·虞初新志》，頁417。

43 〔清〕紀曉嵐：《閱微草堂筆記》，頁47。〔清〕袁枚著，崔國光點校：《新齊諧——
子不語》，頁293-294。

迫勢窮，更無求生之路者，憫其事非得已，亦付轉輪，仍核計
生平，依善惡受報，亦不必待替。倘有一線可生，或小忿不
忍，或借以累人，逞其戾氣，率爾投繯，則大拂天地生物之
心，故必使待替以示罰。所以幽囚沉滯，動至百年也。」[44]

此縊鬼回答聶關於待替的問題，認為盡節保貞而自縊，仍屬正命，不
必替代；而情非得已，不得不然，亦憐憫不必待替；而可以不死，卻
自縊者，均得等待替代以示懲罰。如《夜譚隨錄》中，對話的兩鬼，
淒涼悲苦，其中之一終於等來徐四。「宿孽前定，卒不能逃，或亦有
然。」[45] 倘若等待不及，便引誘替代。

　　而縊鬼如何誘得他人？《閱微》：「汝盍脂香粉氣以媚之，抱衾薦
枕以悅之，必得當矣。」一鬼教一縊鬼如何誘人。這多半是以男性為
誘惑對象，以色誘之，自薦枕席使之悅，便可達成目的。或者，《子
不語》講得更為詳盡：「鬼有三技：一迷二遮三嚇。」即「塗眉畫
粉，迷我也；向前阻拒，遮我也；今作此惡狀，嚇我也。」即以鬼迷
人、鬼遮眼以及鬼嚇人三種方式。《子不語》亦載男子為鬼迷，稱贄
於某氏矣，「極誇其妻之美，家之富」。家人苦禁之，最後，「竟以辮
髮自縊牀欄杆上」。除了以美女迷惑受害者外，亦能幻化景象迷惑他
人，如《閱微》中的護軍，自言過此暫憩，見路旁小室中有燈火，
「一少婦坐圓窗中，招我踰窗入，甫一俯首，項已被挂矣，蓋縊鬼變
形求代也。此事所在多有，此鬼乃能幻屋宇，設繩索，為可異耳！」
縊鬼為了求代，居然還能幻化出休憩的屋宇，讓人防不勝防。《子不
語》中，縊鬼還化為書生，和趙、李兩書生從舉業談到古文詞賦，最
後論及仙佛，書生堆疊案几五尺許，身踞其上，「隨取身上絹帶作

44 〔清〕紀曉嵐：《閱微草堂筆記》，頁47。
45 〔清〕閒齋氏著，陶勇標點：《夜譚隨錄》，頁417-419。

圈，謂二生曰：『從圈入，即佛地也，可以見佛。』」李信佛，即欲以
頭入圈；趙生不信佛，探頭所見俱是鬼怪，大喊救命，李生方省悟。
此外，縊鬼還可喚起人的憂慮，使之心生死意，如《夜譚隨錄》，甲
見有屈背婦人塞紙錢於香爐腳，又聽哭聲，乙妻將自縊，救下寬慰。
然不久，婦人又來，甲叱之，隨後問乙妻。乙妻曰：「彼靡夜不來，
來則我輒心傷，不克自禁，轉念不如一死為快。初不識其為何如人
也。」[46]由以上幾則可以發現，縊鬼迷惑他人的方式是勾起人心中的
欲念，如貪色貪財的，便會被美色、錢財所誘；若是膽小恐懼的，便
以可怖形象恫赫；信佛論道，投其所好，藉此迷惑受害者，使之屈於
鬼技而受害。更甚之，喚起內心悲感，使之悲不欲生。

　　有些縊鬼觀察到婦女因家庭瑣事而被誤會、起口角，便在婦女心
情低落之餘，於一旁煽動，以加強人內心的悲感再慫恿上吊，如：

> 婦云：「姑命晚餐作餅，為犬銜去兩三枚，姑疑竊食，痛批其
> 頰，冤抑莫白，癡立樹下。俄一婦來勸，如此負屈，不如死。
> 猶豫未決，又一婦來，慫恿之，恍惚迷瞀，若不自知，遂解帶
> 就縊，二婦助之；悶塞痛苦，殆難言狀，漸似睡去，不覺身已
> 出門外。（《閱微》）

> 問：「何故尋死？」其妻曰：「家貧甚，夫君好客不已，頭止一
> 釵，拔去沽酒，心悶甚，客又在外，未便聲張。旁忽有蓬首婦
> 人，自稱左鄰，告我以夫非為客拔釵也，將赴賭錢場耳。我愈
> 鬱恨，且念夜深，夫不歸，客不去，無面目辭客。蓬首婦手作
> 圈曰：「從此入即佛國，歡喜無量。」余從此圈入，而手套不

---

46 〔清〕紀曉嵐：《閱微草堂筆記》，頁391、108。〔清〕袁枚著，崔國光點校：《新齊
諧——子不語》，頁63、335、30。〔清〕閑齋氏著，陶勇標點：《夜譚隨錄》，頁347。

緊，圈屢散。婦人曰：「取吾佛帶來，則成佛矣。」走出取帶，良久不來。余方冥然若夢，而君來救我矣。」訪之鄰，數月前果縊死一村婦。(《子不語》)⁴⁷

可以看到縊鬼深諳人心，尤曉婦女內在憂患，一方面將煩惱放大，再誘以一勞永逸的解決方式，使受害者上當。

有些是因為闖入縊鬼出沒處，如《子不語》直隸王公某因為人多房少，即使知道，「東廂三間，因柳如是縊死此處，歷任封閉不開」，仍然讓妾和二婢入住，最後「則一姬二婢俱用一條長帶相連縊死矣。」《閱微》：「此樓建於萬曆乙卯，距今百八十四年矣，樓上樓下，凡縊死七人，故無敢居者。是夕不得已開之，遂有是變，殆形家所謂凶方歟！」又《閱微》的虎峰書院，舊有遣犯婦縊窗櫺上，陳執禮自恃膽力和正氣，鬼不敢犯；然連累其僕為鬼魅，病死。陳遂自責「吾自恃膽力，不移居，禍及汝矣，甚哉！忿氣之害事也！」等。⁴⁸無論是有意對抗或抱持著僥倖的心態闖入，都視同挑釁，後果不堪設想。這是因為人死為鬼，人鬼殊途，此種觀念下所形成的空間禁制，本應是互不相涉，縊鬼徘徊於生前最後的地方，⁴⁹留戀或痛苦著，等待他人來替代，闖入禁區，觸犯禁忌，本就該付出代價。

當然，亦有特意找仇人報仇的，如《夜譚隨錄》中柳生被常熟某

---

47 〔清〕紀曉嵐：《閱微草堂筆記》，頁346。〔清〕袁枚著，崔國光點校：《新齊諧——子不語》，頁74。

48 〔清〕袁枚著，崔國光點校：《新齊諧——子不語》，頁293-294。〔清〕紀曉嵐：《閱微草堂筆記》，頁429、59。

49 萬銀紅指出，「在清代，民人認為，婦女的非正常死亡，無論是懸樑自縊，還是投水自盡，人雖死亡，但是她的魂魄還在自盡的地方和她身前經常出沒的地方活動，會報復曾經傷害她的人，也會危害到周邊無辜的鄉鄰。」萬銀紅：《清代婦女社會活動研究》，頁16。

生所污，投繯內寢。後來常熟某生縊死屎號中。又某僕誤信蔡生而失
銀無法取回，無以自明遂縊死。次年，蔡生入闈，精神恍惚，自述其
昧心之事，解帶自縊於黃茆白葦中。《聊齋志異》中的梅女誣與賊相
通而自經，因緣際會下見到受賄之典小吏，使之患腦痛而死等。[50]

　　此外，亦有少數運氣不好，莫名被縊鬼盯上，如《子不語》中的
劉氏女，夏日在瓜棚下刺繡，便被縊鬼纏上。《子不語》老人李某，
接近黃昏回家時，「覺腰纏重物，解視無有」，後才知是縊鬼憑附於
此。縊鬼說明自己找上老人是因為「大巧事」，城門大人外出登山，
出城恰遇老人歸，因而憑附腰帶間。有的故事是直指福薄，此亦為縊
鬼纏身的理由之一，如《子不語》提到一秀才在妻棺旁讀書，突然有
縊鬼披髮流血拖繩而至，而其妻掀棺怒斥打鬼。死去的妻子因秀才呼
救而奮起打鬼，並解釋因為福薄，所以被縊鬼纏身，「緣汝福薄，故
惡鬼敢於相犯」。又如《子不語》的屠戶朱十二，等到福分盡了，就
亡於得罪過的縊鬼手上了。[51]

　　由上可知，尋死分主動被動，主動多半源於自身因素，如家庭口
角、經濟因素，而無鬼物在旁教唆；而被動多為縊鬼影響，成為其替
代對象。若有以下幾點，容易為縊鬼所誘：一是有家庭糾紛；二是他
人進入到吊死鬼的區域；三是因為運氣不好（或福薄）。除了第三種
無法控制外，其它兩類，尤其是第二種，容易避免。由此看來，若能
減少家庭紛爭，或可有效降低縊鬼找替代的情形。

50　〔清〕閑齋氏著，陶勇標點：《夜譚隨錄》，頁399、406-407。〔清〕蒲松齡，趙伯陶
　　注評：《聊齋志異詳注新評》，頁1599-1603。
51　〔清〕袁枚著，崔國光點校：《新齊諧——子不語》，頁56、56-57、297、156-157。

三　驅逐或放棄替代方法

劉守華指出:「按民間道教信仰,非正常死亡者(如溺死、縊死)的鬼魂會成為厲鬼,須尋找一個替代人,自己方能重新投胎再轉生人世。」[52]對於凶死的縊鬼,如要防止其作惡、找替代,除了驅逐,便是以祭祀或法會儀式等懷柔之。而縊鬼不能以普通厭勝之物驅逐,如《子不語》提到取米豆厭勝無用。[53]觀察可知,縊鬼害人多因求代、作祟或報復。對於縊鬼,除非它放棄,不然要驅逐它,斷非易事。以下從幾部分討論:

(一)正氣或膽氣

行得正、坐得端,若有正氣在胸中,便不怕邪祟之物來犯,甚至可以挽救他人不受邪物的侵害。

1　邪不敢犯

行無愧於天地,身有浩然正氣,便無懼邪物。如《閱微》中的陳執禮,面對縊鬼的誘惑,厲聲曰:「爾自以姦敗憤恚死,將禍我耶?我非爾讎,將魅我耶?我一生不入花柳叢,爾亦不能惑!爾敢下,我且以夏楚撲爾!」陳表明自己不為女色所動,亦不為女鬼所誘,若敢前來犯,必擊殺之。縊鬼不放棄地露出姣好的臉蛋,陳唾罵其無恥,後鬼即去。然作為對照,其僕為鬼誘,病死。[54]

若是膽大福高,也許如《子不語》中的蔡姓書生(後來中進士),在自己所買的凶屋中夜讀,果遇縊鬼教自縊,蔡故意弄錯,女

---

52 劉守華:《中國民間故事史》(湖北:湖北教育出版社,1999年),頁443。

53 〔清〕袁枚著,崔國光點校:《新齊諧——子不語》,頁56。

54 〔清〕紀曉嵐:《閱微草堂筆記》,頁59。

鬼欲糾正，蔡言：「汝誤才有今日，我勿誤也。」使鬼大哭拜謝後離
去。但若憑匹夫之勇，無故招惹縊鬼，可能遭到報復，如《子不語》
的屠戶朱十二，恃其勇，帶著殺豬刀登樓和縊鬼鬥，後來縊鬼力衰敗
退，丟下狠話，稱其有十五千銅錢的福分未得，待錢得之，再來找
他。後朱賣屋得價錢十五千，是夕果卒。[55]這裡的朱十二，憑藉勇
力，帶著殺豬刀，便敢與鬼鬥。除了勇氣外，殺豬刀的作用也不小。
因為殺豬刀殺豬無數，帶有相當煞氣，足以讓鬼忌憚，因而暫時擊退
縊鬼。但因朱十二憑一己之勇而挑釁鬼物，致使縊鬼記仇，待其福
盡，取之。故事雖未提朱十二如何死，但很可能是自縊死，成了縊鬼
的替代。

2 他人相救

縊鬼由於形象詭譎、陰暗，很自然被當作是不潔、不祥之物，若
不幸被之纏身，如遇到見義勇為者，或許可以免於受難。如《子不
語》中的殷乾，前往村莊時，遇到個拿繩子冒失奔跑的人，殷乾判斷
他應該是盜賊，便尾隨之。不久，聽到女子哭聲，殷乾翻牆進去，只
見「一婦梳妝對鏡，樑上有蓬頭者以繩鉤之，殷知此乃縊鬼求代耳，
大呼破窗入。」女子對鏡梳妝打扮，而樑上有個縊鬼，殷便知道此乃
縊鬼找替身，於是大喊並破窗而入。救了女子，吃了酒食便離去。這
裡可以看到殷乾見義勇為，明知對方被縊鬼纏身，若相救，勢必惹惱
鬼，但仍為之。而後，縊鬼果然找來，殷自恃膽壯，與之相鬥，越戰
越勇，後縊鬼化為朽木。《子不語》的陳公，於友人家等酒時，意外
見一蓬頭藍衣女子藏物於門檻，心疑而往見之，「一繩也，臭，有血
痕。陳悟此乃縊鬼，取其繩置靴中，坐如故。」陳知曉對方是縊鬼，

55 〔清〕袁枚著，崔國光點校：《新齊諧——子不語》，頁2、156。

也知曉其欲害人，便藏繩於靴候之。果然縊鬼尋來，並朝其吹氣，陳不甘示弱，亦鼓氣吹婦，所吹之處成洞，最後縊鬼消失。[56]這裡若非陳公警覺，並出手相救，友妻必死無疑。而面對縊鬼的報復，陳公依法炮製，不知是否正氣勝邪氣，最後除去縊鬼。

《閱微》王發，夜裡打獵歸來，救了被兩人拉扯的人，兩人迸散，一人返奔歸，倏皆不見，方知是鬼。到村口，得知有新嫁娘自縊但又甦醒。女子講了受冤被二婦蠱惑自盡，又被救之事，新婦的話，指出家庭紛爭，而在委屈之際，便受到縊鬼的蠱惑，幸好王發鳴槍救了命。但同樣的，阻擋了縊鬼的索命，鬼對之憤恨不平，言「破壞我事，誓必相殺。」王發不畏，喝斥之，以為理直。自是遂絕。[57]

《續子不語》中的甲，受乙亡妻之託來救乙妻。乙亡妻表示由於縊鬼乃「惡戾之氣」，所以只得央求甲。進門不久見一美女，要求甲稍微退開，因她有事要前去，甲不理。後來美女又來，並責怪他為何不避讓：

> 女忽披髮嘖血突至甲前，甲厲聲吒之，鬼亦滅。乙妻曰：「惜哉！伯勿呼，但以左手兩指寫一『魄』字，指之入地，彼一入，不能出矣。今雖暫滅，彼必暗往吾家，伯可急叩吾夫寢門。」甲如言，乙從夢中辨其聲，曰：「兄何暮夜至此？」曰：「君勿問我，且問尊嫂安在？」乙繞牀捫之不見，急啟門呼甲入。燭之，乃懸於牀後，共解其縊，灌以湯，徐徐而蘇。[58]

甲因乙亡妻之託而與縊鬼發生衝突，後來甲以喝斥聲暫時趕走縊鬼。

---

56 〔清〕袁枚著，崔國光點校：《新齊諧——子不語》，頁117-118、70-71。

57 〔清〕紀曉嵐：《閱微草堂筆記》，頁346。

58 〔清〕袁枚著，朱純點校：《續子不語》，頁27。

乙亡妻可惜道，若能以左指寫魄字指地，縊鬼則不能為祟。這裡提到
驅逐縊鬼的方法，或許和「魂氣歸於天，形魄歸於地」的說法有關。[59]
由於縊鬼屬陰魄，以手導引之，如同手訣施法，使之回歸原地。

　　從這些例子可以發現，縊鬼乃陰物、邪物，若以正氣、正理面
對，不但不會受到傷害，反而可以懲戒縊鬼，使之無法胡作非為。

　　除了他人的相救，鬼神出於職責或憐憫，亦可能出手相救，如
《聊齋志異》的王啟後，遇到一婦人誘惑之，坐懷不亂。婦人怒而打
其臉頰，又逼迫王與她自縊。王身不由己地做出上吊的動作，但卻沒
死，「王不覺自投梁下，引頸作縊狀。人見其足不履地，挺然立空
中，即亦不能死。」從此便開始瘋癲，一日發作幾次，巫術和藥石都
沒用。某日，有武士拿鐵鎖拉走婦人，婦人變成怪物。有人想起此類
似城隍廟中四泥鬼之一。後，王病癒。[60]武士大概是城隍派遣來救助
王生，畢竟，城隍有懲善罰惡、消災解厄、護國保邦等功能，如道教
以城隍為管領亡魂之神，負責所轄地的人死後靈魂最初的審判。[61]謝
貴文點出：

　　　　就民間而言，城隍猶如冥間的司法警察，可以糾舉人間惡事、
　　　　施加陰罰，使人民感到畏懼，而不敢胡作非為；亦具有陽間司
　　　　法官的形象，可以評斷曲直、解決紛爭，使社會正義得到伸
　　　　張，具有輔助官府的功能。[62]

59　〔清〕孫希旦著，沈嘯寰、王星賢校：《禮記集解》（北京：中華書局，1989年），
　　頁714。

60　〔清〕蒲松齡，趙伯陶注評：《聊齋志異詳注新評》，頁228。

61　張澤洪：〈城隍神及其信仰〉，《民間信仰研究》，《世界宗教研究》1995年第1期，頁
　　109-116。范軍，〈城隍信仰的形成與流變〉《華僑大學學報（哲學社會科學版）》
　　2007年第4期，頁86-90。

62　謝貴文：〈論清代臺灣的城隍信仰〉，《高應科大人文社會科學學報》第8卷第1期
　　（2011年7月），頁1-28。

因為城隍有這些功能和意義，王生被鬼糾纏，到了幾乎送命的境地，因而城隍相救，顯然屬其職責。

（二）求食與法會

鬼作祟都是有所求，通常是求食或求度。如《子不語》中的縊鬼，不找替代，只求食，自語：

> 我給什氏也，為前通判某妾，頗有寵，為大妻所苦，自縊桃樹下。縊時，希圖為屬鬼報仇，不料死後，方知命當縊死。即生前受苦，亦皆數定，無可為報。陰司例，凡死官署者，為衙神所拘，非牆屋傾頹，魂不得出。我向樓後樓中，昨日，袁通判到任，來驅我入祠，此後，饑餒尤甚。今又牆傾，傷我左腿，困頓不可耐，特憑汝身求食，不害汝也。[63]

這裡解釋了縊鬼為何不求代，原來縊死是命定，所以無法為屬報仇。然死後困窘，只好憑依老嫗以求食。

《子不語》有縊鬼找替代，自言：「唉！我豈若女耶？我為某村某婦，氣忿縊死多年，欲得替人，故在此。」但因家人苦求，加以以天師威嚇，在一番討價還價後，鬼同意放人，「鬼懼曰：『嚇人，嚇人。雖然，我不可以虛返，當思何以送我。』眾曰：『供香楮何如？』不應。曰：『加斗酒只雞何如？』乃有喜色，且頷之。」如其言，女果醒。《子不語》中的老人李某，被縊鬼纏身，後家人許以「當為延名僧修法事」，縊鬼便欣然同意的接受了。這兩則的縊鬼都在受害者家人的軟硬兼施下，以食或法事替代。《子不語》的豁達先

---

63 〔清〕袁枚著，崔國光點校：《新齊諧——子不語》，頁196。

生呂某，對縊鬼對他所使用的三技無動於衷，縊鬼無奈，說明其身分和遭遇，「我城中施姓女子，與夫口角，一時短見自縊。今聞泖東某家婦亦與其夫不睦，故我往取替代。不料半路被先生截住，又將我繩奪去。我實在計窮，只求先生超生。」呂便唸《往生咒》，使鬼悟而離開。[64]女鬼因為拿呂某無可奈何，只能自道身世並請求超生。

並非所有的縊鬼都要找替代，《閱微》中的一婦女，因被婆婆虐待而自縊。後來公公納妾，其它人亦幫助妾，婆婆無計可施，憤而自縊。來到媳婦自縊的房間自縊，誰知遇到成了縊鬼的媳婦。婆婆本來就強悍，也不畏懼，只說：「爾勿為厲，吾今還爾命。」媳婦不發一語地撲過去，婆婆昏死。後來夢見媳婦陳述「姑死我當得代；然子婦無仇姑理，尤無以姑為代理，是以拒姑返。幽室沈淪，悽苦萬狀，姑慎勿蹈此轍也。」縊鬼站在人倫角度勸婆婆不要再自縊，婆婆甚受感動，而替她做了七天法會。一般相信，「死於非命的鬼魂到了一定期限，可以尋找『替身，從沈淪中超脫出來』」。[65]然身為媳婦的縊鬼，雖然走上絕路和婆婆有關，卻謹守本分，表現出倫常美德。這裡的縊鬼不再是陰暗的化身，從其對婆婆的寬容以及勸誡，反映了人對道德倫理的願望。

這些例子的縊鬼，或明白命數所定而不執著求代；或感於人倫情誼放棄求代；或不得求代，只能退而求其次等。求食者，多半已絕祀，「鬼有所歸，乃不為厲」，因而為厲作祟，如非報仇，在和縊鬼談條件時，供養或法事超度或許有用。[66]

---

64 〔清〕袁枚著，崔國光點校：《新齊諧——子不語》，頁56、56-57、63-64。

65 劉守華：《道教與中國民間文學》（臺北：文津出版社，1991年），頁89。

66 這種現象，類似黃萍瑛解釋鹿港「送肉粽」儀式，所用的「受難儀式」。「我們或許可以參照人類學家〔英〕特納（Victor Turner, 1920-1983）所探討的「受難儀式」來解釋（rites of affliction）。所謂「受難儀式」，目的在於消災解厄，儀式用來處理以各種方式作祟，使人遭蒙不幸或或病的亡魂（physical affliction），同時「試圖化解

對非正常死亡的懼怕，顯現在其為厲的想像，因而，除了以驅逐的方式驅趕縊鬼外，或以供食、法會的方式，安撫縊鬼，希望它能平息怒氣或怨氣外，如《子不語》提供了另一個角度，孫氏因自縊死，鄰居恐其為厲而請僧超度，「閉戶自縊。鄰人以婦強死，懼其為祟，集僧作佛事超度之。」這裡可以看到一般對為厲者的處理方式。然此婦稱已死於正命，不須多事。後因有靈，合村奉之如神。[67]

而孫氏由鬼到神的階段，讓我們看到另一種可能。李豐楙研究指出，成神大多生前須具備兩項條件，一為俗世道德的自我完成；二為具有神聖性、神秘性的色彩。據此觀察孫氏，一方面其生前貞烈不戀生；一方面死後有靈異事蹟，二者結合下，非正常死亡的孫氏由鬼轉神。謝貴文也指出，除了生前的道德與神異的表現外，死後的顯靈濟世更是能否成神的關鍵。[68]

（三）根本杜絕方法

自縊多源於生活所逼，一為人際；一為經濟，若能解決此事，可減少自縊事件，如《閱微》：

> 辛彤甫先生，官宜陽知縣時，有老叟投牒曰：「昨宿東城門外，見縊鬼五六，自門隙而入，恐是求代。乞示諭百姓，僕妾勿凌虐，債負勿逼索，諸事互讓勿爭鬥，庶鬼無所施其

引起這些亡魂作祟的社會衝突或矛盾（social affliction）。」黃萍瑛，〈結「結」與「解」結：鹿港「送肉粽」儀式的探討〉，頁187。

67 〔清〕袁枚著，崔國光點校：《新齊諧——子不語》，頁273-274。

68 李豐楙：〈從成人之道到成神之道——一個臺灣民間信仰的結構性思考〉，《東方宗教研究》第4期（1994年10月），頁192-197。謝貴文：〈從臺南在地祀神傳說論女性的成神之道〉，《高雄師大學報》2014年第36期，頁59。

技。」……乃知數雖前定，苟能盡人力，亦必有一二之挽回。
又知人命至重，鬼神雖前知其當死，苟一線可救，亦必轉借人
力以救之。蓋氣運所至，如嚴冬風雪，天地亦不得不然，至披
裘禦雪，堪戶避風，則聽諸人事，不禁其自為。[69]

老先生指出縊鬼趁人有嫌隙、生活困窘時挑撥離間，若能從源頭杜
絕，縊鬼則無計可施。最後感慨，命雖定，但若有一線轉圜餘地，上
天仍有好生之德，因而假借老者之言來提醒。這是就人事可觸及的方
面著手。

　　若是遇到縊鬼準備害人，只要取走其繩索，縊鬼便無計可施了。
如《子不語》的陳公，將縊鬼藏在門檻的繩放置靴中，後在李驚呼妻
自縊時，笑曰：「無傷也，鬼繩尚在我靴。」

　　清《虞初新志》，記載一則防止縊鬼為厲的方法：

據故老所示辟除秘法，不知出自何典，頗有行之而驗者。法於
自縊之人，尚在懸挂未解時，即於所懸身下暗為記明。於方行
解下時，或即用鐵器，或即用大石，鎮而壓之。然後於所鎮四
面，深為挖取，將所鎮土中層層撥視，或三五寸，或尺許，或
二三尺，於中定有如雞骨、及如各骨之物在內，取而或棄或
焚，則可辟除將來，不致有再縊之事。實為屢試屢驗，其理殊
不可解。[70]

這方法是從根本著手，在自縊者仍垂掛時，於其身下作記號，除用鐵

69　〔清〕紀曉嵐：《閱微草堂筆記》，頁52-53。
70　王根林等校點：《清代筆記小說大觀‧虞初新志》，頁417-418。

或石鎮之外，於四周挖尋如骨之物，取而滅之，即不再有縊事。[71]

解決問題的方式其實就是處理好縊鬼討交替的繩，以及縊死者所生之物。然究竟此物為何，實不得而解，但一定充滿晦氣、煞氣或不祥。其處置原理同於縊繩，都是將之燒毀，焚其不潔污穢。為何如此避諱自縊的相關物品？其中必有特殊意義值得討論。

四 自縊工具及其象徵意義

縊鬼以繩或帶自縊，若欲對方替代，必使對方用同樣的工具自縊，如：

> 門內有女子出，容齒少好，手引長帶一條，近榻授婦。婦以手卻之。女固授之，婦乃受帶，起懸梁上，引頸自縊。（《聊齋志異》）

> 婦人袖物來，藏門檻下，身走入內。陳心疑何物，就檻視之，一繩也，臭，有血痕。陳悟此乃縊鬼，取其繩置靴中，坐如故。少頃，李持酒入，大呼：「婦縊於牀！」陳笑曰：「無傷也，鬼繩尚在我靴。」（《子不語》）

> 天漸黑，見婦人面施粉黛，貿貿然持繩索而奔。望見呂，走避大樹下，而所持繩則遺墜地上。呂取觀，乃一條草索。嗅之，有陰霾之氣。心知為縊鬼。（《子不語》）

---

71 鹿港地區，則採「送肉粽」的儀式，將「煞」送走。黃萍瑛：〈結「結」與「解」結：鹿港「送肉粽」儀式的探討〉，頁163-197。

老人李某，海陽人。薄暮，自邑中還家，覺腰纏重物，解視無
有，勉荷而歸。時已月上，家人聞叩扉聲，走相問安，老人瞪
目無言；為設酒脯，亦不食；愈益怪之。既而，取布幅許，懸
樑間，作縊狀，曰：「余縊鬼也，今與汝翁作交代。」（《子不
語》）

事後，各道其詳，因發床側之壁視之，其中梁畔實有先年自縊
繩頭尚存，雖云朽爛非真，而其形其跡，則仍宛然。（《虞初新
志》）[72]

誘人自縊的多是女鬼，所誘對象有男有女，相同點是皆須以其自縊繩
索誘人自縊方可。觀察縊鬼所用的繩索，帶有「陰霾之氣」、「臭，有
血痕」，有強烈的不潔意味。這種不潔其實也暗示了危險，因為它具
有無法控制的力量。[73]

　　此外，何根海研究指出：「繩是龍蛇變形化的顯性載體，二者往
往具有內涵上溝通互滲連貫糾結的特徵」，[74]因而繩具有如龍蛇般厭勝
辟邪的能力，同時也應該具有原始對龍蛇的恐懼。縊鬼的繩索，顯然
聚集了人對蛇和黑暗所具有的恐懼心理，一方面，繩的形構如蛇，另
一方面，縊死之繩又有腥臭、陰霾的特點，這種恐懼心理，是與生俱

---

72 〔清〕蒲松齡，趙伯陶注評：《聊齋志異詳注新評》，頁1805。〔清〕袁枚著，崔國
　　光點校：《新齊諧——子不語》，頁70-71、63、56。王根林等校點，《清代筆記小說
　　大觀‧虞初新志》，頁417。

73 〔英〕瑪麗‧道格拉斯（Mary Douglas），"Purity and Danger: an analysis of the
　　concepts of pollutions and taboo," London, routledge, 1966。〈《利未記》的僧惡〉，收入
　　史宗主編，金澤、宋立道、徐大建等譯：《二十世紀西方宗教人類學文選》（上海：
　　三聯書店，1995年），頁322-330。

74 何根海：〈繩化母題的文化解構和衍繹〉，《鵝湖月刊》第24卷第5期（1998年11
　　月），頁18。

來的，如同人天生對蛇和黑暗的恐懼。[75]黃萍瑛則認為上吊者的「繩結」，是「失序」的具體象徵，對於人們的生存潛藏著威脅或危機，「乃因人與超自然本應分屬兩個不同的範疇，但卻在上吊者『懸樑』的同時產生了交錯，形成一種『失序』的狀態。」[76]或者我們進一步說，繩扮演一種聯結，聯結了人與超自然，上吊所打的「結」，是二者不正常的交接，促使受害者死亡。

根據交感巫術，死者用過的東西，或者和死者有關的東西，或成為死者的一部分，或與死者存在某種交感關係。因而以特定的繩自縊，似乎也意味著將受害者與縊鬼聯結起來。而縊鬼重演著自縊的一幕，實際有些類似《金枝》所提及的巫術，雖然《金枝》表現的是一種動植物再生的儀式：

> 埃及和西亞人民在奧錫利斯、塔穆茲·阿多尼斯和阿蒂斯等名字表示生命（尤其是植物生命）每年的衰亡與復甦，把它當作神的化身，每年死去又復回生。儘管他們舉行儀式的名稱和細節各地有所不同，但實質都是一樣。[77]

縊鬼透過受害者重演當時縊死的模式，以達到重新投胎的目的，這種模擬重演，正表現出以舊代新，衰亡與新生。而透過使用過的繩索，

---

75 此類似榮格的「集體無意識」。而集體無意識並非是個人的，而是普世性的。〔瑞士〕卡爾·古斯塔夫·榮格（Carl Gustav Jung）著，徐德林譯：《原型與集體無意識》（北京：國際文化出版公司，2011年），頁5。

76 黃萍瑛從鹿港「送肉粽」儀式推得，當地人將上吊被當做是一種「煞」，「上吊事件」是因為人與超自然之間失衡所致。黃萍瑛：〈結「結」與「解」結：鹿港「送肉粽」儀式的探討〉，頁180。

77 〔英〕J. G. 弗雷澤（James George Frazer）著，汪培基、徐育新、張澤石譯，汪培基校：《金枝——巫術與宗教之研究》（北京：商務印書館，2016年），頁526。

將原先縊鬼的災禍罪過轉移給受害者。雖然受害者不是自願成為替身，透過縊鬼使用過的繩索，和縊鬼發生直接接觸，藉著「接觸律」施加影響，然後透過「模仿律」，彷彿重演一次曾經，因而得以接續縊鬼的身分。這也解釋了縊鬼需用縊死之繩誘人自縊之因，這即是交感巫術的展現，[78]縊鬼驅使受害者演繹著同樣的模式，並以其繩自縊，此方能取代之。

伊利亞德指出，由於門與戶是介於世俗和神聖場域的過渡，因而具有普遍的神聖性質。[79]就某個角度而言，縊鬼的繩索類似此種過渡媒介，正因為繩索具有轉換的性質，在空間上既聯結又區隔著生與死，在生與死的轉化，充滿了危險與未知。對縊鬼而言，這是由死到生，對受害者而言，卻是由生到死，這種生死的轉換，其實正演繹了宇宙秩序的循環。

五 隱藏內涵分析

（一）玩笑禁忌[80]

死，雖是人生必經之事，但好生惡死的觀念，讓人極為避諱，甚

---

78 〔英〕J. G. 弗雷澤（James George Frazer）著，汪培基、徐育新、張澤石譯，汪培基校：《金枝──巫術與宗教之研究》，頁26。

79 「門檻就是界限，就是疆界，就是區別出了兩個相對應的世界的分界線。與此同時，正是在這種讓人捉摸不透的地方，兩個世界得以溝通；也正是這個地方，是世俗世界得以過渡到神聖世界的通道。人類居住處所的門檻也被賦予了這種相似的宗教儀式的功能。」〔羅馬尼亞〕伊利亞德（Mircea Eliade）著，王建光譯：《神聖與世俗》（北京：華夏出版社，2002年），頁4。

80 禁忌（Tabu或Taboo）是人類普遍具有的文化現象，在中國，禁、忌二字原由和效果雷同，差異在主客觀意識，合稱就代表一種約定俗成的禁約力量。任騁：《中國民間禁忌》，頁3-5。

至想方設法的避談死字，在長期發展演變過程中，產生了大量指稱死
亡的詞語。若觸此禁忌，小則引發不愉悅，大則惹來禍患。弗洛伊德
從對象入手，將禁忌分為兩類，一類是崇高的、神聖的；一類是神秘
的、危險的、不潔的。[81]對縊鬼或死亡的禁忌，屬於後者。《閱微》記
夫妻戲言，婦聞夫有外遇，戲言稱其將縊，「爾不愛我而愛彼，吾且
縊矣。」次日由巫口中得知，身後有縊鬼跟隨。《聊齋志異》中一無
賴，見少婦乘馬來，向同遊者打賭能令其一笑，繼而到婦面前曰：
「我要死！……」，並假裝解帶上吊，婦果哂之，然某亦氣絕。[82]從這
些例子可以觀察到，前者戲言將縊，正好被等待一旁的縊鬼聽見，便
尾隨其後，等待良機；後者則為了博美人一笑，故作上吊醜狀，最後
弄假成真。根據朱光潛的《文藝心理學》：

> 性欲傾向和仇意傾向都是和禮俗制度相衝突的，在平時很難出
> 現，一出現就要被意識的「檢察作用」壓抑下去。這種壓抑的
> 支持須耗費不少的心力。在該諧中我們採用一種取巧的辦法，
> 將性欲傾向和仇意傾向所用的語言或動作，以游戲態度出之，
> 使傾向可發洩而同時又不至失禮違法，受社會的制裁。[83]

婦人的玩笑，其實帶有對丈夫的不滿和怨恨；無賴的玩笑，其實隱含
著對少婦的欲戀，只是轉化成玩笑性的話語或行動。又如《閱微》的
例子，兩人同讀，一人做縊鬼狀玩笑，見對方過度驚恐，便急忙安撫

---

81 〔奧〕弗洛伊德（Sigmund Freud）著，文良文化譯：《圖騰與禁忌》（北京：中央編
　　譯出版社，2005年），頁19-20。

82 〔清〕紀曉嵐：《閱微草堂筆記》，頁221。〔清〕蒲松齡，趙伯陶注評：《聊齋志異
　　詳注新評》，頁1544。

83 朱光潛：《文藝心理學》（合肥：安徽教育出版社，1997年），頁271。

對方。孰料對方竟道：「固知是爾，爾背後何物也？」回頭一看，竟
是真縊鬼。可謂「螳螂黃雀之喻」。[84]這些行為的背後，除了看到中國
避諱言死，遑論以死為戲的禁忌外，也寄寓了倫理意圖與教化色彩。
戲謔表象的背後，提供一種新的視野與線索，藉不起眼的小事，透露
出背後約定俗成的社會規範與意義。

美國語言學家薩皮爾（Edward Sapir）說：「語言的背後是有東西
的，而且語言不能離開文化而存在。所謂文化就是社會遺傳下來的習
慣和信仰的總和，由它可以決定我們的生活組織。」[85]由於中國以儒
家為本，強調謹言慎行，面對戲言，尤其和死亡有關的戲言，給予極
大的懲戒，此具有相當濃厚的教化意味。

（二）替罪羊

「替罪羊」（Scapegoat）形象源於猶太人的祭祀儀式，其實就是
獻祭，即用物質性的供品，以來換取神明的幫助和恩賜，[86]通過犧牲
替罪羊的方式，使群體秩序恢復穩定，即「獻祭的目的是在『惡』的
情境下，通過犧牲的代過，來換取集體的『美』的圖景。」[87]此如
《金枝》所提的思維模式，「把自己的罪孽和痛苦轉嫁給別人，讓別

---

84 〔清〕紀曉嵐：《閱微草堂筆記》，頁93-94。

85 〔德〕Edward Sapir' Language, p.151，轉引自羅常培：《語言與文化》（北京：北京
出版社，2003年），頁1。

86 「祭祀雖逐漸以人的部分代替整體，以象徵性犧牲代替血腥屠殺，但是人類獻祭的
初衷沒有絲毫改變。這由三種心態構成：一是直接奉獻祭品來取悅神的『媚神』心
理；一是人類以其自身的不幸和苦難求取『神』的『憐憫』與『同情』的『悲神』
心理；其中，最為極端的是『辱神』心理，由於媚神而無法取悅神，悲神而不能得
到憐憫與同情，只能『辱神』，讓神親歷人間苦難，這三種心態往往交織在一起，
構成人們複雜的獻祭心理。」簡貴燈、湯奪先：〈論「獻祭」心理對西方悲劇「悲
劇張力」的建構〉，《長春工業大學學報（社會科學版）》第20卷第4期（2008年7
月），頁99。

87 簡貴燈、湯奪先：〈論「獻祭」心理對西方悲劇「悲劇張力」的建構〉，頁100。

人替自己承擔這一切,是野蠻人頭腦中熟悉的觀念。」[88]承擔災禍的除了動植物外,也可以將人當作是替罪羊,將災禍移轉至他的身上。弗雷澤從人類學的角度指出,這種替罪羊類似驅邪的工具,而以神人或神獸作替罪羊,則和殺神的風俗有關。[89]吉拉爾則從集體暴力的角度提出,替罪羊儀式背後其實隱藏著一種無意識的替罪羊機制:通過犧牲一個人,從而保障整個群體的利益與社會秩序的穩定。[90]

據此分析縊鬼所隱涵的意義,因為其自縊而死,自身罪過無法因死而煙消雲散,因而需要替罪羊以將自身罪過轉於此,而將縊鬼與替死者聯繫在一起的,便是自縊者的繩索。而縊鬼似有特殊能力,能得知誰要自縊而事先等候,或者在旁推波助瀾,因此,縊鬼能觀察到女子在家庭所受到的委曲,並放大這種「過錯」(罪),作一有罪暗示,使之自縊,此即可承擔縊鬼的罪過而使之消罪轉生。這種罪,表面是縊鬼自身的罪,然進一步去思索,卻可以發現,這實際源於社會風氣的惡化,婆媳姑嫂之爭、受到誣陷迫害、經濟的壓力,是集體所形成的社會危機,面對時代風氣所造成的迫害,將集體的罪轉嫁給受害者,使之以死承擔,縊鬼是最早的犧牲品。故縊鬼若欲擺脫此一處境,勢必得將所受之罪移轉到他人或他物身上。王溢嘉亦指出,所謂的求代之說,可以視作「為生者的罪惡感尋找一個『替代性的對象』」。所以替死的思維擴大來看,「不僅是中國人某些思維模式與心理機轉的詭異投影,更是中國式的卸責與代罪提供了一個極佳的參考

---

88 〔英〕J. G. 弗雷澤(James George Frazer),汪培基、徐育新、張澤石譯:《金枝——巫術與宗教之研究》,頁844。

89 〔英〕J. G. 弗雷澤(James George Frazer)著,汪培基、徐育新、張澤石譯:《金枝——巫術與宗教之研究》,頁895-899。

90 〔法〕勒內・吉拉爾(Rene Girard)著,馮壽農譯:《替罪羊》(北京:東方出版社,2002年),頁50-52。替罪羊機制其實是一種暴力運作規則,其目的是借助於集體暴力,「不自知」地殺掉一個無辜的受害者。

架構。」[91]若從民俗角度來看，那些非正常死之人，內心充滿怨恨、委屈，若找不到報復的對象，只能發洩在其它人身上。這解釋了為何縊鬼需找替代，因為要將身上罪過或者怨氣轉移在受害者身上，如此方能新生。

（三）恐懼心理

對自縊者的恐懼，源於其非正常的死亡，而其死前的猙獰模樣，在在都讓人恐懼萬分。於《閱微》中，有佯裝縊鬼而逃過強暴的，甚至讓對方受到強烈的驚嚇，「已發狂譫語，後醫藥符籙皆無驗，竟癲癇終身。」[92]側面寫出縊鬼帶給人的恐懼，尤其是心存惡念者，心中有鬼，放大了對鬼的恐懼，致使情況加重。而縊鬼可怖的形象，常展現死前的行為，由正常到非常，死時的痛苦與掙扎，如同倒帶般反覆重演。在各種神秘、禁忌與恐懼心理的交雜下，想像出縊鬼的痛苦，以及急切求代的心情。

由於自縊者非正常死亡，因而若非經過特殊的處理管道，勢必為厲害人。對於凶死者，認為其力量強大，非一般鬼可敵。如《續子不語》中乙的亡妻，只能找甲幫忙抵禦縊鬼。加以縊鬼的對象常是女性，自縊多源於口角或誤會，看似容易避免，卻又防不勝防。而發生的場景不是荒郊野外或某些難以企及之場地，反倒多是隨處可見的屋樑內，這使得原本溫馨溫暖的家園，頓時滲入了無法知曉的危機。這種不安分的因素，使人無法將之放置於熟悉的秩序中思考，因而對縊鬼有種莫名恐懼，熟悉的人可能下一刻便成為可怕的縊鬼，成為「異類」。李豐楙指出：

---

91 王溢嘉：《不安的魂魄》（臺北：野鵝出版社，1993年），頁145-161。
92 〔清〕紀曉嵐：《閱微草堂筆記》，頁35。

> 凡是宇宙中所有的生命與無生命物，經由分類、歸類後即可建
> 立種類區別的世界，這是人類對於宇宙秩序化、理則化的成
> 就，因此「類」意識一旦成立，則任何一類對於同類就具有內
> 聚性，而對於不同類則相反地具有拒斥性。[93]

原本同類的人，一但成了鬼，便為異類，異類即與人非類。打破原先
習慣的定位，人鬼殊途，介於熟悉與陌生的邊緣之間。這種難以定位
的關係，即為無序，但它也意味著無限，它既象徵著危險，也象徵著
力量。[94]這便說明了縊鬼的危險性，以及其為人所畏懼的心理所在。

六　結語

　　本文從縊鬼形象及縊死因由、驅逐或放棄替代的方法、縊死工具
及象徵意義到最後隱藏內涵分析，層層構建出人對縊鬼的畏懼和想
像，以及背後所反映的內在思慮和象徵意義。縊死屬凶死，因而在小
說中呈現的形象，多為可怖害人，顯示人對非正常死亡者的恐懼以及
故事反映出玩笑禁忌、替罪羊等內在意涵。

　　對縊鬼的想像，雜揉了人對死者的恐懼、同情或是憐惜。縊鬼亦
如人，有邪惡的，也有心存善念，對於害人的，故事往往給予嘲弄，
讓其無所得；對於不害人的，或給食或祭祀，聊表內心哀憫。而縊鬼
多為女子，多見於清代筆記小說，如《子不語》和《閱微》等，此或
許與對女子的想像和恐懼，以及當時婦女所處的社會環境有關。在經

93　李豐楙：〈白蛇傳說的「常與非常」結構〉，《神話與變異：一個「常與非常」的文
　　化思維》（北京：中華書局，2010年），頁225。

94　〔英〕瑪麗・道格拉斯（Mary Douglas）著，黃劍波、盧忱、柳博贇譯，張海洋
　　校：《潔淨與危險》（北京：民族出版社，2008年），頁119。

濟社會的發展下，女性有較大的空間和權利，然一方面，清代婚姻制和女德教育觀，從古代專制主義和等級制度的長期發展下，對女性仍有相當大的約束。在思想與制度的矛盾下，女性面對家庭、生活的挫折，找不到一個妥善的管道，即使有法律的保護，但在「婦女無訟」以及道德人倫的壓力下，走上絕路。

從清代筆記小說中縊鬼內涵的分析探討，我們可以更進一步理解當時女性的困窘局面，同時也揭櫫民俗心理、人類學等文化意涵，此有助於我們思考縊鬼存在的原因、畏懼理由，以及背後隱而不察的價值意義。恐懼存在人心，妖由人興，凡事必有緣由，對於縊鬼，切莫視作迷信，應從理性角度分析思考。如此，或許就能挖掘其所掩蓋的意涵，也才有同情理解的可能！

附錄
試析《世說新語》之悲感心理

一　前言

　　在魏晉文學裡，關於生命存在的研究是重要的主題，而文學作為人類心理的反映，此期文學表現了人內在的悲感。當時文人的詩文，反映出當時外在的險惡以及內在的憂懼。王瑤、魯迅、李澤厚、錢志熙、寧稼雨、范子燁等人，從文人與藥酒、方術小說、美、生命觀、挽歌、生活等各個角度，作了深入的研究。從他們的研究中，魏晉士人的形象栩栩活躍，除了鮮活的個性、異於傳統的思想和言行，最讓人印象深刻的是突乎其來的悲哀傷痛，然越是悲慟，越是恣意放達，瀟灑通脫，卻暗含隱憂和傷痕。從馬斯洛觀點，這是安全需要不滿足。安全需要的直接意涵是避免危險和生活有保障，引申涵義包括社會安定、國際和平等。當這種需要未被滿足，便可能僅僅為了安全而活著。[1]魏晉文士為求自保，拋去了東漢以來直言批評的勇氣，轉向祖尚虛浮，徒托空言。即使內在不甘，但為避免他人敵意，只能透過佯狂放縱，故作頹放，以規避生命危險。

　　《世說新語》記載東漢到魏晉時代士人的言行軼事，很能看出那個時代的社會風尚、文化特色，充斥各色人物的風度風采。但在鮮活生動的表面，卻隱含著難以言喻的悲感。正是在這種內在與外在的矛盾衝突，碰撞出魏晉人物掙扎的軌跡，無論過去或現在，對現實的不

1　〔美〕馬斯洛（Abraham H. Maslow）著，成明編譯：《馬斯洛人本哲學》（北京：九州島出版社，2007年），頁54-55。

滿、無端的愁緒、壓抑的內在，轉以另一種形式抒發，卻猶飲鴆止渴，沉醉其中，以為忘了可解脫，但卻不知痛苦是無法壓抑，會轉以其它形式表現。文中的「悲感心理」，指因外在或內在原因，對世事的變化、生命的無常，表現或推斷有悲傷的心理或感懷。

研究《世說新語》的專書論文汗牛充棟，如就《世說新語》的校勘解讀，有余嘉錫《世說新語箋疏》，徐震堮《世說新語校箋》，楊勇《世說新語校箋》、蔣凡、李笑野、白振奎《全評新注世說新語》；篇章架構敘事，如梅家玲《世說新語的語言與敘事》、尤雅姿〈『世說新語』之篇章結構與敘事話語研究〉、劉承慧〈『世說新語』文篇析論〉；精神生命意識，如王妙純〈從『世說新語』看魏晉士人的生命意識〉，寧稼雨《魏晉士人人格精神──『世說新語』的士人精神史研究》，徐正英、常佩雨〈從『世說新語』看魏晉士人的生命意識〉；審美情趣，如李澤厚《美的歷程‧魏晉風度》、《華夏美學》第四章，宗白華《美學散步》、王文革〈從『世說新語』看魏晉風度的審美本質〉；時代生活特色，如范子燁《中古文人生活研究》、寧稼雨《魏晉風度──中古文人生活行為的文化意蘊》、王妙純〈《世說新語》士人服飾所展現的魏晉風度〉；女性表現，如梅家玲，〈依違於婦德與才性之間：《世說新語‧賢媛篇》的女性風貌〉；從箋注感想，如吳冠宏〈余嘉錫箋疏──《世說新語》之詮釋特色及其文化意義初探〉、楊勇〈讀余嘉錫《世說新語箋疏》後敘〉、柳存仁〈書評：世說新語校箋楊勇著〉等等，[2]從各方面進行研究。但聚焦悲感心理較少，多從

---

2 余嘉錫：《世說新語箋疏》（上海：上海古籍出版社，1993年）；徐震堮：《世說新語校箋》（北京：中華書局，1984年）；楊勇：《世說新語校箋》（北京：中華書局，2007年）；蔣凡、李笑野、白振奎：《全評新注世說新語》（北京：人民文學出版社，2009年）；梅家玲：《世說新語的語言與敘事》（臺北：里仁出版社，2004年）；尤雅姿：〈『世說新語』之篇章結構與敘事話語研究〉，《成大中文學報》第48期（2015年3月），頁1-34；劉承慧：〈『世說新語』文篇析論〉：〈『世說新語』文篇析

〈傷逝〉篇談對生命的感懷，如王妙純〈《世說新語·傷逝篇》的悲傷容顏〉，以〈傷逝〉篇為主，探討魏晉名士表達悲傷的方式，當中運用心理學巧妙解釋名士哀傷或淡然的心理。然悲傷其實不僅在於悲慟的表現，茫然愁緒，亦是悲傷的展現。張谷良〈《世說新語》中所見魏晉名士的「傷逝情懷」試詮對禮之契合、反抗與轉化〉指出，用以抒發傷逝情懷的喪葬禮儀，竟變成當權者虛偽的政教幌子時，依名士們的各自性格特質與思想觀念，而表現出了三種截然不同的主要樣貌：情禮契合者，入〈德行〉篇；對禮之反抗者，入〈任誕〉篇；對禮之轉化者，入〈傷逝〉篇，[3] 然其重點在析論《世說新語》情禮分化三類，於悲感心理只是略提。相較而言，本篇的獨特性在於結合時代氛圍和現代心理學的運用，從時代特色到悲感起因，觀察悲感行為

論〉，《漢學研究》第35卷第2期（2017年6月），頁207-224；王妙純：〈從『世說新語』看魏晉士人的生命意識〉，《東吳中文學報》2012年23期，頁73-98；寧稼雨：《魏晉士人人格精神——『世說新語』的士人精神史研究》（天津：南開大學出版社，2003年）；徐正英、常佩雨：〈從『世說新語』看魏晉士人的生命意識〉，《鄭州大學學報》第32卷第6期（1999年11月），頁105-110；李澤厚：《美的歷程》（北京：文物出版社，1981年）；李澤厚：《華夏美學》（合肥：安徽文藝出版社，1999年）；宗白華：《美學散步》（上海：上海人民出版社，1981年）；王文革：〈從『世說新語』看魏晉風度的審美本質〉，《華中師範大學學報（人文社會科學版）》第46卷第3期（2007年5月），頁123-131；范子燁：《中古文人生活研究》（濟南：山東教育出版社，2001年）；寧稼雨：《魏晉風度——中古文人生活行為的文化意蘊》（北京：東方出版社，1992年）；王妙純：〈『世說新語』士人服飾所展現的魏晉風度〉，《嘉大中文學報》第5期（2011年3月），頁29-59；梅家玲：〈依違於婦德與才性之間：『世說新語·賢媛篇』的女性風貌〉，《婦女與兩性學刊》第8期（1997年4月），頁1-28；吳冠宏：〈余嘉錫箋疏『世說新語』之詮釋特色及其文化意義初探〉，《成大中文學報》第22期（2008年10月），頁1-22；楊勇：〈讀余嘉錫『世說新語箋疏』後敘〉，《中國文化研究所學報》第17卷（1986年1月），頁259-280；柳存仁：〈書評：世說新語校箋 楊勇著〉，《中國文化研究所學報》第3卷第1期（1970年9月），頁222-228。

3　王妙純：〈『世說新語·傷逝篇』的悲傷容顏〉，《哲學與文化》第33卷第7期（2006年7月），頁119-136。張谷良：〈『世說新語』中所見魏晉名士的「傷逝情懷」試詮——對禮之契合、反抗與轉化〉，《北商學報》第31期（2017年），頁83-99。

的表現。這些行為的重要性其實不在本身，在於它們意味著什麼，或者說，最終目標是什麼？悲感雖無時不有，末世益盛，然本文從「歷史語境」的特殊性，[4]通論中又可見其殊異，此乃不同時代所展現的語境使然。因此，之所以選《世說新語》論述「悲感心理」，一則在於魏晉為亂世，亂世多哀音，在尚情風潮下，多悲感心理；二則《世說新語》反映了這個時期文士們的生活狀態以及社會風尚，因而從中可以觀察到文士的悲感。本文擬從時代特色，逐層分析悲感起因、悲感表現，最後從心理創傷的角度，探析其種種行為及其心理意義。

二 時代特色

魏晉時期是中國歷史上著名的亂世，天災人禍頻仍，現實充滿著苦痛。然也正是生活的痛苦，讓人質疑傳統，思想得以超越。如宗白華所言，這一時期卻是精神上極自由、極解放、最富於智慧、最濃於熱情的一個時代。[5]魏晉文士放達超脫的表面，內心卻有著難以抑制的悲哀，濃郁的情感隱藏其中，如李澤厚所言，「魏晉整個意識型態具有的『智慧兼深情』的根本特徵」，「深情的感傷結合智慧的哲學，直接展現為美學風格，所謂『魏晉風流』，此之謂也。」[6]

老莊思想面對亂世，重視明哲保身，將牢騷苦悶掩抑在放任荒誕的行動中，然一般人不解其意，只從表面解讀而認為道家任性放縱，不拘禮法。如《抱朴子・疾謬》：「漢之末世，則異於茲。蓬髮亂鬢，橫挾不帶，或褻衣以接人，或裸袒而箕踞……。訕引老莊，貴於率

---

4 歷史語境乃動態而非靜態，是當時人心靈所感知的文化傳統與當代存在經驗，滲透到文本，融化為構成文本內容的質素。顏崑陽：《學術突圍：當代中國人文學術如何突破「五四知識型」的圍城》（臺北：聯經出版事業公司，2020年），頁41-42。

5 宗白華：《美學散步》，頁117。

6 李澤厚：《華夏美學》，頁345。

任，大行不顧細體，至人不拘，檢括嘯傲，縱逸謂之體道。」[7]點出漢末以降，已漸染狂蕩頹廢之風，以體道為由，實則放蕩縱欲，所造成禮教敗壞，足以動搖國本的種種現象。

因而政事方面消極無為，行事上，強調逍遙自在，表現任誕。從《世說新語》一些篇章可直接或間接反映出《莊子》的盛行，如〈言語〉篇中，面對庾公詢問「何不慕仲尼而慕莊周？」對曰：「聖人生知，故難企慕。」庾公對齊莊的回答很滿意。〈文學〉篇中，庾子嵩，讀莊子稱「了不異人意。」[8]

但如錢鍾書所言，「蓋晉人之於老莊二子，猶如六經注我，名曰師法，實取便利。」[9]對於老莊思想，只是表面的放達，內在仍無法忘懷深沉苦悶，表現的特立獨行，彷彿所處不是亂世，而是太平盛世，盡情恣意卻又極度保全自身，忽視了本該盡的職責與義務。看似自在卻滿懷痛苦，找不到生命的價值與意義，少了對政治的理想與抱負，過度關注個體命運的去從。江建俊指出：

> 由當時士人之生命暴露於亂離之世，在危懼中，乃反激為及時行樂，因禮教流於虛偽，故引至自覺之士回過頭來反禮教而崇尚放達。且耽溺於情，在生活上，以放情縱性為返人性之自然。[10]

7　〔晉〕葛洪撰、楊明照校箋：《抱朴子外篇校箋 上》（北京：中華書局，1991年），頁631-632。

8　本文《世說新語》引文，皆出於〔南朝宋〕劉義慶撰，龔斌校釋：《世說新語校釋》（上海：上海古籍出版社，2016年），頁214-215、395。前例校釋引〈孫放別傳〉，「放曰：『仲尼生而知之，非希企所及；至於莊周，是其次者，故慕耳。』公謂賓客曰：『王輔嗣應答，恐不能勝之。』」孔子莊子相較而言，或許孫放更推崇孔子。本篇因孫放小小年紀便能應答巧妙，或可勝過王弼，而收於〈言語〉篇。然由孫放〈詠莊子詩〉，歌詠老莊，托意逍遙，便可看出孫放對莊子的傾慕。

9　錢鍾書：《管錐編》（第三冊）（上海：三聯書店，2014年），頁1784。

10　江建俊：〈魏晉名士「裸袒褻慢」之風的多維解讀〉，《成大中文學報》第33期（2011年6月），頁27。

喜唱輓歌、弔喪驢鳴、與豬共飲等那些看似離經叛道的行為，其實都是內在虛無所作的抵抗，從與眾不同、與禮有別，突顯自身存在。

　　透過建功立業實現自我價值原是文士的生命理想，但在政治爾虞我詐、逆反叛亂，正統觀念逐漸淡化，儒家思想不再獨尊，漢末以來政治性的品評，到魏晉的人物品藻，「對人生價值進行哲學的思考，從而產生了玄學。」[11]這是由於清議的失敗，對社會的關心只能以談玄這種溫和的方式出現。

　　玄學促使魏晉士人不斷思考我與天與人的關係，促使整個社會由重天轉向重人。余英時更認為儒學衰敝，玄學興起，探本窮源則歸於士之內心自覺。[12]魏晉受玄學影響，面對人生順逆，採任其自然，不忤逆的態度，承認世間有時、遇的存在，並非有德有能便能得用，受老莊影響較大。

> 天也者，自然者也；人皆自然，則治亂成敗，遇與不遇，非人為也，皆自然耳。(〈大宗師〉》郭象注)[13]

這樣解釋遇不遇，寬慰了不得志的挫折感，將之合理化，有效降低反抗不滿。

　　余英時指出，魏晉之際是「哲學的突破」時期，[14]「文的自覺」、「人的自覺」[15]皆顯豁於此，「把人格魅力的追求視作了生命價值實現

11　寧稼雨：《魏晉風度：中古文人生活行為的文化意蘊》(北京：東方出版社，1992年)，頁88。

12　余英時：〈漢晉之際士之新自覺與新思潮〉，《中國知識階層史論 古代篇》(臺北：聯經出版事業公司，2001年)，頁203。

13　〔清〕郭慶藩撰、王孝魚點校：《莊子集釋》(北京：中華書局，2013年)，頁226。

14　余英時：《士與中國文化》(上海：人民出版社，1987年)，頁203。

15　如李澤厚所言，「正是對外在權威的懷疑和否定，才有內在人格的覺醒和追求。」

的終極目標。」[16]如〈品藻〉篇中,「桓公少與殷侯齊名,常有競心。桓問殷:『卿何如我?』殷云:『我與我周旋久,寧作我。』」殷浩的回答,突顯了人對自我價值的認可。又如〈賞譽〉篇中,桓彝對徐寧的介紹「人所應有,其不必有;人所應無,己不必無」,更是突出其與眾不同的個性。[17]無論文學思想或宗教,皆煥發出獨特的色彩。《世說新語》雖以名士軼聞為載錄重點,仍不乏對政治社會的關心,同時也反映了這個時期文士的生活狀態以及社會風尚。

三　悲感的起因

　　魏晉南北朝時期是戰爭最為頻仍的時代,[18]頻繁的政權更迭,除了兵災戰害,連綿不絕外,自然災害發生的頻率和強度亦遠超前代。[19]大的自然災害會導致大規模疫病的發生,如林富士指出,三國時期(西元220-265年)四十六年間,「大疫」流行有六次,西晉時期(西

「人的覺醒,即在懷疑和否定舊有傳統標準和信仰價值的條件下,人對自己生命、意義、命運的重新發現、思索、把握和追求。」「人的覺醒是在對舊傳統舊信仰舊價值風習的破壞、對抗和懷疑中取得的。」李澤厚:《美的歷程》,頁89、90、91。鄭毓瑜:「關於六朝美學的研究,基本上可以分為『人的覺醒』或『文的自覺』兩方面來談,前者從才情氣度、形姿神韻來體現人倫之美,後者則由形似綺靡、風骨體勢來發顯藝術美典。」鄭毓瑜:《六朝情境美學》(臺北:里仁書局,1997年),頁60。

16 徐正英、常佩雨:〈從《世說新語》看魏晉士人的生命意識〉,頁110。

17 〔南朝宋〕劉義慶撰,龔斌校釋:《世說新語校釋》,頁1029-1030、891。

18 有學者統計,東晉時期的103年中,大小戰爭有272次,南北朝的159年中,戰爭178次。中國軍事史編寫組:《中國軍事史‧附卷》(北京:解放軍出版社,1985年),頁3。

19 王亞利統計,從曹魏黃初元年到隋開皇九年間,共計發生自然災害999次,年均2.71次。其中旱災163次、水災181次、地震197次、風災176次、冰雹81次、霜凍132次、蝗災69次、疫災45次、饑歉84次。王亞利:《魏晉南北朝災害研究》,成都:四川大學中國古代史博士論文,2003年。

元265-316年）五十二年間有七次，東晉十六國時期（西元317-420年）一百〇四年間有九次。[20]這些天災人禍影響了政治的混亂，也造成文士強烈的生命意識，無能為力的挫敗感，是悲感產生的緣由。

（一）政治紊亂

朝政的混亂，動輒得咎，如〈言語〉篇中，孔融被收，其二小兒亦無可逃脫，如其兒言：「大人豈見覆巢之下，復有完卵乎？」[21]被誅理由，《三國志》稱，「恃舊不虔見誅」，[22]其實政治立場、性格作風都是被殺原因。有的千方百計構陷他人入罪：

> 劉慶孫在太傅府，於時人士，多為所構。唯庾子嵩縱心事外，無跡可閒。後以其性儉家富，說太傅令換千萬，冀其有吝，於此可乘。《世說新語・雅量》[23]

劉慶孫在太傅司馬越處任職期間，陷害了不少人，獨庾子嵩找不到理由。後來居然想用借錢一事看是否有可趁之機，可見構陷入罪無所不用，人人自危。身處「魏、晉之際，天下多故，名士少有全者」的時代，[24]言行稍有不謹，或是政治取向不同，殺身之禍在所難免！如

---

20 林富士：《疾病終結者──中國早期的道教醫學》（臺北：三民書局，2001年），頁13-14。

21 〔南朝宋〕劉義慶撰，龔斌校釋：《世說新語校釋》，頁114-115。

22 《三國志・崔琰傳》「初，太祖性忌，有所不堪者，魯國孔融、南陽許攸、婁圭，皆以恃舊不虔見誅。」〔晉〕陳壽撰；〔南朝宋〕裴松之注；楊家駱主編：《三國志》（臺北：鼎文書局，1976年），頁370。

23 〔南朝宋〕劉義慶撰，龔斌校釋：《世說新語校釋》，頁696。

24 〔唐〕房玄齡等撰，楊家駱主編：《晉書》（臺北：鼎文書局，1976年），頁1360。

〈尤悔〉篇中，王導回應明帝，前世如何得天下，「王迺具敘宣王創業之始，誅夷名族，寵樹同己。及文王之末，高貴鄉公事。」[25]司馬懿在高平陵之變後誅曹爽黨，「同日斬戮，名士減半」，[26]任蔣濟之流者。及司馬昭時，又有高貴鄉公之弒等。雖是輕描淡寫的幾句政治事件，但隱藏其中的流血戰亂，當中血腥殘酷，不言而喻。

在這樣混亂的時代，為了避開危險，只能如嵇康阮籍謹慎度日，〈德行〉篇中，「阮嗣宗至慎，每與之言，言皆玄遠，未嘗臧否人物。」王戎云：「與嵇康居二十年，未嘗見其喜慍之色。」阮籍表面做到了，然嵇康顯然無法，此如〈棲逸〉篇中，孫登所言：「君才則高矣，保身之道不足。」因而最終被誅。[27]錢鍾書比較二者，點出兩人的差異，「嵇、阮皆號名士，然阮乃避世之狂，所以免禍；嵇則忤世之狂，故以招禍。」[28]

然「匹夫無罪，懷璧其罪」，亂世中的才幹反成了禍源，迫於政治壓力不得不屈從，如〈言語〉篇中，李喜回應司馬景王受召之因，乃「以法見繩」。向秀礙於嵇康的前車之鑒，不得不入洛，並被迫否定之前生活選擇，「巢、許狷介之士，不足多慕。」〈政事〉篇中，父死於司馬政權，卻不得不出仕的嵇紹。[29]本因父無罪被殺而欲拒濤，因濤言而應命，「為君思之久矣！天地四時，猶有消息，而況人乎？」然據《晉書·嵇紹傳》，嵇紹最後以身捍衛天子，血濺御服。[30]

政局倏忽變化，如〈賢媛〉篇中，王經不聽母勸，「為尚書，助魏，不忠於晉，被收」，涕泣別母。遊處官場，政局詭譎，聯姻可能

---

25 〔南朝宋〕劉義慶撰，龔斌校釋：《世說新語校釋》，頁1727。

26 〔晉〕陳壽撰，〔南朝宋〕裴松之注，楊家駱主編：《三國志》，頁758。

27 〔南朝宋〕劉義慶撰，龔斌校釋：《世說新語校釋》，頁40、42、1278。

28 舒展選編：《錢鍾書論學文選》（第三冊）（廣州：花城出版社，1990年），頁200。

29 〔南朝宋〕劉義慶撰，龔斌校釋：《世說新語校釋》，頁146、149、334。

30 〔唐〕房玄齡等撰，楊家駱主編：《晉書》，頁2300。

成敵對，遭到猜疑。如〈言語〉篇中，面對在位者的疑慮，樂廣答以，「豈以五男易一女？」類似狀況，謝景重引樂廣言作答。〈方正〉篇中，諸葛靚與武帝本有舊，後卻因有亡國殺父仇而避不見。這便說明了政局的殘酷，除了猜疑，情感也會變質。〈黜免〉篇中，殷浩被廢棄後，便只能「書空咄咄」了！更甚者，失去生命，如〈尤悔〉篇中，陸機臨刑感歎，「欲聞華亭鶴唳，可復得乎！」[31]

不僅臣子士人苦於政治，異象也引發內在哀戚和擔憂，如晉孝武帝、簡文帝見長星、熒惑，皆以之不祥。對國政的擔憂，南遷之臣新亭對泣。晉明帝回答長安太陽遠近問題，引發家國之思。

而國政為何敗壞？除了所用非人，如〈識鑒〉篇中，傅嘏對何晏、鄧揚、夏侯玄批判，「夏侯太初，志大心勞，能合虛譽，誠所謂利口覆國之人。何晏、鄧揚有為而躁，博而寡要，外好利而內無關籥，貴同惡異，多言而妒前。多言多釁，妒前無親。」名士束手清談，同樣是政治敗壞之因，如〈言語〉篇中，王羲之認為清談誤國，「虛談廢務，浮文妨要，恐非當今所宜。」然清談卻被視作高雅不凡的象徵，[32]此在《世說新語》比比可見，如〈容止〉篇中，「王夷甫容貌整麗，妙於談玄」。士人常通天徹日玄談，如〈文學〉篇中，王導和殷浩「既共清言，遂達三更」、謝幼輿和衛玠，「達旦微言」。[33]

---

31 〔南朝宋〕劉義慶撰，龔斌校釋：《世說新語校釋》，頁1323、167、303-304、1664、1720。

32 陳寅恪：「當魏末兩晉時代即清談之前期，其清談乃當日政治上之實際問題，即其時士大夫出處進退至有關係，蓋藉此以表示本人態度及辯護自身立場者，非若東晉一朝即清談之後期，清談只為口中或紙上之玄言，已失去政治上之實際性質，僅作名士身分之裝飾品也。」陳寅恪：《金明館叢稿初編・陶淵明之思想與清談之關係》（上海：上海古籍出版社，1980年），頁180。

33 〔南朝宋〕劉義慶撰，龔斌校釋：《世說新語校釋》，頁755-756、253、1711、1197、409、405。關於魏晉文士清談的淵源、方式、言語、內容等，可參考范子燁《中古文人生活研究》一書。

在政事上，或強調簡省，如〈政事〉篇中，謝安，「丞相末年，略不復省事，正封籙諾之。」王濛對簡文帝，「承藉猛政，故可以和靜致治。」更甚者，不以國事為重，追求隱逸閒適，如劉惔、王徽之一類。有些則不得不作官，如〈排調〉篇中，謝安本有東山之志，但終究出仕。也有積極有為者，如〈政事〉篇中，庾亮，面對謝安勸他簡略政事，其答：「公之遺事，天下亦未以為允。」陶侃性檢厲，勤於事，留木屑、竹再用。何充忙於政事，無暇顧及玄談，「我不看此，卿等何以得存？」〈排調〉篇中，桓溫，「我若不為此，卿輩亦那得坐談？」[34]點出魏晉時期，難作為的政治氣氛。

徐正英、常佩雨研究指出，《世說新語》所述的士人多數入官場，二〇六人當中，一八七位大小官職不一，但忠於職守、竭誠勤政者較少，多數在位不謀其政、縱酒放誕者。[35]在這樣的政治氛圍，國家走向衰微是可以預測到的。

（二）生命意識

弗洛姆在〈人的境遇〉中指出：「我們必然要死亡，這一事實對人來說是不可更改的。人意識到這一事實，這種意識極為深刻地影響了人的生存。」[36]因為人必然要死，對死亡未知的恐懼，引發人對長生的嚮往和追求。但隨著追尋的失敗，士人開始質疑生命永恆的可能，正視生命短暫的問題。面對死亡的恐懼，導致人類悲感油然而起，對死亡的無所不在感到焦慮。古詩十九首就能深刻感受到對生命

---

34 〔南朝宋〕劉義慶撰，龔斌校釋：《世說新語校釋》，頁347、358-359、345、348-349、354、1551。

35 徐正英、常佩雨：〈從《世說新語》看魏晉士人的生命意識〉，頁104。

36 〔美〕馬斯洛（Abraham H.Maslow）等著，林方等編譯：《人的潛能和價值》（北京：華夏出版社，1987年），頁105。

的思考和不安，如「人生天地間，忽如遠行客」、「晝短苦夜長，何不
秉燭遊？為樂當及時，何能待來茲？」「人生寄一世，奄忽若飆塵，
何不策高足，先據要路津」，這是一種集體的焦慮，內在的惶恐不
安，因而要以及時行樂消解。魏晉士人則以個人的感懷，融入對群體
生命的關注，何晏「常恐天網羅，憂禍一旦並」、阮籍「但恐須臾
間，魂氣隨風飄。終身履薄冰，誰知我心焦？」生的惶恐，死的心
焦，縈繞其中。[37]

　　動盪的日子，人命危淺，朝不慮夕，外在的摧殘促使內在壓抑，
因而倍感生命可貴，引發對生命有限性和生存意義的思考。一花一草
木都會引起悲思，如〈言語〉篇中，桓溫的「木猶如此，人何以
堪！」〈文學〉篇中，王孝伯，「所遇無故物，焉得不速老？」在自然
萬物的時移世變下，在在引發生命短暫，人生何去何從的喟嘆。而這
種感懷，影響到魏晉人對生命格外看重，面對死亡，很難坦蕩，〈傷
逝〉篇中，「王長史病篤，寢臥鐙下，轉麈尾視之，歎曰：『如此人，
曾不得四十！』」哀歎自己命不久矣，感傷自己生命竟如此短暫。尤
其面對重要人的逝去，表現地大悲大慟，藉此宣洩內在的抑鬱，〈傷
逝〉篇中，王戎喪子的哀痛，發出「情之所鍾，正在我輩！」〈任
誕〉篇中，王廞登茅山大慟，「終當為情死」是也。[38]只有對生命強烈
熱愛的人，這種感受才格外動人。

　　李澤厚指出，「表面看來似乎是如此頹廢、悲觀、消極的感歎
中，深藏著的恰恰是它的反面，是對人生、生命、命運、生活的強烈
欲求和留戀。」[39]對生命的看重，正反映了對死亡的懼怕，然死又是

---

37 魏耕原編：《先秦兩漢魏晉南北朝詩》（北京：商務印書館，2012年），頁496、
　515、498、791、821。

38 〔南朝宋〕劉義慶撰，龔斌校釋：《世說新語校釋》，頁225、555、1260、1488、
　1253、1488。

39 李澤厚：《美的歷程》，頁89。

不可解不可免，只能轉以積極充實或是消極荒樂。然無論如何消解，心中的悲感是難以壓抑的，這種情感的波動，屢見於《世說新語》。

四　悲感的表現

面對政治無奈，死亡的頻仍，悲感以放縱、過度哀傷、莫名愁緒展現。這些不克制的情緒，正是士人發洩內在，自我保護的機制。

（一）放縱

由於時代的動盪，生命渺小而短暫，因而聚焦於「我」，追求個性解放，反對禮教的束縛，追求人性的解放，忠於自身享受，不顧他人眼光。

當中竹林七賢尚自然、簡傲任性，「於時風譽扇於海內」，[40]牟宗三指出：

> 竹林名士大抵並無嚴整之政治意識與政治立場，即並非一政治集團。其狂放、好老莊，亦並非因反司馬氏而然。曹氏之篡漢，司馬氏之將篡魏，政治上固不厭人意，而老莊之學盛行，亦是當時之風氣。當時名士亦並無真正而嚴肅之政治理想，只是隨現實推移，單看個人之遭遇耳。故外表雖俱為竹林之遊，而內心之現實意向則各有不同。[41]

竹林七賢雖外在狂放、好老莊，然內在價值取捨不一，竹林之遊，只

40　〔南朝宋〕劉義慶撰，龔斌校釋：《世說新語校釋》，頁1406。

41　牟宗三：《牟宗三先生全集2‧才性與玄理》（臺北：聯經出版事業公司，2003年），頁369。

是某個時間點的聚合，如王光照所言，「七賢結聚竹林，當與魏末黨
系鬥爭情勢發展有關：明此，則進知七賢不遵禮法，含有規避抗爭世
主名教之意。」[42]七人生命情懷各有取捨，後來出處亦有別，但曾同
藉飲酒放浪以抗禮。

　　無論是痛飲、放浪形骸，或是使性任氣，表面上自由自在，實為
了隱藏壓抑內在的茫然，如〈任誕〉篇中，劉伶病酒、脫衣裸形；阮
籍母喪飲酒吃肉，平日亦求酒好酒。此如王大所言，「阮籍胸中壘
塊，故須酒澆之。」內在的鬱悶，非酒不能消，非酒無法麻醉。[43]

　　然阮籍的本意並未為時人理解。如《抱朴子・刺驕》：

> 世人聞戴叔鸞、阮嗣宗傲俗自放，見謂大度，而不量其材力，
> 非傲生之匹，而慕學之：或亂項科頭，或裸袒蹲夷，或濯腳於
> 稠眾，或溲便於人前，或停客而獨食，或行酒而止所親，此蓋
> 左衽之所為，非諸夏之快事也。[44]

葛洪雖批評戴良、阮籍「傲俗自放」，但其傲俗乃建立在其材力上。
仿效者不量其材，徒慕自放而變本加厲，扭曲阮籍等人的真意。劉師
培亦云：「西晉之士，其以嗣宗為法者，非法其文，為法其行。用是
清談而外，別為放達。」[45]他們的行為逸出生活的常軌，表現某種狂
態，造成社會風俗敗壞。如〈德行〉篇中，王平子、胡毋彥國諸人，
皆以任放為達，或有裸體者。〈任誕〉篇中，劉公榮與人飲酒，雜穢

42　王光照：〈嵇康玄學思想與魏晉名教政治〉，《江淮論壇》2004年第5期，頁92。

43　〔南朝宋〕劉義慶撰，龔斌校釋：《世說新語校釋》，頁1413-1414、1417、1408、
　　1416、1485。

44　楊明照：《抱朴子外篇校箋　上》，頁29。

45　劉師培：《中國中古文學史》（北京：人民文學出版社，1984年），頁51。

非類。諸阮與群豬共飲。周顗：「過江積年，恆大飲酒，嘗經三日不醒。」山簡：「為荊州，時出酣暢。」謝尚剛從陵墓回來，便受邀到酒宴，其脫幘箸帽就喝起來，喝到一半才發發現還沒脫孝服。元康以下之放達者，多成東施效顰。故如阮渾長大「風氣韻度似父，亦欲作達」，籍之不許，此看似可怪，但實不足怪。女有疾而為為顰，豈有樂其子之效顰者乎？[46]

　　酒在士人生活中扮演著重要角色，酒可助人忘形、忘憂、忘事，身雖不能遠，心則可超然物外俗。以飲酒來對抗生命之虛無和對死亡的恐懼，酣醉中尋求樂境，忘卻塵世之苦。如〈任誕〉篇中，王光祿：「酒正使人人自遠。」王衛軍：「酒正自引人著勝地。」王佛大歎言：「三日不飲酒，覺形神不復相親。」王孝伯言：「名士不必須奇才，但使常得無事，痛飲酒，熟讀《離騷》，便可稱名士。」救庾冰的小卒要求，「使其酒足餘年畢矣，無所復須」，[47]此心境誠如葉夢得所言：「人多言飲酒有至於沉醉者，此未必意真在於酒，蓋方時艱難，人各懼禍，惟托於醉可以粗遠世故。」[48]

　　不僅在酒上放縱，行事也出於常人，如〈任誕〉篇中，王子猷不經主人同意就參觀、賞竹，花了一夜訪友卻過門不入，稱「乘興而行，興盡而返，何必見戴？」又如羅友為吃羊肉，腆著臉留下，吃飽離開，了無慚色。[49]

　　依循本心，任性自適。無論是沉醉酒鄉，還是任性自適，實源於對生命的熱愛，既然生命長度有限，只能從其它處另覓出路。最直接

---

46 〔南朝宋〕劉義慶撰，龔斌校釋：《世說新語校釋》，頁55、1415、1426、1448-1449、1434-1435、1454-1455、1426。

47 〔南朝宋〕劉義慶撰，龔斌校釋：《世說新語校釋》，頁1459、1480、1485、1486、1450-1451。

48 〔宋〕葉夢得：《石林詩話》四庫全書本。

49 〔南朝宋〕劉義慶撰，龔斌校釋：《世說新語校釋》，頁1477、1479、1475。

的方式便是放縱自己，隨心所欲。換個角度思考，這些違逆傳統的行為若正視其背後意義，或許有機會撥亂反正，只可惜在悲感消極心理的推波助瀾下，轉向對欲望、身體的解放。

（二）對死過度哀傷

「死生亦大矣！」對於死亡，看得很重，渾不見莊子的曠達。對自己生命的珍惜擴展到對他人生命的看重。這除了為親友逝世悲傷外，更隱含對自我處境的隱憂。

〈任誕〉篇中，阮籍母喪，悲傷至極，卻「飲酒食肉」、「散髮坐床，箕踞不哭」，看似不合禮，卻在一句「窮矣！」徹底感受他的悲慟。同樣的情形在王戎亦可見，〈德行〉篇中，「雞骨支床」、「哀毀骨立」，裴楷認為這種悲傷，「若使一慟果能傷人，浚沖必不免滅性之譏」，會危及生命，是不符合聖人之道。吳道助、附子兄弟母喪朝夕哭臨，路人為之落淚。[50]

喪子之痛，如〈德行〉篇中，王導夫婦對長子王悅的死，悲傷不已，觸景傷情，「長豫亡後，丞相還臺，登車後，哭至臺門。曹夫人作簏，封而不忍開。」〈雅量〉篇中，顧雍之子卒，「以爪掐掌，血流沾褥。」但又自我開解，「豁情散哀，顏色自若」。〈傷逝〉篇中，王戎喪子，悲不自勝，山簡寬慰他，王曰：「聖人忘情，最下不及情；情之所鍾，正在我輩。」〈尤悔〉篇中，阮思曠本來非常信奉佛教，卻因虔誠祈求大兒仍死，便懷恨拋棄佛教。[51]

摯友之死，如〈傷逝〉篇中，孫子荊對王武子，不但臨屍痛哭，還為之作驢鳴。因聲音太真實，在這樣的場景顯得十分不合時宜，賓客皆笑，孫悲憤說出：「使君輩存，令此人死！」此無疑強烈地表現

---

50 〔南朝宋〕劉義慶撰，龔斌校釋：《世說新語校釋》，頁1424、44、51、102。
51 〔南朝宋〕劉義慶撰，龔斌校釋：《世說新語校釋》，頁67、681、1253、1734。

了他的情深和悲恨。張翰弔唁顧彥先，悲慟失禮，撫其琴，忘執孝子手歸。劉惔面對好友的死亡，將自己麈尾放入柩中，悲慟至極。王戎經過與故友嵇康、阮籍暢飲之地，想到景依舊，人已故，不勝唏噓。支道林在法虔死後，精神委靡，不見風采，「冥契既逝，發言莫賞，中心蘊結，餘其亡矣！」悲感知己不在，鬱結難解，不久死去。[52]此些無疑都強烈地表現了情深和悲恨。

再如夫妻之情，如〈惑溺〉篇中，荀奉倩，雖曾言「婦人德不足稱，當以色為主」，但對其妻曹氏，卻是深情以對，「冬夜婦病熱，乃出中庭自取冷，還以身熨之。婦亡。奉倩後少時亦卒」。兄弟之間的深摯情感，如〈傷逝〉篇中，王子猷、子敬俱病重，子敬先死，王子猷弔喪，悲慟人琴俱亡，月餘亦卒。[53]

對死亡最常見的反應是悲傷和憤怒，悲傷重要人的逝去，憤怒無從改變，甚而會遷怒他人，埋怨自己。[54]從這個角度看來，魏晉文士所表現的情感實屬正常，只是他們情感更為激烈罷了！牟宗三指出，居喪之哀，客人之弔，禮俗無所謂偽不偽，偽只在自己之激憤：

> 本屬性情之事，而卻轉移之藉以顯世俗之惡濁，成一客觀禮俗問題之激盪，社會人品分野之鬥爭。主觀性情之事，轉化而為客觀之憤世嫉俗，則一切皆偽，遂使風俗益壞，而人心益發不可收拾。降至魏晉之際，此情尤顯，阮籍其代表者也。[55]

---

52 〔南朝宋〕劉義慶撰，龔斌校釋：《世說新語校釋》，頁1252、1256-1257、1260、1249、1261。

53 〔南朝宋〕劉義慶撰，龔斌校釋：《世說新語校釋》，頁1857、1267。

54 近代生死學學者kubble-Ross、Kalish和Worden 等人都認為悲傷會引發「憤怒」的情緒。林綺雲、曾煥棠等著：《生死學》（臺北：洪葉文化事業公司，2000年），頁333-334。轉引自王妙純：〈從《世說新語》看魏晉士人的生命意識〉，《東吳中文學報》第23期（2012年5月），頁89。

55 牟宗三：《牟宗三先生全集2：才性與玄理》，頁335。

演變後來便成了八達一類的放縱胡鬧了。過激的表現，實則帶有對傳統禮法的挑戰，認為情禮是內在統一，情之所在即禮之所在。但禮法制度下，合情不一定合禮，一切都應該歸納在合適的狀態下，不偏不倚，這便牽涉到老莊思想與儒家追求的差異。老莊以反向思維，愜合於自然之道，試圖打破僵化、虛偽的禮法。

　　魏晉正處於思想觀念重新整合時期，人自有別於他者之處，從前這種差異常被忽視。因文化常建立在犧牲或壓抑個體的欲望，當每個個體不斷犧牲和壓抑本身的快樂以求參與群體之中，謀求群體幸福，文化才得以創造和延伸。若時代紊亂，群體所創建出的價值，可能遭受質疑和反叛，甚至尋找證據證明其不合理。如論魏晉思想常好言儒道分合問題，儒大體重群體綱紀；道則重個體自由。[56]當儒家禮法足以約束群體，群體便能犧牲或壓抑不合禮的欲望。但當禮法鬆綁，帶動人的自覺，[57]而個人好尚可能和社會規範產生衝突，如魏晉名士「裸袒褻慢」之風便是一例。[58]但當擺脫社會規範的制約走向自由，卻又感受到孤獨，人們的情感無處安放，於是對「情」格外看重，無論是親情、友情、愛情，便異常強烈。如李澤厚所言，「對死亡的哀傷關注，所表現的是對生存的無比眷戀，並使之具有某種領悟人生的哲理風味。所謂歡樂中的淒愴，不總是加深著這歡樂的深刻度，人們緊張把握住這並不常在的人生麼？」[59]魏晉人深情，情感不節制，不

56　余英時：「實則魏晉南北朝士大夫尤多儒道兼綜者，其人大抵為遵群體之綱紀而無妨於自我之逍遙，或重個體自由而不危及人倫之秩序者也。然魏晉南北朝之所謂群體綱紀者，實僅限於以家族為本位之士大夫階層，而不及於整個社會。」余英時：《士與中國文化》，頁398-399。

57　余英時說：「惟自覺云者，區別人己之謂也，人己之對立愈顯，則自覺之意識亦愈強。」余英時：《士與中國文化》，頁288。

58　可參考江建俊：〈魏晉名士「裸袒褻慢」之風的多維解讀〉，頁23-66。

59　李澤厚：《華夏美學》，頁344。

束於傳統情止於禮，這是因為他們感受到生命的脆弱，最終自己也將
化為一抔土，既然死是無法避免，為何要節制壓抑情感？何不暢所欲
言，表現最真摯的一面？

（三）莫名愁緒

　　難料的政局，使人沉重於心，減緩對功名利祿的汲汲後，便有更
多的時間思考生命的意義，因而能欣賞陰鬱、死亡的事物，如〈任
誕〉篇中，張湛酒後唱挽歌；袁山松出遊，每好令左右作挽歌；桓子
野每聞清歌，輒喚「奈何！」[60]無論是送葬所唱，或者清歌，音調大
概都較為悲戚，人以為不祥，但心靈苦悶的人卻引以為知音。種種難
以言述的心理，甚至也釐不清內心的感受，心頭沉甸甸，悲哀的事物
尤能激起共鳴，似乎接近死亡可以帶來平靜。

　　離別之感，如〈言語〉篇中，袁彥伯慨以「江山遼落，居然有萬
里之勢。」衛玠在渡江，「見此芒芒，不覺百端交集。苟未免有情，
亦復誰能遣此！」〈雅量〉篇中，阮遙：「未知一生當箸幾量屐？」[61]
面對多變的世間，流逝的時光，變異的山河，說不出的情感，瀦積抑
鬱，情何以堪？生命的老去，如謝安和王羲之的慨嘆：

> 謝太傅語王右軍曰：「中年傷於哀樂，與親友別，輒作數日
> 惡。」王曰：「年在桑榆，自然至此，正賴絲竹陶寫。恒恐兒
> 輩覺，損欣樂之趣。」（《世說新語・言語》）[62]

中年執著與情感，看重別離。晚年已司空見慣，托心緒於音樂怡情，

60　〔南朝宋〕劉義慶撰，龔斌校釋：《世說新語校釋》，頁1472、1471。

61　〔南朝宋〕劉義慶撰，龔斌校釋：《世說新語校釋》，頁277、179、704。

62　〔南朝宋〕劉義慶撰，龔斌校釋：《世說新語校釋》，頁236。

卻又顧慮晚輩，內心沉重而不敢發。面對歲月的流逝，年華逝去，內心沉重，卻又無可奈何之感。

這個時代感傷的內容主要集中表現在兩方面，一是孤獨感，一是對情的發現而帶來的痛苦。[63]人存在的孤單，不僅在無人理解，更在生命的不可預測，即使高朋滿座，宴後更顯蕭清，正因為內在孤寂，特別重情，如〈任誕〉篇中，王長史的慟，「琅邪王伯輿，終當為情死！」〈傷逝〉篇中，王戎的「情之所鍾，正在我輩。」[64]一往情深的情感，其實隱藏在孤獨的焦慮中，難以化解，沉重於心。這種莫名愁緒其實源於對未來的不確定性，面對無窮止盡的災難，悲從中來，「緣情」，所以感受深刻，無能為力，所以得「忘情」，或「以禮制情」，然情又豈是那麼容易克制？「情之所鍾，正在我輩。」正因有情甚至多情、深情，因而格外痛苦、迷茫。如李澤厚所言，由於時代動亂，生離死別，從社會景象到個人遭遇，發展到一個空前的深刻度，遠超一般情緒發洩的簡單內容，而以對人生蒼涼的感喟，表達出某種本體的探詢。換言之，「魏晉時代的『情』的抒發，由於總與人生——生死——存在的意向、探詢、疑惑相交識，從而達到哲理的高層。」[65]但這樣的感受又豈是隻言片語所能陳述？只能化作一番愁緒，獨自品味。

具體上，可以發現魏晉士人最擔憂的是政治，從政治選邊、小人擾政、構陷入罪、清談誤國等。生死上，《世說新語》以對親友死亡的過度哀傷或者以不符合傳統禮教的方式呈現，放縱的行為，正是內在無所適的茫然，不知道自己要什麼，看不到高遠的目標，只能耽溺於近程的欲望，心理常湧上莫名愁緒，卻無能為力。

---

63 徐國榮：《中國文士生命觀及其文學表述》（南京：南京大學中國古代文學博士論文，1998年），頁18。

64 〔南朝宋〕劉義慶撰，龔斌校釋：《世說新語校釋》，頁1488、1253。

65 李澤厚：《華夏美學》，頁347。

五　悲感的心理分析

　　源於政治社會的多變，感覺人生是悲哀的，即使歡聚或遊覽，快樂之餘，也隱伏著潛在的悲哀。顯然政治成敗所造成的變動，已成為士人內在憂懼不安的源頭，外在不安必定影響到內在健全，士人動輒得咎，這是悲感心理的重要因素。

　　動亂世代，被殺雖是常態，卻依舊讓人難以接受，因為屬非正常死亡，心理還沒作好準備，容易留下遺憾，而備感悲茫然。當時種種的迫害、殺戮，實則造成文士的心理創傷。

（一）創傷心理

　　心理創傷（trauma）一詞最初來源於希臘語「損傷」，其原來的意思為「傷」。既可指由某種直接的外部力量造成的身體損傷，也可指由某種強烈的情緒傷害所造成的心理損傷。通常，人們將這種外部力量稱之為「生活事件」。現代研究認為，所有的心理疾病都與這些生活事件有關。[66]外在的創傷雖然結束，但創傷所導致的個體心理後遺症卻繼續存在，向內部、幻想的精神世界轉換。

　　心理創傷可以事件的當事人為載體，但也可能因目睹事件而誘發。來源可概分為「天災」、「人禍」。[67]趙冬梅研究指出，創傷性事件一般分為三類：自然災難、意外災難，人為災難。也不是所有的創傷性事件都會造成心理創傷，構成創傷的條件：第一，事件本身的性質。包括現實的或害怕的死亡，以及嚴重的身體或情緒的損害；第

66　趙冬梅：〈心理創傷的治療模型與理論〉，《華南師範大學學報（社會科學版）》2009年第3期，頁125。

67　施琪佳主編：《創傷心理學》（北京：中國醫療科技出版社，2006年），頁10。

二，事件對於受害者的意義。[68]換言之，便是這種威脅或事件造成精神緊張，甚至超越弗洛伊德「防衛機制」能夠代償的範圍，充斥著焦慮、恐懼、不安以及無助感。

　　從心理學的角度，政治混亂所造成的迫害，自然帶來心理創傷，因為摧毀了個體的安全感。埃里克森指出，假如個體能有效地在意識中整合、認知和重構創傷，並積極回歸現實生活，心理危機就得以解決，否則，即使潛伏數年，仍可能出現各種併發症狀。[69]心理創傷在情緒上會產生焦慮、恐懼、悲傷、哀悼、憂鬱。觀察《世說新語》人物的言行，可以發現類似情緒。如范子燁據高橋清編纂的《世說新語索引》，指出《世說新語》中「哭」字出現二十七次，「泣」字出現十八次，「哀」字出現二十四次，「亡」字出現四十一次，「死」字出現三十四次。[70]這些帶有悲傷死亡的字彙，暗示了《世說新語》的悲感心理。理智上知曉人生的短暫，仍對死亡恐懼。即使有像〈雅量〉篇，那些無論憂喜鎮定自若的表現，那也只是強行壓抑情性的表現。外在的瀟灑自適，難掩內在的恐懼不安。如謝安：「不能為性命忍俄頃？」[71]真實地表達為生存而容忍的悲哀。

---

68 趙冬梅：〈佛洛德和榮格對心理創傷的理解〉，《南京師大學報（社會科學版）》第6期（2009年11月），頁93-94。

69 Mellmen, T. A., Nolan, B. Hebding. J. A. Polysomnographic Comparison of Veterans with Combat-Related PDST, Depressed Men, and Non-ill Controls [J].Occupational Health and Industrial Medicine (1997, 37, 16-17). 轉引自徐光興、李希希：〈創傷後應激障礙的心理應對機制之比較研究——從中美兩國的文化心理背景出發〉，《華東師範大學學報（教育科學版）》第22卷第3期（2004年9月），頁64。

70 范子燁：《中古文人生活研究》，頁431。

71 〔南朝宋〕劉義慶撰，龔斌校釋：《世說新語校釋》，頁731。

（二）心理反應

在政治動輒得咎的創傷，加上生命易逝的悲感，《世說新語》名士常出現幾種心理反應。

1　焦慮

遭遇創傷，曾有的信念破碎，價值崩毀，一切那麼危險，陷阱無所不在，未來不可控，生命充滿焦慮。弗洛伊德指出，焦慮可分為「真實焦慮」和精神官能症的焦慮，前者似乎是一種最自然合理的事，可稱為對於外界危險或預期中傷害的知覺反射。[72]對危險的反應，往往含有兩種成分，即驚懼的情緒和抵禦的反應。而對危險的「預期心」（readiness），有利於生存。[73]後者常以種種可能的災難為慮，將每一偶然發生的事或不明確的事，都解釋為不吉之兆。[74]

《世說新語》焦慮比比可見，尤其在對危險的「預期心」。如〈任誕〉、〈德行〉篇中，阮籍的藉酒佯狂，口不臧否人物，這是擔心言多必失，被他人構陷入罪；以種種可能的災難為慮，則如〈雅量〉、〈言語〉篇中，晉孝武帝、簡文帝見長星、熒惑而悲懼。這是因為無論是長星還是熒惑，都帶有不祥徵兆，寓示著戰亂和死亡。[75]晉

---

72 「真實焦慮」（objective anxiety），和精神官能症的焦慮不安有區別。〔奧〕弗洛伊德（Sigmund Freud）著，羅生譯：《精神分析引論・新論》（南昌：百花洲文藝出版社，2014年），頁249-250。

73 〔奧〕弗洛伊德（Sigmund Freud）著，羅生譯：《精神分析引論・新論》，頁250。

74 〔奧〕弗洛伊德（Sigmund Freud）著，羅生譯：《精神分析引論・新論》，頁252。

75 《漢書》：「孛、彗、長三星，其占略同，然其形象小異……長星多為兵革事。」〔漢〕班固撰，〔唐〕顏師古注，楊家駱主編：《漢書》（臺北：鼎文書局，1986年），頁122。《史記》：「禮失，罰出熒惑，熒惑失行是也。出則有兵，入則兵散。以其舍命國。熒惑為勃亂，殘賊、疾、喪、饑、兵。」〔漢〕司馬遷撰，〔劉宋〕裴駰集解，〔唐〕司馬貞索隱，〔唐〕張守節正義：《史記》（臺北：鼎文書局，1981年），頁1317。

孝武帝和簡文帝對於災星的驚懼反應雖然和歷代君王類似，但一個強作曠達，一個害怕重蹈覆轍，剛好反映了魏晉故作曠達，實憂懼不安的焦慮心理。〈仇隙〉篇中，潘安被殺前的自嘲，「投分寄石友，白首同所歸。」[76]本來是好友同樂所作的詩，卻成了讖言，共赴黃泉。這些對危險的「預期心」，讓他們對現有的處境感到不安，以悲觀的心態解釋現在或未來，對發生或即將發生的禍患帶有一種「果然如此」的心態。

　　《世說新語》的「焦慮」和時代的混亂、多變的政局有關，生存焦慮引發憂生之嗟，對既定的事物產生懷疑，面對現實和理想，心理時常處在衝突之中，如以阮籍為例，《世說新語》中的形象是狂放好飲，不拘禮法，看似瀟灑自在，卻是心懷憂懼，內心惶恐，只能「言皆玄遠，未嘗臧否人物」。顏延之指出：「嗣宗身仕亂朝，常恐罹謗遇禍，因茲發詠，故每有憂生之嗟。雖志在刺譏，而文多隱避。百代之下，難以情測，故粗明大義，略其幽旨也。」[77]講的雖是詩，但從身處亂世解讀，阮籍身處晉代的焦慮不安，溢於言表。齊克果認為，焦慮是「自由的可能性」，換言之，個人的可能性越高，潛在的焦慮也就越高，這也表示完整的自我人格，是奠基於個人面對焦慮，以及雖有焦慮卻依然前進的能力。[78]所以若能克服焦慮，便能成就完整人格。但反過來說，若因焦慮而無法自拔，便會產生不確定感與無助感，懷疑一切價值，生活不安志忑，而痛苦不已。

76　〔南朝宋〕劉義慶撰，龔斌校釋：《世說新語校釋》，頁1426、40、745-746、232、1770。

77　〔梁〕蕭統編，〔唐〕李善注：《昭明文選》（第三冊）（北京：上海古籍出版社，1986年），頁1067。

78　Kierkegaard, Soren:《The Concept of Dread》Trans. By Walter Lowrie. Princeton University Press, 1944. 轉引自吳政治：《「焦慮的面容」——在焦慮情緒下的肖像畫創作研究》（臺北：臺灣師範大學美術系碩士論文，2012年），頁12-17。

2　悲傷

　　悲傷是人共同的情緒，但又深受文化因素的影響。悲傷常源於對己之悲與對他人生死境遇的感歎，如〈傷逝〉篇中，何充對庾亮之死，有「埋玉樹箸土中」之歎。「戴公見林法師墓，曰：『德音未遠，而拱木已積。冀神理綿綿，不與氣運俱盡耳！』」對於死者的悲傷，源於從前交往的親密，物事人非，悲傷油然而生。深情者甚至無法忘懷而抑鬱隨之而去，如支道林在法虔死後，感歎知己逝去，中心蘊結，歎「余其亡矣」，一年後果殞。[79]

　　在戰亂頻仍的時代，舉目所處莫不哀鴻遍野，自身遭遇亦是悲涼，怎能不將悲當作人生本質？東漢末以降，以悲為美，無論是社會風尚，如《後漢書》：「桓帝元嘉中，京都婦女作愁眉、啼粧（妝）、墮馬髻、折要步、齲齒笑。」《晉書》：「時張湛好於齋前種松柏，而山松每出游，好令左右作挽歌，人謂『湛屋下陳尸，山松道上行殯』」。[80]或詩文創作，如《晉書》，稱潘岳「岳美姿儀，辭藻絕麗，尤善為哀誄之文。」〈金樓子〉：「吟詠風謠，流連哀思者，謂之文」，[81]流行哀戚的妝容、喜愛悲淒的挽歌，種植墓地種植的松柏，歌詠具感傷情懷的詩文，成為個人哀苦心境與悲傷情感的宣洩管道，在悲傷中反思人生，希望從中得到昇華。

　　內在悲感鬱積過久，必定得找個釋放管道。好挽歌、種松柏，以悲遣情，從死亡氛圍中感受寧靜、沉澱不安、消解悲傷。胡可濤、易外平指出：

79　〔南朝宋〕劉義慶撰，龔斌校釋：《世說新語校釋》，頁1258、1264、1261。

80　〔南朝宋〕范曄撰，〔唐〕李賢等注，楊家駱主編：《後漢書》（臺北：鼎文書局，1981年），頁3270。〔唐〕房玄齡等撰，楊家駱主編：《晉書》，頁2169。

81　〔唐〕房玄齡等撰，楊家駱主編：《晉書》，頁1507。《金樓子》引自卓國浚：《文心雕龍精讀》（臺北：五南圖書出版公司，2007年），頁66。

　　「悲傷」（Grief）並不一定是純粹消極的東西，尤其是和死亡
事件相聯繫的「悲傷」。悲傷往往是主體因死亡事件而誘發的
不自覺的反省所伴隨著的一種心理情緒表徵。因為，死亡事件
往往逼迫與之相關的人反思生命的價值與人生的意義。[82]

對死亡的省思，除了恐懼，更可能激發對人生意義的思考，而能平靜
面對生命的最後一刻，如夏侯玄、嵇康臨刑神色不變。這種表現如馬
斯洛研究指出，如果知曉自己自己真正想要的，能為高級需要的滿
足，如自我實現，而犧牲放棄更多東西。[83]

3　逃避

　　從自我保護意識出發，對個體生存方式重新選擇，魏晉士人意識
到個體生命的可貴，原來政治、價值理念，開始鬆動，個體的自覺，
對群體奉獻產生質疑。這種消極的心態，本該走向歸隱，然歸隱意味
著貧窮，耽於享受的士人又不願意放棄物質享受，因而選擇身在魏闕
心在山林。

　　莊子思想所提倡超越有限的自由逍遙，「超世而絕群，遺俗而獨
往」的「大人先生」般的精神境界，魏晉文士卻將之落實到現實日常
中。因此，即使身在宦場，卻不理俗政，清談終日，任情放達，此一
來可以避免官場之禍，二來閒適度日，物質精神兼得。即使有的是出
於被迫與無奈，如阮籍、向秀一類。但總體而言，這是儒學禁錮的鬆

82　胡可濤、易外平：〈從「意義治療」到悲傷輔導——弗蘭克爾「意義治療學」的應
　　用價值初探〉，《江西師範大學學報（哲學社會科學版）》第39卷第5期（2006年10
　　月），頁10。

83　〔美〕馬斯洛（Abraham H. Maslow）著，成明編譯：《馬斯洛人本哲學》，頁58-
　　61。

綁，魏晉文士面對生存危機所作的選擇之一，而這種率性任真，若稍更偏頗，便成任誕。[84]江健俊指出，「魏晉之任誕相當大的成分為來自於現實的生存焦慮，因客觀環境的窘迫，頓使主體產生危機感、失衡感。且因價值理想之失落，而困頓迷惘，手足無措。」[85]當既有價值面臨挑戰，困頓迷惑，從焦慮到逃避，不理俗務，不問世事；從焦慮到逃避最後任誕，放浪形骸，放任自我。

　　而最明顯的例子之一是對酒的喜愛和放縱，正是逃避的表現。[86]如王瑤：「因為他們更失去了對長壽的希冀，所以對現刻的生命就更覺得熱戀和寶貴。放棄了祈求生命的長度，便不能不要求增加生命的密度。」[87]酒對他們而言，自然不限於感官的迷醉，更多希望能藉此進入一高遠境地。如〈任誕〉篇中，王光祿：「酒正使人人自遠。」王衛軍：「酒正自引人著勝地。」王佛大歎言：「三日不飲酒，覺形神不復相親。」[88]魏晉文士飲酒，也是為了保全性命、逃離現實，阮籍是相當具有代表性的，《晉書‧阮籍傳》：「籍本有濟世志，屬魏晉之際，天下多故，名士少有全者，籍由是不與世事，遂酣飲為常。」[89]說明他的飲酒，很大程度上是為了逃避政治迫害。

---

84 張蓓蓓指出，「『任誕』雖非名士正格，然以其人其情其事往往新奇可詫，遂特受後人矚目，甚至『任誕』已成為魏晉名士之標識之一。」張蓓蓓：〈世說新語別解——任誕篇〉，《臺灣大學文史哲學報》第38期（1990年12月），頁19。

85 江建俊：〈魏晉名士「裸袒裘慢」之風的多維解讀〉，頁60。

86 魏晉人飲酒放縱逃避的相關研究，可參考王瑤〈文人與酒〉、魯迅〈魏晉風度及文章與藥及酒之關係〉、寧稼雨〈文人言行與魏晉風俗‧飲酒〉等。王瑤：《中古文學史論》，頁156-175。魯迅：《魯迅全集》（第3卷）（北京：人民文學出版社，2005年），頁523-553。寧稼雨：《魏晉風度：中古文人生活行為的文化意蘊》，頁254-264。

87 王瑤：《中古文學史論》，頁157。

88 〔南朝宋〕劉義慶撰，龔斌校釋：《世說新語校釋》，頁1459、1480、1485。

89 〔唐〕房玄齡等撰，楊家駱主編：《晉書》，頁1360。

「因逃避而生病」，不敢公開抱怨政局，但卻可公然作些不符合傳統標準的行為，消極抵抗逃避。多變的政治，在不觸及根本底線下，統治者不得不以寬容態度，使之免受政權的直接壓迫。如〈任誕〉篇中，何曾面對阮籍重喪，卻於晉文王旁坐飲酒肉，建言「宜流之海外，以正風教。」然文王曰：「嗣宗毀頓如此，君不能共憂之，何謂？且有疾而飲酒食肉，固喪禮也！」[90]面對阮籍的不合禮教，任性敗俗，文王卻不加嚴懲，寬容對待。如果這種因「病」而得到的利益甚為顯著，現實卻無相當的代替品，此「病」便無痊癒可能，甚至變本加厲地仿效。從焦慮到逃避到放縱，竹林七賢後的一大批仿效者就是例子。

但當放縱成了習尚而忘卻背後深意時，脫序便成了必然，如〈德行〉篇中，「王平子、胡毋彥國諸人，皆以任放為達，或有裸體者。」[91]裴頠〈崇有論〉便是鑒於時俗放蕩，不尊儒術而著以釋其蔽，對當時「貴無」，名士尚玄虛無，使得行為放蕩，道德敗壞的痛斥。[92]這一切混亂的根源，與逃避脫離不了關係。

4 壓抑

弗洛伊德指出，「壓抑的本質在於將某些東西從意識中移開，並保持一定的距離。」[93]壓抑的動機和目的是為了避免不愉快。壓抑來

---

90 〔南朝宋〕劉義慶撰，龔斌校釋：《世說新語校釋》，頁1408-1409。

91 〔南朝宋〕劉義慶撰，龔斌校釋：《世說新語校釋》，頁55。

92 《晉書》：「是以立言藉於虛無，謂之玄妙；處官不親所司，謂之雅遠；奉身散其廉操，謂之曠達。故砥礪之風，彌以陵遲。放者因斯，或悖吉凶之禮，而忽容止之表，瀆棄長幼之序，混漫貴賤之級。其甚者至於裸裎，言笑忘宜，以不惜為弘，士行又虧矣。」〔唐〕房玄齡等撰，楊家駱主編：《晉書》，頁1045。

93 〔奧〕弗洛伊德（Sigmund Freud），車文博主編：《弗洛伊德文集》（第三卷）（吉林：長春出版社，2010年），頁162。

自自我，更確切地說，壓抑來自於自我中的自尊。[94]人是一種雙重存在物，一方面受制於自己的喜好需求，一方面又必須衡量外在的生存法則，而自我作為內在和外在的聯結，必須經過審核後才能輸出。一個人為自己樹立了理想，他以理想檢驗實際的自我，「對自我而言，理想的形成可成為壓抑的生成因素。」[95]換言之，理想不同，對自我要求不同，所受的壓抑便不同。

　　如〈傷逝〉篇中，庾亮兒死，其妻將改嫁，亮曰：「賢女尚少，故其宜也。感念亡兒，若在初沒。」也許內心自私地想媳婦守寡，卻以理性壓抑住。這種反應或許源於他表現出的性格，《晉書》：「性好莊老，風格峻整，動由禮節，閨門之內不肅而成，時人或以為夏侯太初、陳長文之倫也。」[96]面對重視的人死去，內心即使悲傷，卻因外在理想自我的約束，呈現理性地態度，一方面為媳婦著想，一方面也表達自己對兒的思念。[97]〈雅量〉篇中，同樣喪子的顧雍，表面無異，卻「以爪掐掌，血流沾褥」，可見內在悲憤異常，但最後以聖賢之理強行壓抑，「豁情散哀，顏色自若。」[98]，能有此表現，亦與其所塑造的自我亦有關，如《三國志》，「雍為人不飲酒，寡言語，舉動時當。」[99]冷靜淡然的表現，才能通過自我的審核而存在。

94　〔奧〕弗洛伊德（Sigmund Freud），車文博主編：《弗洛伊德文集》（第三卷），頁132。

95　〔奧〕弗洛伊德（Sigmund Freud），車文博主編：《弗洛伊德文集》（第三卷），頁133。

96　〔唐〕房玄齡等撰，楊家駱主編：《晉書》，頁1915。

97　王妙純引相關研究，如William Worden的研究，自然死亡比起意外死亡，讓悲傷者接受度較高、「喪子」是影響人生最重大的事件，以及王戎禁止裴遁女另嫁的行為，反襯庾亮的偉大和不易。王妙純：〈『世說新語‧傷逝篇』的悲傷容顏〉，頁122。

98　〔南朝宋〕劉義慶撰，龔斌校釋：《世說新語校釋》，頁1257-1258、681-682。

99　〔晉〕陳壽撰，〔南朝宋〕裴松之注，楊家駱主編：《三國志》，頁1226。

除了在生死悲痛的抑制外，〈雅量〉篇最能展現魏晉名士克制壓抑的一面。如謝安幾度面對危險，卻態度自若。王戎五歲見虎吼，卻了無恐色。面對突乎其來的變動，卻能處之泰然，這在當時是為人稱道的。

以謝安為例，《世說新語》，〈文學〉、〈雅量〉、〈識鑑〉、〈品藻〉、〈任誕〉、〈排遣〉等，都可以看到他多面的形象，然以鎮定自若，能安邦定國的形象最為突顯。如〈雅量〉篇中，知曉淝水一戰告捷，並不作喜色，只答曰：「小兒輩大破賊。」意色舉止，不異於常。著重謝安喜怒不形於色的淡然。而《晉書》則寫「了無喜色」外，更多了待「還內，過戶限，心喜甚，不覺屐齒之折」，等到沒外人，謝安才將自己真正喜悅表現出。故《晉書》稱「其矯情鎮物如此。」[100]當然這裡的矯情並非負面評語，只是點出謝安喜怒不形於色的功夫，遠超常人。再對照謝安出山前，拒絕徵召、蓄妓享樂的情形，[101]可見其任性縱情的本性。但出東山後，卻能壓抑真正性情，周旋迎合士族權臣之間，一心為家國考量。

5 重情

據馬斯洛研究，基本需要層次理論的基礎是生理需要，往上依次是安全需要、歸屬與愛的需要、尊重的需要、自我實現的需要：層次需要是相對，動機發展是交迭，即一種需要只要達到某種滿足就可能產生更高層次的需要，高低層次需要存在性質差異。[102]因而我們或許

---

100 〔唐〕房玄齡等撰，楊家駱主編：《晉書》，頁2075。

101 如《晉書》：「安雖放情丘壑，然每游賞，必以妓女從。既累辟不就，簡文帝時為相，曰：『安石既與人同樂，必不得不與人同憂，召之必至。』」〔唐〕房玄齡等撰，楊家駱主編：《晉書》，頁2072-2073。

102 〔美〕馬斯洛（Abraham H. Maslow）著，成明編譯：《馬斯洛人本哲學》，頁62。

可以推測，魏晉名士也許在安全需求這邊較為匱乏，滿足不高，但對歸屬與愛的需要，即情感這方面有較深入的要求。因而，格外重情、深情。

王群力指出，魏晉時代的「重情」主要表現在兩方面：在觀念文化中，文學加強了抒情性，玄學發生了有關「聖人有情無情」的爭論；在社會生活中，廣大士族知識分子形成了以「重情」為主要特徵的行為模式。[103]

《世說新語》主要在社會生活方面反映了魏晉文士重情的風氣，無論是臨喪驢鳴送友的曹丕、孫楚，弔喪鼓琴悲痛欲絕的張翰、王徽之，惑溺情愛的荀粲等。禮本為調適節度情感，然在文士反禮法的態度下，重情有情反倒成了風氣，追求內心的宣洩，貴自適，不在意不重要人的眼光。

在政治迫害下，嚮往精神自由，即使理性知曉有生必有死，但內在卻耿耿於懷，難以自拔。這或許就是宗白華所說，深於情者，可以對宇宙人生感受到的深刻莫名哀感吧！[104]

六　結語

同樣處在魏晉南北朝，當代文士看多了政治的昏亂，爭鬥的殺戮，但卻塑造了《世說新語》的魏晉風度。王文革指出，《世說新語》不同於史傳，選擇片段人事物「創造」了魏晉風度，這種「創

---

103 王群力：〈魏晉時代「重情」社會文化心態探論〉，《社會科學輯刊》1997年第2期，頁132。

104 「深於情者，不僅對宇宙人生體會到至深的無名的哀感，擴而充之，可以成為耶穌、釋迦的悲天憫人；就是快樂的體驗也是深入肺腑，驚心動魄；淺俗薄情的人，不僅不能深哀，且不知所謂真樂。」宗白華：《美學散步》，頁215。

造」不等於虛構，只是展現編撰者心理需要的一種外投和補償，對名士的羨慕也就是對自由的羨慕。[105]也就是說，劉義慶筆下的魏晉名士，是帶有一定想像和寄託色彩，即使反映現實的殘酷，卻更多展現了真性子，帶有吸引人的魅力。然不可諱言，瀟灑自適的背後，隱藏著悲傷，對政治對生命的憂愁，以放縱、對死亡過度哀傷、莫名愁緒的行為表現。這些行為的背後可能和心理創傷有關，因而《世說新語》中透露著焦慮、悲傷、逃避、壓抑以及重情心理。

「禍兮福之所倚，福兮禍之所伏」，心理創傷是可以自我痊癒的，透過找到生活的可控性、可預測性，隨著時間推移，可降低影響。[106]埃里克森指出，假如個體能有效地在意識中整合、認知和重構創傷，並積極回歸現實生活，心理危機就得以解決，否則，即使潛伏數年，仍可能出現各種併發症狀。[107]危機也帶來生機。即使世局危險，前途未卜，魏晉文士仍以他們特有的方式活出了時代的瀟灑，極少數像殷浩書空咄咄，重複著創傷事件，難以自拔。魏晉文士身處極大的痛苦，即使內在千瘡百孔，依舊不依不饒，極力揮灑生命的光輝，洋溢著人的價值與生存的意義，這種活著的矛盾與痛苦的昇華，大概就是《世說新語》所展現的魅力，為魏晉風流留下了一筆濃墨重彩！

---

105 王文革：〈從『世說新語』看魏晉風度的審美本質〉，《華中師範大學學報（人文社會科學版）》第46卷第3期（2007年5月），頁131。

106 文中提到，約莫百分之七十至七十五的人會自動恢復。施琪佳主編：《創傷心理學》（北京：中國醫療科技出版社，2006年），頁124。

107 Mellmen, T. A., Nolan, B. Hebding. J. A. Polysomnographic Comparison of Veterans with Combat-Related PDST, Depressed Men, and Non-ill Controls [J].Occupational Health and Industrial Medicine（1997, 37, 16-17）轉引自徐光興、李希希：〈創傷後應激障礙的心理應對機制之比較研究——從中美兩國的文化心理背景出發〉，《華中師範大學學報（教育科學版）2004年第3期，頁64。

參考文獻

一　傳統文獻

〔西漢〕司馬遷撰，〔南朝宋〕裴駰集解，〔唐〕司馬貞索隱，〔唐〕
　　　　張守節正義：《史記》，臺北：鼎文書局，1981年。

〔西漢〕司馬遷：《史記》，臺北：鼎文書局，1983年。

〔西漢〕司馬遷：《史記》，北京：中華書局，2000年。

〔西漢〕劉向：《戰國策》，臺北，里仁書局，1990年。

〔西漢〕董仲舒，〔清〕蘇輿撰，鍾哲點校：《春秋繁露義證》，北
　　　　京：中華書局，1992年。

〔東漢〕王充：《論衡》，北京：中華書局，1990年。

〔東漢〕班固：《漢書》，北京：中華書局，1982年。

〔東漢〕班固撰，〔唐〕顏師古注，楊家駱主編：《漢書》，臺北：鼎
　　　　文書局，1986年。

〔東漢〕班固，〔清〕陳立撰，吳則虞：《白虎通疏證》，北京：中華
　　　　書局，2007年。

〔東漢〕荀悅，張烈點校：《兩漢紀上》，北京：中華書局，2001年。

〔東漢〕應劭撰，王利器校注：《風俗通義校注》，臺北：明文書局，
　　　　1988年。

〔東漢〕班固：《漢書》，北京：中華書局，1964年。

〔東漢〕劉熙撰：《釋名》，北京：中華書局，2017年。

〔東漢〕許慎，〔清〕段玉裁：《說文解字注》，上海：上海古籍出版社，1981年。

〔西魏〕王弼等注，〔唐〕孔穎達等正義：《周易正義》，收入《十三經注疏》，臺北：藝文印書館，1985年。

〔西晉〕陳壽撰，〔南朝宋〕裴松之注，楊家駱主編：《三國志》，臺北：鼎文書局，1976年。

〔西晉〕陳壽撰，〔南朝宋〕裴松之注：《新校本三國志》，臺北：鼎文書局，1990年。

〔西晉〕張華著撰，范寧校正：《博物志校證》，北京：中華書局，1980年。

〔西晉〕葛洪撰，楊明照校箋：《抱朴子外篇校箋　上》，北京：中華書局，1991年。

〔東晉〕干寶撰，汪紹楹校：《搜神記》，臺北：洪氏出版社，1982年。

〔東晉〕干寶撰，李劍國輯校：《新輯搜神記》，北京：中華書局，2007年。

〔東晉〕陶潛撰，李劍國輯校：《新輯搜神後記》，北京：中華書局，2007年。

〔東晉〕陶潛著，郭維森、包景誠譯註：《陶淵明集全譯》，貴州：貴州出版社，2008年。

〔東晉〕王嘉撰，〔南朝梁〕蕭綺錄，齊治平校注：《拾遺記》，臺北：木鐸出版社，1982年。

〔南朝宋〕范曄撰，〔唐〕李賢等注，楊家駱主編：《後漢書》，臺北：鼎文書局，1981年。

〔南朝宋〕宗懍，王毓榮校注：《荊楚歲時記校注》，臺北：文津出版社，1992年。

〔南朝宋〕宗懍,〔隋〕杜公瞻注,姜彥稚輯校:《荊楚歲時記》,北京:中華書局,2019年。

〔南朝宋〕劉敬叔撰,范寧點校:《異苑》,北京:中華書局,1996年。

(南朝宋)劉義慶撰,龔斌校釋:《世說新語校釋》,上海:上海古籍出版社,2016年。

〔南朝梁〕沈約撰,楊家駱主編:《宋書》,北京:中華書局,1974年。

〔南朝梁〕任昉撰:《叢書集成新編・述異記》第八十二冊,臺北:新文豐出版公司,1988年。

〔南朝梁〕劉勰著,周振甫注:《文心雕龍注釋》,北京:人民文學出版社,1981年。

〔南朝梁〕蕭統編,〔唐〕李善注:《昭明文選》(第三冊),北京:上海古籍出版社,1986年。

〔北齊〕顏之推撰,王利器集解:《顏氏家訓集解》,臺北:明文書局,1999年。

〔北魏〕酈道元撰,陳橋驛校證:《水經注》,北京:中華書局,2007年。

〔隋〕巢方元等著,丁光迪主編:《諸病源候論》,北京:人民衛生出版社,1992年。

〔唐〕房玄齡:《晉書》,北京:中華書局,1974年。

〔唐〕房玄齡等撰;楊家駱主編:《晉書》,臺北:鼎文書局,1976年。

〔唐〕房玄齡等撰,楊家駱主編:《晉書》,北京:中華書局,2008年。

〔唐〕段成式:《酉陽雜俎》,北京:中華書局,1981年。

〔唐〕孫思邈撰,〔北宋〕林億、高保衡、錢象先等奉敕校正:《孫真人備急千金要方》,臺北:臺灣商務印書館,1975年。

〔唐〕李復言編，唐毅中點校：《續玄怪錄》，北京：中華書局，1982年。

〔唐〕劉恂著，商璧、潘博校：《嶺表錄異校補》，廣西：廣西民族出版社，1988年。

〔北宋〕唐慎微撰，曹孝忠奉勒校勘：《重修政和經史證類備用本草》，北京：人民衛生出版社，1957年。

〔北宋〕歐陽修著，洪本健校箋：《歐陽修詩文集校箋》，上海：上海古籍出版社，2009年。

〔北宋〕沈括：《夢溪筆談》，《筆記小說大觀》（10編），臺北：新興書局，1985年。

〔北宋〕朱彧：《萍洲可談》，《景印文淵閣四庫全書》（卷3，冊1038），臺北：臺灣商務印書館，1983年。

〔北宋〕沈括：《夢溪筆談校證》，臺北：世界書局，1989年。

〔北宋〕章炳文：《搜神秘覽》，《四部叢刊》，臺北：臺灣商務印書館，1975年。

〔南宋〕郭彖：《睽車志》，上海：上海師範大學古籍整理研究所編，《全宋筆記》（第九編二），鄭州：大象出版社，2017年。

〔南宋〕周密：《齊東野語》，新北市：廣文書局，2012年。

〔南宋〕洪邁撰，何卓點校：《夷堅志》，北京：中華書局，2017年。

〔南宋〕羅願，〔元〕洪焱祖：《爾雅翼》，吉林：吉林出版社，2005年。

〔南宋〕葉夢得：《石林詩話》四庫全書本。

〔南宋〕張世南：《游宦紀聞》，臺北：木鐸出版社，1982年。

〔明〕王肯堂：《證治準繩》，北京：人民衛生出版社，2014年。

〔明〕李時珍編纂，劉衡如、劉山水校注：《新校注本本草綱目》，北京：華夏出版社，2013年。

〔明〕張自烈：《正字通》，北京：國際文化出版公司，1996年。

〔明〕瞿祐著：《剪燈新話》，上海：上海古籍出版社，1990年。

〔明〕劉侗、于奕正，孫小力校注：《帝京景物略》，上海：上海古籍出版社，2001年。

〔明〕胡應麟：《少室山房筆叢》，上海：上海書店，2001年。

〔清〕郭慶藩：《莊子集釋》，臺北：貫雅文化事業公司，1991年。

〔清〕陳元龍：《格致鏡原》，臺北：臺灣商務印書館，1972年。

〔清〕錢泳：《履園叢話》，臺北：大立出版社，1982年。

〔清〕袁枚著，崔國光點校：《新齊諧──子不語》，山東：齊魯書社，1986年。

〔清〕袁枚著，朱純點校：《續子不語》，湖南：岳麓書社，1986年。

〔清〕孫希旦著，沈嘯寰、王星賢校：《禮記集解》，北京：中華書局，1989年。

〔清〕紀曉嵐：《閱微草堂筆記》，臺北：大中國圖書公司，2001年。

〔清〕閑齋氏著，陶勇標點：《夜譚隨錄》，重慶：重慶出版社，2005年。

〔清〕郭慶藩撰，王孝魚點校：《莊子集釋》，北京：中華書局，2013年。

〔清〕阮元審定，盧宣旬校：《重刊宋本爾雅注疏附校勘記》，清嘉慶二十年（1815年）南昌府學刊本。

〔清〕蒲松齡，趙伯陶注評：《聊齋志異詳注新評》，北京：人民文學出版社，2017年。

〔清〕江昱：《松泉詩集》，《四庫全書存目叢書》，臺南：莊嚴文化事業公司，1997年。

〔清〕周亮工、施鴻保，來新夏校點：《閩雜記》，福建：福建人民出版社，1985年。

《春秋左傳》，臺北：臺灣開明書局，斷句十三經經文，1984年。

〔明〕馮應京：《月令廣義，四庫全書存目叢書》（冊164，卷5），臺
　　　南：莊嚴文化事業公司，1996年。

二　現代文獻

（一）專著

丁乃通編著：《中國民間故事類型索引》，北京：中國民間文藝出版
　　　社，1986年。

中國軍事史編寫組：《中國軍事史・附卷》，北京：解放軍出版社，
　　　1985年。

王根林等校點：《漢魏六朝筆記小說大觀》，上海：上海古籍出版社，
　　　1999年。

王　瑤：《中古文學史論》，北京：北京大學出版社，1986年。

王文寶、江小蕙編：《江紹原民俗學論集》，上海：上海文藝出版社，
　　　1998年。

王玉彪、白振有：〈試論犬部字與犬文化產生的根源〉，《延安教育學
　　　院學報》第3期（2002年），頁23-25。

王根林等校點：《漢魏六朝筆記小說大觀》，上海：上海古籍出版社，
　　　1999年。

王連海：〈中國剪紙源流考〉，收錄於《設計藝術學研究》，北京：北
　　　京工藝美術出版社，1988年。

王溢嘉：《不安的魂魄》，臺北：野鵝出版社，1993年。

王根林等校點：《清代筆記小說大觀》，上海：上海古籍出版社，2007
　　　年。

王　明：《太平經合校》，北京：中華書局，1960年。

王　明：《道家和道教思想研究》，北京：中國社會科學出版社，1987
　　　年。

王孝廉編譯：《中國古典小說論集》第一輯，臺北：幼獅文化事業公
　　　司，1975年。

王孝廉：《神話與小說》，臺北：時報文化出版公司，1987年。

王國良：《搜神後記研究》，臺北：文史哲出版社，1978年。

王國良：《魏晉南北朝志怪小說研究》，臺北：文史哲出版社，1984年。

王國良：《續齊諧記研究》，臺北：文史哲出版社，1987年。

王國良：《顏之推冤魂志研究》，臺北：文史哲出版社，1995年。

王國良：《冥祥記研究》，臺北：文史哲出版社，1999年。

王　青：《佛教信仰與神話》，北京：中國社會科學出版社，2001年。

文彥生選編：《中國鬼話》，上海：上海文藝出版社，1991年。

尤雅姿注釋：《魏晉南北朝志怪選》，臺北：臺灣學生書局，2011年。

史宗主編，金澤、宋立道等譯：《20世紀宗教人類學文選》，上海：上
　　　海三聯書店，1995年。

石峻、樓宇烈、方立天等編：《中國佛教思想資料選編》第一卷，北
　　　京：中華書局，1981年。

北大哲學系外國哲學史教研室編譯：《十八世紀法國哲學》，北京：商
　　　務印書館，1963年。

玄　珠：《中國神話研究 ABC》，上海：世界書局，1929年。

史宗主編，金澤、宋立道、徐大建等譯：《二十世紀西方宗教人類學
　　　文選》，上海：上海三聯書店，1995年。

朱光潛：《文藝心理學》，合肥：安徽教育出版社，1997年。

朱立元、李鈞：《二十世紀西方文論選》，北京：高等教育出版社，
　　　2002年。

朱　嵐：《中國傳統孝道思想發展史》，北京：國家行政學院，2010年。

衣若芬、劉苑如主編：《世變與創化——漢唐、唐宋轉換期之文藝現象》，臺北：中研院文哲所籌備處，2000年。

牟宗三：《牟宗三先生全集2》，臺北：聯經出版事業公司，2003年。

余英時：《士與中國文化》，上海：上海人民出版社，1987年。

余英時：《中國知識階層史論　古代篇》，臺北：聯經出版事業公司，2001年。

余英時：《人文與理性的中國》，上海：上海古籍出版社，2007年。

余英時：《士與中國文化》，上海：上海人民出版社，1987年。

任　騁：《中國民間禁忌》，北京：作家出版社，1990年。

任　騁：《中國民間禁忌》，北京：中國社會科學出版社，2004年。

任　騁：《中國民俗通志·禁忌志》，濟南：山東教育出版社，2005年。

朱光潛：《文藝心理學》，臺北：臺灣開明書局，1988年。

呂　靜：《春秋時期盟誓的研究》，上海：上海古籍出版社，2007年。

李建民：《方術醫學歷史》，臺北：南天書局，2000年。

李緒鑒：《禁忌與惰性》，北京：國際文化出版公司，1994年。

李美枝：《女性心理學》，臺北：大洋出版社，1995年。

李道和：《歲時民俗與古小說研究》，天津：天津古籍出版社，2004年。

李劍國：《唐前小說志怪史》（修訂本），天津：天津教育出版社，2005年。

李劍國：《唐前志怪小說集釋》，上海：上海古籍出版社，1986年。

李劍國：《唐前志怪小說輯釋》，上海：上海古籍出版社，2011年。

李獻璋編著：《臺灣文學集》，新北市：龍文出版社，2006年。

李豐楙：《不死的探求——抱朴子》，海南：三環出版社，1992年。

李豐楙著：《第二屆魏晉南北朝文學與思想學術研討會論文集》，臺北：文津出版社，1993年。

李豐楙：《誤入與謫降：六朝隋唐道教文學論文集》，臺北：臺灣學生書局，1996年。

李豐楙：《神化與變異：一個「常與非常」的文化思維》，北京：中華書局，2010年。

李豐楙：《憂與遊：六朝隋唐仙道文學·導論》，北京：中華書局，2010年。

李澤厚：《美的歷程》，北京：文物出版社，1981年。

李澤厚：《華夏美學》，合肥：安徽文藝出版社，1999年。

肖群忠：《中國孝文化研究》，臺北：五南圖書出版社，2002年。

宗白華：《美學散步》，上海：上海人民出版社，1981年。

余嘉錫：《世說新語箋疏》，上海：上海古籍出版社，1993年。

孟昭蘭主編：《情緒心理學》，北京：北京大學出版社，2005年。

祈連休：《中國古代民間故事類型研究》，石家莊：河北教育出版社，2007年。

林富士：《中國中古時期的宗教與醫療》，臺北：聯經出版事業公司，2008年。

林富士：《疾病終結者——中國早期的道教醫學》，臺北：三民書局，2001年。

林綺雲、曾煥棠等著：《生死學》，臺北：洪葉文化事業公司，2000年。

林惠祥：《文化人類學》，北京：商務印書館，1996年。

林淑貞：《尚實與務虛：六朝志怪書寫範式與意蘊》，臺北，里仁書局，2010年。

范子燁：《中古文人生活研究》，濟南：山東教育出版社，2001年。

胡萬川：《真假虛實——小說的藝術與現實》，臺北，大安出版社，2005年。

胡樸安：《中華全國風俗志》（下篇），河北：河北人民出版社，1985年。

施琪佳主編：《創傷心理學》，北京：中國醫療科技出版社，2006年。

段啟明主編：《中國古典小說藝術鑑賞辭典》，北京：北京師範大學出版社，1991年。

袁　珂：《古神話選譯》，北京：人民文學出版社，1982年。

徐震堮：《世說新語校箋》，北京：中華書局，1984年。

烏丙安：《中國民間信仰》，上海：上海人民出版社，1995年。

張志烈等主編：《蘇軾全集校注》（第十一冊文集二），石家莊：河北人民出版社，2010年。

郭大烈等編：《瑤文化研究》，雲南：雲南人民出版社，1994年。

郭松義：《倫理與生活——清代的婚姻關係》，北京：商務印書館，2000年。

梅家玲：《世說新語的語言與敘事》，臺北：里仁書局，2004年。

陳寅恪：《金明館叢稿初編·陶淵明之思想與清談之關係》，上海：上海古籍出版社，1980年。

陳來生：《無形的鎖鏈：神秘的中國禁忌文化》，上海：上海三聯書店，1993年。

許地山：《扶箕迷信底研究》，長沙：嶽麓書社，2011年。

黃俊傑：《孟學思想史論》（卷一），臺北：東大圖書公司，1991年。

黃俊傑：《東亞儒學史的新視野》，臺北：臺灣大學出版中心，2009年。

黃霖、李桂奎、韓曉、鄧百意：《中國古代小說敘事三維論》，上海：上海書店，2009年。

逯耀東：《魏晉史學的思想與社會基礎》，臺北：東大圖書公司，2000年。

逯耀東：《魏晉史學及其它》，臺北：東大圖書公司，2014年。

舒展選編：《錢鍾書論學文選》（第三冊），廣州：花城出版社，1990年。

萬晴川：《中國古代小說與方術文化》，北京：中國社會科學院，2005
　　　年。

詹鄞鑫：《心智的誤區：巫術與中國巫術文化》，上海：上海教育出版
　　　社，2001年。

劉仲宇：《中國精怪文化》，上海：上海人民出版社，1997年。

劉苑如：《身體‧性別‧階級——六朝志怪的常異論述與小說美學》，
　　　臺北：中研院中國文哲研究所，2004年。

劉祥光：《宋代日常生活中的卜算與鬼怪》，臺北：政大出版社，2013
　　　年。

蘇德昌：《《漢書‧五行志》研究》，臺北：臺灣大學出版中心，2013
　　　年。

葉舒憲主編：《文學與治療》，北京：社會科學文獻出版社，1999年。

傅錫壬：《新譯楚辭讀本》，臺北：三民書局，1987年。

陽　清：《先唐文學人神遇合主題研究》，北京：人民出版社，2009年。

楊錫彭譯注：《新譯山海經》，臺北：三民書局，2013年。

楊　勇：《世說新語校箋》，北京：中華書局，2007年。

齊濤主編、任騁著：《中國民俗通志（禁忌志）》，濟南：山東教育出
　　　版社，2005年。

楊　義：《中國敘事學》，北京：人民出版社，2009年。

葛兆光：《七世紀前中國的知識、思想與信仰世界》，上海：復旦大學
　　　出版社，1998年。

葛兆光：《中國思想史》第一卷，上海：復旦大學出版社，1998年。

葛兆光：《屈服史及其它六朝隋唐道教的思想史研究》，北京：生活‧
　　　讀書‧新知三聯書店，2003年。

蒲慕州編：《鬼魅神魔：中國通俗文化側寫》，臺北：麥田出版社，
　　　2005年。

劉法民：《怪誕藝術美學・引論》，北京：人民出版社，2005年。

劉湘蘭：《中古敘事文學研究》，北京：北京大學出版社，2011年。

劉苑如：《身體・性別・階級──六朝志怪的常異論述與小說美學》，臺北：中央研究院中國文哲研究所，2002年。

劉師培：《中國中古文學史》，北京：人民文學出版社，1984年。

劉守華：《中國民間故事史》，湖北：湖北教育出版社，1999年。

劉守華：《道教與中國民間文學》，臺北：文津出版社，1991年。

劉還月：《台灣人的祀神與祭禮》，臺北：常民文化，2000年。

蔣　凡、李笑野、白振奎：《全評新注世說新語》，北京：人民文學出版社，2009年。

鄧啟耀：《中國神話的思維結構》，成都：重慶出版社，2004年。

賴亞生：《神秘的鬼魂世界──中國鬼文化探秘》，北京：人民中國出版社，1993年。

魯　迅：《魯迅全集》（第八卷），上海：人民文學出版社，1973年。

魯　迅：《魯迅全集》（第三卷），北京：人民文學出版社，2005年。

魯迅校錄：《古小說鈎沉》，山東：齊魯書社，1997年。

魯迅撰，郭豫適導讀：《中國小說史略》，上海：上海古籍出版社，2009年。

鄭毓瑜：《六朝情境美學》，臺北：里仁書局，1997年。

錢鍾書，《管錐編》（第一冊），北京：中華書局，1979年。

錢鍾書：《管錐編》（第三冊），上海：上海三聯書店，2014年。

錢谷融：《文學心理學》，上海：華東師範大學出版社，2003年。

錢仲聯校注：《劍南詩稿校注》，上海：上海古籍出版社，1985年。

蕭　兵：《楚辭與神話》，江蘇：江蘇古籍出版社，1987年。

魏耕原編：《先秦兩漢魏晉南北朝詩》，北京：商務印書館，2012年。

顏崑陽：《學術突圍：當代中國人文學術如何突破「五四知識型」的圍城》，臺北：聯經出版事業公司，2020年。

羅常培：《語言與文化》，北京：北京出版社，2003年。

謝明勳：《六朝志怪小說故事考論──「傳承」、「虛實」問題之考察
　　　　與析論》，臺北：里仁書局，1999年。

謝明勳：《六朝小說本事考索》，臺北：里仁書局，2003年。

謝明勳：《六朝志怪小說研究述論：回顧與論釋》，臺北：里仁書局，
　　　　2011年。

謝貴安：《中國讖謠文化研究》，海南：海南出版社，1998年。

〔日〕小南一郎、孫昌武譯：《中國的神話傳說與古小說》，北京：中
　　　　華書局，2006年。

〔日〕山田慶兒撰、廖育群譯：〈夜鳴之鳥〉，收入《日本學者研究中
　　　　國史論著選譯》第十卷，北京：中華書局，1992年。

〔日〕多田克己著，歐凱寧譯：《日本神妖博物誌》，臺北：商周出版
　　　　社，2009年。

〔日〕道格拉斯著，黃劍波等人譯：《潔淨與危險》，北京：民族出版
　　　　社，2008年。

〔日〕柳田受山著，吳汝鈞譯：《中國禪思想史》，臺北，臺灣商務印
　　　　書館，1982年。

〔波蘭〕布朗尼斯勞‧馬凌諾斯基著，朱岑樓譯：《巫術、科學與宗
　　　　教》，臺北：臺北協志工業叢書，1978年。

〔法〕列維‧布留爾（Lucien Lãvy-Bruhl）著，丁由譯：《原始思
　　　　維》。北京：商務印書館，1987。

〔美〕喬依絲‧艾坡比、琳‧亨特、瑪格麗特‧傑考著，薛絢譯：
　　　　《歷史的真相》，臺北：正中書局，1996年。

〔美〕明恩溥（Arthur Henderson Smith）著，午晴、唐軍譯：《中國
　　　　鄉村生活》，北京：時事出版社，1998年。

〔美〕馬斯洛（Abraham H. Maslow）著，成明編譯：《馬斯洛人本哲
　　　　學》，北京：九州島出版社，2007年。

〔美〕馬斯洛（Abraham H. Maslow）等著，林方等編譯：《人的潛能和價值》，北京：華夏出版社，1987年。

〔英〕愛德華・泰勒（Edward Teller）：《原始文化》。上海：上海文藝出版社，1992年。

〔英〕威廉・麥獨孤（William McDougall）著，俞國良等譯：《社會心理學導論》。浙江：浙江教育出版社，1997年。

〔英〕J. G. 弗雷澤著，徐育新等譯：《金枝》。北京：大眾文藝出版社，1998年。

〔英〕J. G. 弗雷澤（James George Frazer）著，汪培基、徐育新、張澤石譯，汪培基校：《金枝——巫術與宗教之研究》，北京：商務印書館，2016年。

〔英〕瑪麗・道格拉斯（Mary Douglas）著，黃劍波、盧忱、柳博贇譯，張海洋校：《潔淨與危險》，北京：民族出版社，2008年。

〔法〕勒內・吉拉爾（Rene Girard）著，馮壽農譯：《替罪羊》，北京：東方出版社，2002年。

〔奧〕弗洛伊德著，楊庸一譯：《圖騰與禁忌》，臺北：志文出版社，1976年。

〔奧〕弗洛伊德（Sigmund Freud）著，文良文化譯：《圖騰與禁忌》，北京：中央編譯出版社，2005年。

〔奧〕弗洛伊德（Sigmund Freud），車文博主編：《弗洛伊德文集》（第三卷），吉林：長春出版社，2010年。

〔奧〕弗洛伊德（Sigmund Freud）著，羅生譯：《精神分析引論・新論》，南昌：百花洲文藝出版社，2014年。

〔德〕恩斯特・凱西爾著，黃龍保、周振選譯：《神話思維》，北京：中國社會科學出版社，1992年。

〔德〕韋伯著，康樂、簡惠美譯：《宗教社會學》，桂林：廣西師範大學出版社，2005年。

〔瑞士〕卡爾・古斯塔夫・榮格，姜國權譯：《人、藝術與文學中的精神》，北京：國際文化出版公司，2011年。

〔瑞士〕卡爾・古斯塔夫・榮格著，石磊編譯：《人生與信仰：分析心理研究》，北京：中國商業出版社，2017年。

〔瑞士〕卡爾・古斯塔夫・榮格（Carl Gustav Jung）著，徐德林譯：《原型與集體無意識》，北京：國際文化出版公司，2011年。

〔德〕埃利希・諾伊曼（Erich Neumann）著，李以洪譯：《大母神——原型分析》，北京：東方出版社，1998年。

〔德〕卡西勒（Ernst Cassirer）著，甘陽譯：《人論——人類文化哲學導引》。臺北：桂冠圖書公司，2005年。

〔羅馬尼亞〕伊利亞德（Mircea Eliade）著，王建光譯：《神聖與世俗》，北京：華夏出版社，2002年。

（二）期刊論文

丁　敏：〈漢譯佛典《阿含經》神通故事中阿難的敘事視角試探〉，《佛學研究中心學報》，2006年第11期，頁1-30。

于丹丹：《「原始——神話思維」初探》，吉林：東北師範大學文藝學碩士論文，2003年。

王　立：〈中古樹神禁忌母題及其文化傳播意義〉，《東南大學學報（哲學社會科學版）》第3卷第4期（2001年11月），頁83-88。

王玉兔：〈《說文解字・血部》與上古血祭文〉，《凱里學院學報》2013年第4期，頁101-102。

王廷洽：〈中國古代的神樹崇拜〉，《青海師范大學學報（哲學社會科學版）》1995年第2期，頁23-27。

王文革：〈從『世說新語』看魏晉風度的審美本質〉，《華中師範大學

學報（人文社會科學版）》第46卷第3期（2007年5月），頁
123-131。

王光照：〈嵇康玄學思想與魏晉名教政治〉，《江淮論壇》2004年第5
期，頁91-95+77。

王妙純：〈『世說新語・傷逝篇』的悲傷容顏〉，《哲學與文化》第33卷
第7期 （2006年7月），頁119-136。

王妙純：〈『世說新語』士人服飾所展現的魏晉風度〉，《嘉大中文學
報》第5期（2011年3月），頁29-59。

王妙純：〈從『世說新語』看魏晉士人的生命意識〉，《東吳中文學
報》第23期（2012年5月），頁73-98。

王群力：〈魏晉時代「重情」社會文化心態探論〉，《社會科學輯刊》
1997年第2期，頁132-135。

尤雅姿：〈『世說新語』之篇章結構與敘事話語研究〉，《成大中文學
報》第48期（2015年3月），頁1-34。

尹　策：〈敘述姿態與敘述內容的分裂：中古志怪小說的「虛」與
「實」〉，《學術交流》2017年第11期，頁181-187。

石　麟：〈古代小說的史鑒功能和勸戒功能──中國古代小說評點派
研究二題〉，《湖北：湖北師範學院學報（哲學社會科學
版）》2004年第1期，頁16-21。

田兆元：〈神話文本研究方法探索：多元的要素擴展分析法──「精
衛填海」的擴展研究〉，《長江大學學報（社會科學版）》第
30卷第5期（2007年），頁5-8。

田兆元、龍敏：〈中國盟誓中殺牲歃血行為的動機探討〉，《民族藝
術》2001年第4期，頁58-72。

田祖海：〈論紫姑神的原型與類型〉，《湖北大學學報》1997年第1期，
頁42-46。

朱淵清：〈魏晉博物學〉，《華東師範大學學報：哲學社會科學版》，第32卷第5期（2005年9月），頁43-51+124。

江建俊：〈魏晉名士「裸袒褻慢」之風的多維解讀〉，《成大中文學報》第33期（2011年6月），頁23-66。

何红一：〈人日節與「鼠嫁女」〉，《民俗研究》（2002年3月），頁86-105。

巫瑞書：〈「迎紫姑」風俗的流變及其文化思考〉，《民俗研究》1997年第2期，頁28-35。

吳曉東：〈盤瓠：王爺，盤古：老爺〉，《民俗文學研究》第4期（1996年），頁34-39。

余錦榮：〈從一字多義現象看傳統思維模式的局限性〉，《武漢交通科技大學學報（社會科學版）》，第12卷第4期（1999年12月），頁54-56。

李豐楙：〈不死的探求——從變化神話到神仙變化傳說〉，《中外文學》第15卷第5期（1986年10月），頁36-57。

李文瀾：〈古代社會風俗的悖異及其意義以荊楚「人日」的衍變為例〉，《中南民族大學學報（人文社會科學版）》第26卷第3期（2006年），頁146-150。

李金蓮：〈女性、污穢與象徵：宗教人類學視野中的月經禁忌〉，《宗教學研究》第3期（2006年），頁152-159。

李豐楙：〈台灣民間禮俗中的生死關懷——一個中國式結構意義的考察〉，《哲學雜誌》第8期（1994），頁32-53。

李豐楙：〈從成人之道到成神之道——一個臺灣民間信仰的結構性思考〉，《東方宗教研究》新4期（1994年10月），頁183-209。

李曉梅：〈魏晉南北朝時期祥瑞災異的特點〉，《隴東學院學報》第26卷第2期（2015年3月），頁84-87。

何根海：〈繩化母題的文化解構和衍繹〉，《鵝湖月刊》第24卷第5期
　　　　（1998年11月），頁14-24。

何維剛：〈孫權冊封蔣子文的歷史意義——從南朝封神現象談起〉，
　　　　《興大人文學報》第54期（2015年），頁1-27。

吳紹釚：〈文言夢小說的發展軌跡〉，《延邊大學學報（社會科學版）》
　　　　1993年第2期，頁55-62。

阮豔萍：〈從精衛、莊子到屈原：楚文化中的悲劇母題〉，《雲南師範
　　　　大學學報》第35卷第1期（2003年），頁64-68。

官禹平：〈荊楚辨正〉，《科教導刊（中旬刊）》第6期（2012年），頁
　　　　142-143。

祁和暉：〈又到人日吟詠時——中華人日節風俗考述〉，《杜甫研究學
　　　　刊》第1期（1994年），頁64-72。

吳冠宏：〈余嘉錫箋疏『世說新語』之詮釋特色及其文化意義初探〉，
　　　　《成大中文學報》第22期（2008年10月），頁1-22。

柳存仁：〈書評：世說新語校箋　楊勇著〉，《中國文化研究所學報》第
　　　　3卷第1期（1970年9月），頁222-228。

林富士：〈六朝時期民間社會所祀「女性人鬼」初探〉，《新史學》第7
　　　　卷第4期（1996年12月），頁95-117。

林麗真：〈論魏晉的孝道觀念及其與政治、哲學、宗教的關係〉，《臺
　　　　大文史哲學報》第40期（1993年），頁12-52。

林繼富：〈紫姑信仰流變研究〉，《長江大學學報》第31卷第1期（2008
　　　　年），頁5-11。

周華斌：〈方相‧饕餮考〉，《戲劇藝術》1992年第3期，頁44-56。

周兆望：〈魏晉南北朝時期的女兵〉，《江西社會科學》1997年第2期，
　　　　頁54-59。

洪宜嬙：〈唐代婚姻中的妻妾關係——從法律層面探討，《政大史粹》
　　　　2015年第9期，頁1-35。

范　軍：〈城隍信仰的形成與流變〉《華僑大學學報（哲學社會科學版）》2007年第4期，頁86-90。

段玉明：〈亡國之痛的記憶──「精衛填海」神話母題探析〉，《中華文化論壇》第1期（2005年），頁23-30。

段蘊恒：〈《說文解字》犬部字及其文化內涵〉，《文學界（理論版）》第8期（2012年），頁229-232。

胡文輝：〈「人日」考辨〉，《中國文化》第9期（1994年），頁95-97。

胡可濤、易外平：〈從「意義治療」到悲傷輔導──弗蘭克爾「意義治療學」的應用價值初探〉，《江西師範大學學報（哲學社會科學版）》第39卷第5期（2006年10月），頁9-13。

胡梧挺：〈鬼神、疾病與環境：唐代廁神傳說的另類解讀〉，《社會科學家》2010年第7期，頁148-151。

徐正英、常佩雨：〈從『世說新語』看魏晉士人的生命意識〉，《鄭州大學學報》第32卷第6期（1999年11月），頁105-110。

徐光興、李希希：〈創傷後應激障礙的心理應對機制之比較研究──從中美兩國的文化心理背景出發〉，《華東師範大學學報（教育科學版）》第22卷第3期（2004年9月），頁62-67。

祝秀麗：〈北斗七星信仰探微〉，《遼寧大學學報》1991年第1期，頁15-18。

孫英剛：〈佛教與陰陽災異：武則天明堂大火背後的信仰及政爭〉，《人文雜誌》2013年第12期，頁82-90。

郭　麗：〈廁神紫姑探析〉，《東方人文學志》2010年第1期，頁1-14。

莊伯和：〈廁神、廁鬼〉，《歷史月刊》2002年第171期，頁84-89。

翁玲玲：〈漢人社會婦女血餘論述初探：從不潔與禁忌談起〉，《近代中國婦女史研究》第7期（1999年8月），頁107-147。

馬振君：〈試析「人日」的起源與禮俗〉，《韶關學院學報》第29卷第4期（2008年），頁42-44。

馬啟俊：〈「鬼車」及其別名小考〉，《文史雜誌》第6期（2010年），頁76-80。

常建華：〈中國古代人日、天穿、填倉諸節新說〉，《民俗研究》第2期（1992年），頁64-73。

張勝琳：〈古代的尚血觀念與尚血儀式〉，《民族研究》第6期（1986年），頁55-61。

張黎明：〈漢代的北斗信仰考〉，《北京科技大學學報（社會科學版）》第25卷第2期（2009年6月），頁122-126。

張承宗：〈魏晉南北朝婦女的宗教信仰〉，《南通大學學報》第22卷第2期（2006年），頁91-97。

張澤洪：〈城隍神及其信仰〉，《民間信仰研究》，《世界宗教研究》1995年第1期，頁109-116。

張　濤：〈被肯定的否定——從《清史稿‧列女傳》中的婦女自殺現象看清代婦女境遇〉，《清史研究》第3期（2001年8月），頁40-49。

張琬聆：〈《林投姐》故事鬼魂文化研究〉，《東華中國文學研究》第4期（2006年9月），頁147-170。

張　琦：〈方相氏源流考〉，《天府新論》2008年第3期，頁138-143+161。

張　俊：〈論神聖空間的審美意涵〉，《哲學與文化》第46卷第1期（2019年1月），頁17-32。

張蓓蓓：〈世說新語別解——任誕篇〉，《臺灣大學文史哲學報》第38期（1990年12月），頁17+19-45。

張谷良：〈『世說新語』中所見魏晉名士的「傷逝情懷」試詮——對禮之契合、反抗與轉化〉，《北商學報》2017年第31期，頁83-99。

張勝琳：〈古代的尚血觀念與尚血儀式〉，《民族研究》1986年第6期，
　　　頁55-61。

黃俊傑：〈傳統中國的思維方式及其價值觀〉，《本土心理學研究》第
　　　11期（1999年6月），頁129-152。

陽　清：〈論漢魏六朝志怪的預敘敘事〉，《廣西社會科學》第20卷第3
　　　期（2010年3月）　，頁95-98。

彭　磊：〈論六朝時代「妖怪」概念之變遷──從《搜神記》中之妖
　　　怪故事談起〉，《海南大學學報人文社會科學版》第25卷第6
　　　期（2007年12月），頁669-672+677。

許文耀、王德賢、陳喬琪、陳明輝：〈影響自殺企圖者的自殺危險性
　　　發生路徑之檢驗〉，《中華心理學刊》第48卷第1期（2006
　　　年），頁1-12。

梁若冰：〈家庭分工與婦女守節〉，《經濟資料譯叢》2016年第3期，頁
　　　75-80。

陳世昀：〈魏晉志怪小說中「血」之災異性探討〉，《成大宗教與文
　　　化》第22期（2015年12月），頁177-196。

陳器文：〈神鳥／禍鳥：試論神族家變與人化為鳥的原型意義〉，《興
　　　大中文學報》第23期（增刊）（2008年），頁95-122。

陳柏妤、游舒涵、黃鈞蔚、陳映燁、陳喬琪、李明濱：〈從生理、心
　　　理與社會層面檢視自殺行為的理論〉，《北市醫學雜誌》第2
　　　卷第8期（2005年），頁686-696。

郭松義：〈清代婚姻關係的變化與特點〉，《中國社會科學院研究生院
　　　學報》2000年第2期，頁39-49+80。

陶子珍：〈紫姑的信仰活動及其相似的傳說習俗探析〉，《聯大學報》
　　　2019年第14期，頁59-75。

游淑珺：〈冥界的無「歸」女性發展──以臺灣閩南俗語反映的民俗

現象觀察〉，《民間文學年刊》第2期（2008年7月），頁131-
162。

黃萍瑛：〈結「結」與「解」結：鹿港「送肉粽」儀式的探討〉，《民
俗曲藝》第203期（2019年3月），頁163-197。

黃景春：〈紫姑信仰的起源、衍生及特徵〉，《民間文學論壇》第58卷
第2期（1996年），頁48-52。

程地宇：〈魂歸太陽：神樹、離鳥、靈舟——「巴蜀圖語」船形符號
試析〉，《三峽學刊（四川三峽學院社會科學學報)》第4期
（1994年），頁15-22。

梅家玲：〈依違於婦德與才性之間：『世說新語・賢媛篇』的女性風
貌〉，《婦女與兩性學刊》第8期（1997年4月），頁1-28。

楊　勇：〈讀余嘉錫『世說新語箋疏』後敘〉，《中國文化研究所學
報》第17卷（1986年1月），頁259-280。

楊　琳：〈耽耳習俗與豬神崇拜〉，《東方叢刊》第1輯（1994年），頁
134-160。

楊　華：〈先秦釁禮研究——中國古代用血制度研究之二〉，《江漢論
壇》（2003年1月），頁68-74。

楊　華，〈先秦血祭禮儀研究——中國古代用血制度研究之一〉，《世
界宗教研究》2003年第3期，頁22-33+157-158。

楊滿仁：〈「他者」視域中的中國古小說圖景——評小南一郎《中國的
神話傳說與古小說》的三大特色〉，《前沿論壇》第3期
（2010年），頁4-9。

楊龢之：〈鬼車鳥考〉，《中華科技史學會學刊》第15期（2010年），頁
46-53。

楊景鷳：〈方相氏與大儺〉，《中央研究院歷史語言研究所集刊》第31
本（1960年12月），頁123-165。

萬建中：〈地陷型傳說中禁忌母題的歷史流程及其道德話語〉，《廣西民族學院學報（哲學社會科學版）》第23卷第2期（2001年3月），頁59-67。

葉舒憲：〈人日之謎：中國上古創世神話發掘〉，《中國文化》第1期（1989年），頁84-92。

葉慶炳：〈六朝至唐代的他界結構小說〉，《臺大中文學報》1989年第3期，頁7-22。

寧稼雨：《魏晉風度：中古文人生活行為的文化意蘊》，北京：東方出版社，1992年。

寧稼雨：《魏晉士人人格精神──『世說新語』的士人精神史研究》，天津：南開大學出版社，2003年。

鄔冬婭：〈「姑獲鳥」流變考論〉，《赤峰學院學報（漢文哲學社會科學版）》第34卷第6期（2013年），頁123-126。

雍宛苡：〈《說文解字‧犬部》字之文化說解〉，《學行堂文史集刊》第2期（2012年），頁45-50。

詹蘇杭：〈讖緯與漢代童謠〉，《樂山師範學院學報》第24卷第6期（2009年6月），頁23-25+72。

裴小旗：〈民間剪紙：民俗文化的形象載體〉，《美術研究》，2009年，

董艷玲：〈南北朝時期項羽神信仰的文化內涵〉，《齊魯學刊》2015年第1期，頁123-126。

董　剛：〈《晉書》陶侃「折翼」之夢與「窺窬之志」探賾〉，《中華文史論叢》2018年第1期，頁57-84+399-400。

劉增貴：〈魏晉南北朝時代的妾〉，《新史學》第2卷第4期（1991年），頁1-36。

劉法民：〈怪誕的形態特徵〉，《江西教育學院學報（社會科學）》第20卷第4期（1999年8月），頁11-18。

劉占召：〈精衛原型新探〉，《東方叢刊》第4輯（2003年），頁168-
　　176。

劉苑如：〈六朝志怪中的女性陰神崇拜之正當化策略初探〉，《思與
　　言》第35卷第2期（1997年），頁93-132。

劉硯群：〈《精衛填海》的神話學解讀〉，《長江大學學報（社會科學
　　版）》第31卷第4期（2008年），頁12-14。

劉道超：〈神秘數字「七」再發微〉，《中南民族大學學報（人文社會
　　科學版）》第23卷第5期（2003年），頁57-60。

劉緒義：〈盤瓠神話與民俗的傳承流變〉，《湖南師範大學社會科學學
　　報》第34卷第2期（2005年），頁86-90。

劉苑如：〈雜傳體志怪與史傳的關係——從文類觀念所作的考察〉，
　　《中國文哲研究集刊》1996年第8期，頁365-400。

劉苑如：〈形見與冥報：六朝志怪中鬼怪敘述的諷喻——一個「導異
　　為常」模式的考察〉，《中國文哲研究集刊》2006年第29期，
　　頁1-45。

劉芝慶：《修身與治國——從先秦諸子到西漢前期身體政治論的嬗
　　變》，臺北：臺灣大學歷史系，2009年。

劉振華：〈試析儺禮中方相氏的地位嬗變〉，《東北師大學報（哲學社
　　會科學版）》2014年第1期，頁76-80。

劉承慧：〈『世說新語』文篇析論〉，《漢學研究》第35卷第2期（2017
　　年6月），頁207-224。

趙冬梅：〈心理創傷的治療模型與理論〉，《華南師範大學學報（社會
　　科學版）》2009年第3期，頁125-129。

趙冬梅：〈佛洛伊德和榮格對心理創傷的理解〉，《南京師大學報（社
　　會科學版）》第6期（2009年11月），頁93-97。

趙修霈：〈宋代紫姑的女仙化及才女化〉，《漢學研究集刊》2008年第7
　　期，頁69-94。

潘承玉：〈濁穢廁神與窈窕女仙──紫姑神話文化意蘊發微〉，《紹興文理學院學報》第20卷第4期（2000年），頁40-51。

蕭登福：〈《太上玄靈北斗本命延生真經》探述〉，《宗教學研究》1997年第3期，頁49-65。

蕭　放：〈民眾信仰與六朝社會〉，《東方論壇》2003年第3期，頁51-58。

錢理群：〈魯迅筆下的鬼──讀《無常》和《女吊》（一）〉，《語文建設》第11期（2010年10月），頁54-56。

錢理群：〈魯迅筆下的鬼──讀《無常》和《女吊》（二）〉，《語文建設》第12期（2010年11月），頁40-42。

譚思健：〈招魂考──古代喪葬文化研究之三〉，《江西教育學院學報》1992年第3期，頁28-32。

謝貴文：〈論清代臺灣的城隍信仰〉，《高應科大人文社會科學學報》第8卷第1期（2011年7月），頁1-28。

謝貴文：〈從臺南在地祀神傳說論女性的成神之道〉，《高雄師大學報》2014年第36期，頁49-64。

簡貴燈、湯奪先：〈論「獻祭」心理對西方悲劇「悲劇張力」的建構〉，《長春工業大學學報（社會科學版）》第20卷第4期（2008年7月），頁98-101。

顧希佳：〈清代筆記小說中的縊鬼受阻型故事〉，《民間文化》1990年第2期，頁3-5。

（三）學位論文

于丹丹：《「原始──神話思維」初探》，吉林：東北師範大學文藝學碩士論文，2003年。

王亞利：《魏晉南北朝災害研究》，成都：四川大學中國古代史博士論文，2003年。

李肖寅：《《說文解字》犬部字形義研究》，江西：江西師範大學漢語言文字學碩士論文，2012年。

杜莉娜：《唐修《晉書》取材六朝志怪小說考》，南京：南京師範大學碩士論文，2014年。

吳政治：《「焦慮的面容」──在焦慮情緒下的肖像畫創作研究》，臺北：臺灣師範大學美術系碩士論文，2012年。

林朝枝：《紫姑研究──廁神之起源及其流變》，臺中：靜宜大學中國文學系碩士論文，2011年。

金　霞：《兩漢魏晉南北朝祥瑞災異研究》，北京：北京師範歷史系博士學位論文，2005年。

徐國榮：《中國文士生命觀及其文學表述》，南京：南京大學中國古代文學博士論文，1998年。

秦　嶺：《甲骨卜辭所見商代祭祀用牲研究》，上海：華東師範大學漢語言文字學碩士論文，2007年。

崔備瑞：《人日風俗傳承研究》，雲南：雲南大學民俗學碩士論文，2015年。

張琬聆：《清代筆記小說縊鬼故事研究》，花蓮：東華大學華文文學系碩士論文，2011年。

康韻梅：〈六朝小說變形觀之探究〉，臺北：臺灣大學中國文學研究所碩士論文，1987年。

陳大猷：《魏晉時期喪葬禮儀與孝道的關係》，臺北：政治大學中國文學系碩士論文，2012年。

萬銀紅：《清代婦女社會活動研究》，天津：南開大學博士論文，2014年。

蔡曉飛：《清代女教書研究》，河南：河南師範大學碩士論文，2003年。

謝明勳：〈六朝志怪小說變化題材研究〉，臺北：文化大學中國文學研究所碩士論文，1988年。

文學研究叢書·古典文學叢刊 0803015

怪異與想像：古代小說文化與心理研究

作　　者　陳世昀

責任編輯　呂玉姍

特約校對　林秋芬

發 行 人　林慶彰

總 經 理　梁錦興

總 編 輯　張晏瑞

編 輯 所　萬卷樓圖書股份有限公司

　　　　　臺北市羅斯福路二段 41 號 6 樓之 3

　　　　　電話 (02)23216565

　　　　　傳真 (02)23218698

發　　行　萬卷樓圖書股份有限公司

　　　　　臺北市羅斯福路二段 41 號 6 樓之 3

　　　　　電話 (02)23216565

　　　　　傳真 (02)23218698

　　　　　電郵 SERVICE@WANJUAN.COM.TW

香港經銷　香港聯合書刊物流有限公司

　　　　　電話 (852)21502100

　　　　　傳真 (852)23560735

ISBN 978-986-478-457-8

2021 年 6 月初版

定價：新臺幣 320 元

如何購買本書：

1. 劃撥購書，請透過以下郵政劃撥帳號：

　帳號：15624015

　戶名：萬卷樓圖書股份有限公司

2. 轉帳購書，請透過以下帳戶

　合作金庫銀行 古亭分行

　戶名：萬卷樓圖書股份有限公司

　帳號：0877717092596

3. 網路購書，請透過萬卷樓網站

　網址 WWW.WANJUAN.COM.TW

大量購書，請直接聯繫我們，將有專人為您服務。客服：(02)23216565 分機 610

如有缺頁、破損或裝訂錯誤，請寄回更換

國家圖書館出版品預行編目資料

怪異與想像：古代小說文化與心理研究/陳世昀著. -- 初版. -- 臺北市：萬卷樓圖書股份有限公司, 2021.06

　面；　公分. -- (文學研究叢書. 古典文學叢刊 ; 803015)

ISBN 978-986-478-457-8(平裝)

1.中國小說 2.古典小說 3.志怪小說 4.文學評論

827.2　　　　　　　　　　110003266